特定时期的特制理财工具书

取别人的经
理自己的财

TakeOther's Experience, Manage Your Money

雪　鑫◎著

借脑生财

与你分享理财
成功经验

中国长安出版社

图书在版编目(CIP)数据

取别人的经　理自己的财/雪鑫著. -北京:中国长安
出版社,2008

ISBN 978－7－80175－789－0

Ⅰ.取...Ⅱ.雪...Ⅲ.家庭管理:财务管理－通俗读物
Ⅳ. TS976.15－49

中国版本图书馆 CIP 数据核字(2008)第 037588 号

取别人的经　理自己的财

雪鑫　著

出版:中国长安出版社
社址:北京市东城区北池子大街 14 号(100006)
网址:http://www.ccapress.com
邮箱:ccapress@ yahoo.com.cn
发行:中国长安出版社　全国新华书店
电话:(010)65281919　65270433
印刷:三河航远印刷有限公司
开本:787mm×1092mm　　1/16
印张:18
字数:337 千字
版本:2008 年 4 月第 1 版　2008 年 4 月第 1 次印刷

书号:ISBN 978－7－80175－789－0
定价:39.00 元

荐

近年来,中国经济快速发展,社会财富不断增长,个人金融资产不断增加。波士顿咨询公司发布的报告显示,中国已经成为全球二十大财富市场之一,而且也是全球财富增长最快的市场之一。

人们的收入成倍地增长,兜里的钞票越来越多。但是,我和很多人交流过,他们总感到越来越不踏实了。钱越多就越不踏实,生活越好心里就越没底,这是为什么呢?

这是因为我们的财务环境发生了巨大的变化。由于我国正处于特定经济体制转型时期,改革带来了许多不确定因素,原来由国家统包的一系列社会福利制度,住房、医疗、教育、养老等,逐步改革为由国家与个人共同负担,导致居民收入预期越来越不确定。

此外,中国经济持续快速发展带来了通货膨胀的压力,物价上涨,存在银行的钱根本抵御不了通货膨胀,财富缩水,还有房贷压得人喘不过气,害怕进医院为高额的医疗费埋单,孩子未来的教育费用让人忧心忡忡……

在这种情况下,你即使收入有所增加,能轻松起来吗?

怎么办呢?任何事情总是有解决的办法。我们要学习掌握一些理财知识和技能,管理好自己的财富。财产保值、资产增加、资产效用最大化,是当今理财的重要内容。有一个健康的投资理财观是非常必要的,它可以改变我们的命运。

有品质的生活需要物质为基础,幸福的日子需要对财富的健康规划。理财实际上是你生活的底线。它能够保证当你遇到突发事件时,有起码的生活保障;理财是一种规划人生、规划家庭、计划现在的思路和观念。在你年轻没有负担的时候,你正花好月圆,前程似锦,你可能不需要,也不屑于知道为什么"不要把鸡蛋都放在一个篮子里"。但是当你成家立业、结婚生子有了负担后,你就会知道幸福生活与财富的关系、理财与财富积累的关系,明白人生的衣食住行质量无不与理财息息相关。

人生没有等待,我们不妨从今天开始学习理财、尝试理财,在收支规划、储蓄、投资和保险等各方面"多管齐下",积累财富、合理支配财富,让我们的"口袋永远丰盈"。不怕老来钱不够花,不怕没养儿无人养老,为自己"自由"的下半生,取得主动发球权,由自己来决定未来的生活面貌,赢得更幸福、更自由的人生!

理财是一种智慧,是一个不断学习的过程。取别人的经,理自己的财。我们要在学习中成长,在实践中体味理财的快乐。

本书的作者是我的学生,一直工作在金融理财的前沿。目睹了很多理财成功、失败的案例。书中详细介绍了人生的理财实施方案和理财技巧。

我的很多朋友经常去书店,试图买一本适合普通大众理财的书,每次都是乘兴而去,败兴而归。理财书籍不是没有,而是太专业,适合考试用。大众需要一本实用、通俗易懂、指导性强的工具书。

本书就是给普通家庭的理财指导书,读者阅读之后,就可以现学现用。

希望本书给读者带来全新理财观念,祝愿所有的家庭都掌握理财的金钥匙,去打开财富之门。

北京大学马克思主义学院副院长
北京大学社会经济与文化研究中心副主任
邱尊社博士

前 言

如今,整个社会进入了全民理财的时代。中国一些城镇居民的家庭资产组合已由银行存款单一构成的局面,逐步被股票、基金、黄金、保险等更多金融资产组合所取代。许多人突然间发现,周遭的人们都已加入股民、基民大军,而自己变得落伍了。

2005 年以来的证券市场牛市所带来的一项重要成果,是我国居民理财意识的全面觉醒。股市已然度过了漫长的熊市开始回暖,一路看涨高歌猛进。牛市真的来临了,那一路飘红的数字曾经令广大股民难以置信。现在看来,这一切是真的,不论是泡沫还是险滩都足以令人趋之若鹜。

如今我们面临着机遇和挑战。一方面是国家经济的飞速发展、人民收入的增加;另一方面物价指数连续走高,银行存款一度负利率,房贷压得人喘不过气,害怕进医院为高额的医疗费埋单,孩子未来的教育费用让人忧心忡忡⋯⋯这些因素推动着广大民众:你想不理财都不行。

理财第一是保值,第二是增值。当今形势下,人们对于自己的财产,与其说是期待增值,不如说是害怕贬值。对于"不进则退"的担忧,让更多的人卷入理财潮流之中,被推着往前走。

　　理财时代的来临对每一个已跻身于社会的人都是一个挑战。过去时代，两个人如果收入差不多，那么其生活水平和质量也就差不多。可是理财的时代则不同，同样收入的两个人由于各自理财水平不一样，他们的生活水平和质量就很可能会有天壤之别。因此，我们每一个人要想使自己的生活变得更加幸福、美好，除了勤奋工作以外，还需要努力提高自身的理财能力和水平，将来的社会必将属于那些理财高手们。

　　幸福的家庭除了要有爱，经济基础也是不可或缺的。每个人都要学会理财，理财的终极目标不是累积金钱，而是累积幸福。好的理财计划能使我们过上幸福的生活，至少比以前感觉更幸福。

　　理财是一生的功课，需要扎实的基本功。很多人因为不懂得理财，始终与贫困为伍；有些人轻视理财，得到的财富是昙花一现；还有一些人缺乏理财技巧，财富越理越缩水。财富与风险同在，没有理财技巧的人，理财犹如火中取栗，怎能不被烫着手呢？

　　人生需要规划，钱财需要打理，理财决定命运。每一个人都有必要了解理财知识，站在理财高起点提升自己的理财能力。一个人越晚理财，压力越大；越早理财，越早受益。

　　理财时代已经来临，面对挑战，你准备好了吗？

雪　鑫

2008 年 3 月于北京圆明园外

目录

第九章　股票投资：轻松炒股，开心赚钱

第十章　外汇投资：成为炒汇高手

第一章

理财：一生的功课

　　理财是一生的功课，这门功课没有考试，不过你的财富记录就是对你理财能力最为严苛的考核。理财成败取决于决定买卖那一刻的决策，这需要扎实的基本功。每一个人都有必要了解理财知识，站在理财高起点提升自己的理财能力。

> 幸福是每个人一生的追求。幸福的家庭除了要有爱，经济基础也是不可或缺的。每个人都要学会理财，理财的终极目标不是累积金钱，而是累积幸福。好的理财计划能使我们过上幸福的生活，至少比以前感觉更幸福。

一、你不理财，财不理你

改革开放三十年以来，国人日益富裕。钱多了好啊，生活水平提高了，人们的各种需求都能够很大程度地得到满足，但是，钱多了不会理财反而是个坏事。俗话说：吃不穷，穿不穷，不会算计一辈穷。人生需要规划，钱财需要打理。会理财的人与不会理财的人，命运就大不相同。

为什么说钱多了不会理财反而是个坏事呢？因为一个人的财富增长越大，面临的风险也越大。你看很多人都是在资金少经验少的时候通过奋斗慢慢积累了巨额财富，但是最后却因为一次失败而倒下，再也没有翻身的机会。还有很多人可以短期获得很多钱，但是财富不能保持长久。理财就像马拉松长跑，需要长期坚持才能收到良好的效果。理财是看最终的结果的，不是看短期效应，所以理财计划非常重要。

人们常说：你不理财，财不理你。为什么有些人勤劳一生仍然入不敷出？为什么有些人年纪轻轻就财源滚滚？答案当然是复杂的。在众多原因之中，理财水平的高低应该是其中极为重要的一个。

我举一个身边的例子：有三个人，我就称呼他们张三、李四、王五吧，他们是好朋友，早在1989年就成了当地有名的"万元户"。但是三个人由于对理财的认识不同，以至于十八年之后，他们的命运出现了极大的差别。

张三这个人比较老实，不愿意承担任何风险。他的1万元是存在银行，采取五年定期滚动存款，20世纪80年代存款利率在10%以上，之后逐步递减，到2007年定期存款利率下降到5.76%。十八年之后，他的1万元变成了33166元，仅仅增值3倍，实际上已经贬值了。

　　李四头脑比较活跃,对于市场出现任何新生事务,都是采取极大兴趣去研究。1991 年我国证券市场开放不久,他就果断结束一年定期的存款,投身股市。十八年之后的今天,股市从 100 点上涨到 6000 点,李四的 1 万元变成了 40 万元,增值 39 倍。

　　再看王五,1991 年之前 1 万元也是放在银行作定期存款,随后看到李四在股市里面赚了钱,由于对股市投资不熟悉,不敢炒股。在李四劝说下,1999 年买入基金开元之后一直持有。八年之后,基金开元每年收益超过 15%,现在王五 1 万元变成了 20 万元,也不错。

　　张三看到李四、王五的理财经,心里直叹气,埋怨银行存款利率太低,而物价上涨太快,当年风光一时的“万元户”不仅资产没有升值,反而购买力不如以前。目前面临买房压力,生活压力很大。

　　你看,同样的起跑线不同的命运。难怪张三感叹:“理财不仅仅是可以改变命运,更重要的是对待生活和家人的态度,上有老要养,下有孩子需要教育,自己还要准备养老,不理财真是不行。”

　　所以,理财要从现在开始。一个人越晚理财,压力越大;越早理财,越早受益。

二、理财是一生的功课

　　理财不分先后,不分年龄,只要你不离开这个社会,不离开这个经济规律,不管多少岁数,你都需要理财。理财不仅仅是赚钱那么简单,更是一生的功课。

　　有人会说了,我 20 多岁了,正是“80 后”,现在竞争压力多大呀,刚参加工作,工资也不高,还不够我花的,怎么理财? 其实,这是一个观念上的问题,不要以为理财是有钱人的事,每个人都有理财的权利,钱少不等于无财可理。这时候钱少,你不开始理财,那么,什么时候才会有钱呢?

　　无论钱多钱少,都可以理财。理财是一个长期过程,越没钱越要理,越早开始越受益。我讲一个身边的故事。我的朋友小秦和小赵都是刚刚步入社会的职场新人,差不多一起进公司的,工作刚一年。小秦今年 24 岁,本科毕业,未婚,月收入 2200 元左右。小赵今年 25 岁,专科毕业,也是未婚,月收入 1500 元左右。按常理说,小秦每月收入比小赵多 700 元,他应该比小赵更具备理财的条件。

　　有一次聊天,谈到了理财,我问他俩:你们都攒了多少钱了? 小赵说,存下了 3300 元。小秦说,惭愧,只存下了不到 600 元。怎么会是这种情况呢? 小赵也不相信小秦就攒了怎么一点钱,还打趣说,你放心,我决不会向你借钱。小秦说,真的,我有必要骗你吗?

　　我仔细一想，觉得小秦说的是实情。我问小秦，你知道你为什么没有存到钱吗？小秦说，嗨，花了呗。我说，是呀。你看，虽说你的工资比小赵高，但你在衣食住行方面的开销也比小赵高。你平时花销没有计划，在旅行、购置自己喜爱的电子产品方面有一大笔支出。我粗略算下来，你的2200元月收入所剩无几。小赵虽月收入不高，但一切消费支出有度，基本消费只有800元，每月花费100元左右买书。这就是你没有小赵存钱多的原因。

　　小秦承认我说得有道理，表示从现在开始计划开支，攒钱。我说，那你每月先买1000元的基金吧。在我的建议下，小赵现在已经买了3000元的货币基金，一年下来又多了一笔利息收入。

　　由此可见，工薪族要靠小本投资来积累财富。如果你没攒到钱，也应该反思，你没有钱的原因在哪里？如果你想过得好一些，有房有车，甚至还有自己的公司，就要现在开始学一些理财知识。如果不会理财，可能你的努力会化为乌有，梦想也就成了幻想。

　　现在20多岁这一代人，除了工作，最大的压力就是需要一套住房。从2006～2007年统计的北京的房价来看，几乎呈现加速上涨之势，房子是越来越贵了。我的一个表弟也是这个年龄段的人，在参加工作两年之后，在我用理财思路的劝说下，用公积金贷款在2006年买了一套房子，而2007年同样的房子需要多付出30%～40%的房价。他高兴地对我说：如果2007年买，我是无论如何也买不起了，房价涨得太快了。试问，如果不会理财，我们的房子梦在何方？

　　现在30多岁的70年代人，压力更大。上有老，下有小，都需要花钱。每天工作真是体现了一段顺口溜：起的比鸡还早，吃的比猪还差，干的比牛还累，睡得比狗还晚。表面上看，住在新房子里面，出门开车，但是每月就成为了房奴和车奴，每月工资先要还贷款，之后在一些花销，吃饭，消费，应酬，几乎剩下有限，资产有限，拿什么理财？对于这样的朋友，我的建议是，你现在只是30岁，你的一生只是走过了少一半，如果不学会理财，怎能保证后半生过得幸福和安康？

　　40～50岁的人，正好赶上国家从计划经济到市场经济的转化，工资比较低，普遍没有一技之长，还会遇到下岗或者转岗。这些人大多有单位分配的房子，现在房子普遍增值，还觉得有个窝。但是从家庭支出，养老计划，都应该好好打理才能让自己的后半生过得舒服，不因为计划不周而让自己的后半生过得更加困难。

　　有人说，60多岁的人，手里有退休金，应该不用理财了吧？而且也应该过一个安详的晚年吧？不，不会理财依然很危险。有一些退休的老人，退休金不是很多，生活也不错，但是就怕遇到生病，一旦生病，社会医疗之后自己要负担很大一部分，家庭很多支出势必受到影响，甚至影响自己的老年生活。所以很多老人在退休之后还发挥余热，进行一些工作，再挣一份收益。试想，如果有一个良好的理财计划并且实施，那一定会有点积累，在应该尽享受天伦之乐的时候，怎么还要在退休之后的辛苦吗?

我接触过一个农民工朋友,人挺朴实,热心肠。聊天时我劝他学一些理财知识。他很茫然,说,我每月工资只有几百元,还不够给家里寄钱,怎么理财? 我文化不高,怎么会理财? 打工是计件工资和计时工资,我也总是担心如果我们老了,干不动了,怎么办?

我对他说,如果你不会理财,没有关系,你可以让专家替你理财,你可以作基金定投,一个月100元可以拿出来吧? 50元也可以,如果你2006年定期投资,投入1200元,收益远远高于1200元,等于多赚了2个月工资。所以,打工是一次收入,会理财等于多找了一个工作,甚至远远高于你的工资。正好报纸上也报道很多市民排队买基金,我这位农民工朋友也高兴地去银行办了基金申购手续。

有人曾经问我:那些大款和企业老总,身价上千万,这么多钱,不用理财了吧? 我笑了,告诉他,你想错了。大款和企业老总更需要理财,他们比普通老百姓更有很强的理财意识和能力,所以,他们的财富也越来越多。

现在,我国人口老龄化日益严重,给中国的经济、社会、政治、文化等方面的发展带来了深刻影响,庞大老年群体的养老、医疗、社会服务等方面需求的压力也越来越大,政府、企业、社会都已经感到养老保障方面的压力正在显著加大。

面对我国老龄化的现实,现在有劳动能力的人,都应该进行财富积累,给自己规划一个退休的远景。没有人愿意自己退休以后还去打工,或者还靠政府救济,而且还要防备遇到突发事件导致晚年很悲惨的情况。

总之,不管穷人还是富人,无论挣钱是多是少,都应该学会理财。理财是人一生的功课,每个人都有必要制定从摇篮到坟墓的理财计划并付诸实施,给自己一个·幸福人生。

三、抓住汇改带来的理财良机

理财,我们可以用外币作外汇交易,也可以用人民币进行理财活动,这里给大家引申一个更深刻的题目:汇率改革给我们的理财带来了坚实的基础。

从新中国成立以后,我们一直实固定汇率制度,人民币和美元挂钩,汇率间实现一定空间的窄幅波动,从1999年之后到汇改前,人民币兑美元汇率一直维持在8.27左右。

2005年7月21日以后,中国进行汇改,人民币兑美元持续升值。现在已经突破了7.40的重要关口,升值10%以上,出现了本币持续升值的情况,造成了我国的股市和楼市的持续升温。这种现象间接地反映我国出现一个经济的繁荣的周期,可能是世界历史上有史以来，经济最大繁荣的十年，这个繁荣的时候，就是从汇改开始的。

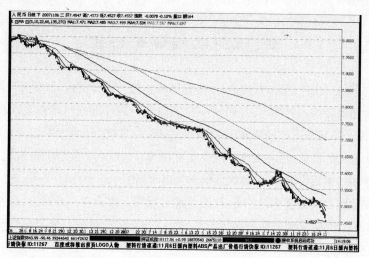

图 1-1

为了直观一些，我们可以看一幅图。图 1-1 是 2005 年 7 月 21 日，人民币汇改之后，人民币兑美元的走势图。人民币兑美元，基本上展开了大幅度上涨。从图中显示在下跌，表示是美元在下跌，而人民币是在上涨。人民币的升值，直接导致的结果就是国外的很多热钱，都来到国内淘金。外国人淘金的情况一直到现在也没有结束。

国外投资者都看到了中国经济的繁荣，近期股市经常听到这样的话，中国的钱全让外国人赚到了。中国人并不比外国人笨，只要我们也掌握一定的理财方法，也可以成功。虽然起步晚，但是我们能够享受到中国经济高速发展，我们越来越富裕，我们为什么不能享受经济发展带来的"红利"呢？

当一个国家的本币升值的时刻，本国股票市场会带来空前繁荣，也为我们投资股票、基金带了机会。试想，如果本币不升值，股市还是处于熊市，理财去投资股票和基金好吗？

今天，我们赶上了一个财富增值的时代，有了钱要去做什么？去投资，买股票，买基金。当然，首先你要掌握股票和基金的一些知识和投资技巧，这样才能保障你不亏损。

四、理财的精髓与诀窍

理财第一是保值，第二是增值，这是理财的精髓。没有精髓，理财就失去灵魂。

越来越富裕的人们，需要把钱第一做到保值。为什么呢？现在我国经济高速发展，带来了高居不下的通货膨胀，如果你一年存10000元，利息只有300多元，还远远低于通货膨胀的速度，也就是说你存款是越存越少的，是不能保值的。大家都不希望手里是1万人民币，一年之后的购买力大幅缩水。

如果你刚发了一个月的工资，你需要进行投资。假设有一种情况，现在股市暴跌，你买了股票，第一次你资产减少10%，这样是失败的理财。如果换个理财方法呢，存银行零存整取，或者是活期储蓄。这样的话，一年下来的利息，零存整取和活期储蓄可以相差2.37倍，如果买国债，免除利息税5%，差距更大。

我想老一辈人都这样理财的。当时他们也不知道股市，也不知道汇市，以前他们经常听说股市里头跳楼的人很多，不敢做。那怎么办？还得早晨5点去排队买国债。因为他们知道一年的利息，国债的利息比零存整取和活期储蓄要高。但是这样只能得到利息，如果通货膨胀高于利息，等于资产没有保值。

所以，如果要想资产保值和增值，我们可以投资一些金融理财工具，在金融市场，有很好的投资机会，几乎每隔三至五年都有一次投资机会，获利超过30%。

最后要强调的是，理财还有靠勤俭。在老一辈人理财的头脑中，第一个讲究的就是居家过日子不容易，一定要讲究俭朴，能省则省。通过俭来把自己的钱攒起来，外国人看中国人非常能攒钱，感到很奇怪，他们认为中国人很多家里都不富裕，但是能拿出很多存款。我经常和美国朋友聊天，他们很少存钱。这有很多制度的差异，因为国外有一个非常好的社会保险和退休制度，中国正在逐步完善。

中国人喜欢留点钱以防万一，需要应付看病、买房、结婚、抚养下一代。所以都强调一个"俭"字，而很多人忽视了"勤"字。只有勤俭结合才能做到我们真正的理财。理财是一个系统工程，勤快可以带来收入，而节俭可以守住赚来的钱，并合理增值。单靠勤快赚到钱，如果不会理财，也会陷入理财困境。会理财，没有理财资金，也不行。

财是理出来的，财不是俭攒出来的。财是勤劳赚到的，财不是大手大脚可以保住的。有这样的认识，我们的理财绝对可以成功。

2007 年国内任何一个证券营业部，场面跟菜市场相似，熙熙攘攘，开户的投资者很多，场面火爆。这种现象首先体现了中国的理财渠道的单一性，投资渠道缺乏；第二，体现了众多投资者投资的盲目性。那么，还有哪些理财渠道可以供我们选择呢？

一、理财，赚钱的渠道

现在人们一心想着挣钱，千方百计寻找理财路子。那么，理财的渠道有哪些呢？

1. 金融投资渠道

现在投资市场中最大的理财渠道就是中国股票市场。股市的火爆，吸引很多岁数大的人都去股市炒股。投资有风险，没有永远上涨的股市，也没有永远下跌的股市，蓝筹股入场时机不对也有风险，ST 股票入场时机正确也可以获利。

股票投资属于高风险高收益的投资渠道。类似的投资渠道还有外汇投资、金融期货投资、黄金投资和基金投资。我们在本书第七章到第十一章会给大家详细介绍投资的技巧。

2. 固定收益的投资渠道

固定收益投资渠道包括一些固定收益的货币债券，政府和一些企业发行的债券，银行存款等。它的优点是保证一定的收益，安全性高，但是收益较低。

3. 收益性的投资渠道

金融信托和股票型基金产品，这些收益相对有些风险，风险低于股票市场。但是从收益角度要大于货币型基金产品。

4. 资产投资的投资渠道

资产投资包括一些可以看到的资产，比如工厂，企业，土地，设备，但是这样的投资机会几乎都是一些老板的创业专利，对于打工族门槛高而且也不适应，因为并不是所有人都可以当老板的。

二、生活必须花费的渠道

介绍了可以赚钱的渠道，必须介绍花费的渠道。只要在生活在这个社会中，就必须要花费。因为我们需要生活，并且不断提高自己的生活质量。

1. 衣食住行的开销

我们需要穿衣吃饭，需要安居乐业。这些都需要花费我们的投资收益，或者我们的固定收入，在美国，衣食住行这些消费编成一个非耐用消费者物价指数，用来判断人民生活水平的情况，这个指数如果过分上涨，势必会引发通货膨胀，降低人民生活水平。居住是关系民生的大事，没有安居，绝对不能乐业。近期我们的消费者物价指数（CPI）持续上涨，就和房价上涨过快有关。

上个世纪50年代，家庭生活从自行车、缝纫机，到电冰箱、洗衣机、彩电，现在变成商品房、电脑、私家车。安居才能乐业。买房是理财中最重要的。

现在国家取消了福利分房，房屋成了商品化。在中国人根深蒂固的思想里面，拥有一套属于自己的房子才感觉踏实，在世界各地买房的人就是华人多。房子是大宗商品，需要我们付出几十万元甚至上百万元的投资，这可能是很多人一生最大的投资。一旦买了房子，能全额付款的人很少，一般都需要贷款，贷款需要花费二十至三十年还清。我们通过统计，买房的人集中在 25～35 岁。到全部还清贷款，几乎可以贯穿我们人生的三分之二。

2. 抚育下一代投资

虽然现在的年轻人由于事业压力大，结婚年龄普遍较晚，但是结婚之后会有养孩子的问题摆在我们面前。抚养孩子从幼儿园到小学中学大学，要花费我们一生很多积蓄。如果我们通过投资渠道获得的投资收益会减轻我们这个方面的压力，让下一代受到良好的教育。

教育投资成为国家和社会最必需和最有效益的基础性和生产性投资；教育将在更高普及程度的基础上，注重于提高质量和效益，把培养高素质人才作为教育的首要任务。

下一代的教育是我们最值得投资的，因为下一代好才能令整个国家走向富强，一个教育没有活力的国家是没有希望的。

3. 医疗、保险、旅游、买车等消费

这些也是我们人生重要的花费渠道，医疗是最不确定的花费，很多家庭由于生大病而造成家庭由富变贫，所以要买一些保险。旅游等消费也是一生的花费。如果需要用车代步，一生需要 3～4 次换车，这也是一笔消费。

三、理财，财产保全管理

中国有句古话：打天下难，守天下更难。很多人创业之初困难重重，经过一番拼搏成功了，在资产有了八位数之后，又因为一招棋错满盘皆输。我做金融投资十多年，这样的例子看的很多。

我有很多长期的客户变成了朋友，他们的投资经历，人生的沉浮，遇到的困难，他们都愿意和我述说。他们中的很多人，在事业上都是人群中的佼佼者，属于打仗中会进攻的人，但是不善于防守，遇到行情大波动，或者国家政策出现一些调整，就会损失惨重，甚至连本金都亏掉。所以在我们一生的理财中，能攻善守，才能取得最后的胜利。

在防守的角度中最好的投资就是保险，保险就是给我们一生的理财中留下一个后方根据地，一旦出现进攻失败，我们还可以有一个最后的藏身之地，帮助自己度过最困难的时期，或者因为自身的失败而不会殃及自己的亲人和孩子。资产保全管理中，个人的退休规划和遗产管理也是重要一环。

人生最美夕阳红。在我们一生时间最宽余、最需要关怀的时刻，合理地利用我们的理财手段，我们可以过一个美好的晚年。相反，如果我们不会理财，或者在退休之后从事一些风险较大的投资，一旦投资失败，我们的晚年生活则可能在窘迫中度过。

如果我们一生理财顺利，能攻善守，则会留下一笔财富给下一代。遗产管理也很重要，很多老人年轻受苦，所以对孩子溺爱，溺爱的结果造成孩子独立性差，缺乏友爱，一旦父母变老，如果对自己的遗产管理不好，会出现家庭纠纷甚至对簿公堂的情况。

我们理财是为了更好的生活,生活在人的一生中分成几个阶段,任何人也无法超越这些阶段。掌握了人生的理财几个阶段,在根据这些阶段做不同的理财规划和实施,理财会变得简单。

一、人生理财分成几个阶段

人的一生如白驹过隙。我经常去外地讲课,坐在飞机上,飞机起飞、爬高,我在天空中看到了白云,白云在天空中浮动,最后逐步消失在天边。几个小时之后,到达目的地,飞机开始降落。人的一生就像白云一样,飘在空中,慢慢就会飘走,很短暂。

平均来说,我们至少应该有60岁到70岁的生命周期。现在随着生活水平的提高,医疗水平的提高,人们越来越长寿了。如果我们把握不好人生的各个阶段,不明白人生各个阶段理财的特点,可能会导致理财的失败。

我们从刚出生到5岁,这是人生的第一个阶段,幼稚期。会理财吗? 不会。衣食住行,包括所需,都是你的父母,或者是监护人提供地。从上小学到高中,到上大学,这是人生中接受教育的阶段,你都没有理财经历,因为你是个无分文收入者。有人说了,我可以在大学期间打工,能赚点钱,但是这不是一个持续的赚钱过程,所以不是你理财的阶段。

我们参加工作了,这个时期就是理财的开始阶段,因为我们有了持续稳定的收入。这个时候还没有结婚,单身,所以叫做单身期。

我们还和父母一起住,经济没有独立,需要靠父母。经过一两年谈恋爱,有了一些积蓄,经过结婚的仪式,组成两个人的家庭。我们从单身期过渡到家庭形成期,形成一个家庭之后,有抚养下一代的要求。一个家庭可能是叫二带一,因为现在都是独生子女,之后再带四,什么意思呢? 双方的父母,只有一个小孩,父母老了只好靠孩子的赡养,这样形成了二带一再带四,这样的一个家庭格局。也就是我们经常说的上有老,下有小,父母需要我们尽孝,孩子需要我们抚养。

从两口之家到三口之家,当我们有了初为人父人母的喜形于色,我们也是从0

岁到 20 岁的幼稚期过来的，孩子是没有收入，所以在这种情况下，我们又得养活自己，也就是给自己理财。

人生这个阶段叫做子女期，或者叫做子女教育期，子女教育期也需要二十年，从他生下来，父母是他的第一个老师。在子女大学毕业之前，整个家庭都处在一个子女教育期。这样，作为父母的我们既要为子女教育投资，又要准备我们的退休金，还要准备日后养老金，使自己的生活水平，不至于慢慢地下降。

当子女已经独立参加工作，子女结婚之后离开了父母，又组建了新的家庭，这个时候就叫做家庭的成熟期，家庭人数又变成了两位。

家庭成熟期一般在十五至二十年，年龄应该是 45 岁之后到 65 岁之间，这个时期就是我们积攒日后退休生活的理财时期。

家庭成熟期对于我们来说，我们的事业和理财，都要趋于成熟。为什么叫做家庭成熟期呢？如果不成熟的话，比如说 40 岁的时候再创业，我想成功的例子很少。谁也不想 50 岁的时候经过理财失败再次创业。这个时期我们需要投资稳定，收益稳定的理财策略。

60 岁之后，可能以后男性会延长到 65 岁，才到了法定退休年龄；女性是在 50 岁，可能以后延长到 55 岁，才到了法定退休年龄。这样进入了家庭的退休期，退休期我们需要的是安稳，这就是一生理财计划的最后一个时期。

退休期内大家谁也不希望看到这样的情况：辛辛苦苦积攒 100 万元，准备安享晚年，看到很多人都投资股市，也加入炒股大军，股市暴跌，100 万元变成 10 万元。退休期发生这样的事，是任何人也承受不了的打击。

媒体上报道说，一位 70 多岁的大爷，2007 年 5 月初把所有积蓄投资在股票上，在 5 月 30 日看到股票暴跌的时候，晕倒在证券交易大厅了，被人送上急救车。这位大爷处于人生理财的退休期间，不能投资风险大的投资品种，他的投资方向和他的理财阶段的投资风险承受能力不成比例，才造成这样的结果。

二、人生各个阶段的投资策略

社会上有一句话流传很广：50 岁之前，我们是拿命去换钱，50 岁之后，我是拿钱来养命。细细想想，似乎很有道理。从某个角度来说，现在年轻的一代承受的社会竞争压力远远大过上一辈。我认为，只凭"手劳口吃，从牙缝中挤出点养命钱"这种理财思路不是我们理性的理财思路。

每个年龄段都有能够承受的风险和压力，你应该去投资适合你这个年龄段的投资理财产品。这是我的理财忠告。

1. 单身期理财策略

22 岁到 30 岁是人生的单身期,很多人 22 岁大学毕业,就是二至五年的时候,这个时候应该 24 岁,或者是 27 岁,最晚到 30 岁。现在很多都市青年都晚婚,从参加工作和结婚,是二至十年的时间。

这个时期的特点是收入比较低,因为现在刚参加工作的收入并不是很高,但是花销很大,为什么? 因为要恋爱交友,为日后组建家庭做准备。

在这种情况下,理财重点是积累经验,而不是为了获利。理财的建议,可以投资高收益高风险的投资。例如,有 1 万元积蓄,6000 元可以投资风险比较大的,但回报率非常高的股票和基金,或者外汇和期货等高风险理财产品。30% 资金要把它用作储蓄,一年、五年的储蓄,买一些债券,特别是一些企业的债券,利率高于储蓄,投资国债,国债投资可以免除 5% 的利息税。这是比较稳健型的投资工具,应该至少有 1000 元钱的活期储蓄,年轻时期,花费比较多,没有活期储蓄是不行的。如果把定期存款取出来,会损失定期存款储蓄的利息。必须得留一笔钱,作为不时之需。

2. 家庭形成期理财策略

找到一生的伴侣,开始筹划结婚,人生理财进入家庭形成期,这可能要到一至五年,家庭形成期第一个面对问题,需要买房子和装修、买家具、办婚宴。这些都是家庭形成期一笔很大的支出。

家庭形成期理财就不能本着一人吃饱全家不饿的态度。家庭的建立,感情要磨合,家庭理财也从这个时刻开始,最重要的是应该合理安排家庭的支出和收益。如果不会理财,可能成为"月光族"。

家庭形成期理财投资策略就需要改变了。一定要把股票的占据你所有投资的比例减少 10%,这是两个人的生活,不是单身生活,形成了家庭,要考虑家庭其他成员的生活。投资股票要占到资产总数的 50% 以内,其他的投资品种,比如说债券或者是其他的一些理财产品,保险产品。要花费资产总额 25%。还有 15% 要用于活期储蓄。

25% 的资产里面应该有一部分资金买保险是很必要的。因为家庭形成期,双方都是家庭支柱,如果任何一方出现了收入的损失,比如说失业或者突然发生意外,就会影响到这个家庭的生活质量。我们把家庭形成期和单身期间比较,发现我们的定期储蓄减少了 5%,这部分资金为我们去上一些保险。比如买一些健康险和意外险。活期储蓄的资金比单身期多了 15%,这是因为夫妻双方的花费更多,手边需要更多一点的活钱。这样既可以做到应付日常开支,也可以保证定期投资的资金在投资期间不至于短期撤出,损失利息。

这样的日子过了一至五年,这个时候需要攒生孩子的钱和子女教育的钱,这是一个非常长期的工程。这样就进入了家庭子女期。

子女的教育从生下来,到他上小学上大学,至少需要二十年的时间,储蓄教育经费是必须的。人生到了 35 岁,需要给孩子攒一些钱,以便应付漫长的子女教育期。

据有关机构统计,教育孩子和抚养孩子,大概需要 100 万元以上。很多家庭不可能一年之内攒出 100 万元,但是如果我们二十年之内通过理财积累 100 万元的财富,这个目标就容易实现。有了教育投资,可以保证我们的子女受到良好的教育。子女期理财建议,我们建议投资产总数 40% 的股票,

随着年龄的增长,家庭的逐步稳定,家庭人口的增加。我们的投资出现了这样的变化:高风险高收益品种投资比例是越来越少的。

单身期,如果股票投资失败了,因为年轻,我们还有更多时间再赚到钱。在进入家庭形成期,我们就需要规避风险。家庭应该有 40% 左右的存款、国债、企业债券,这部分钱还可以用来买一些保险年金或者教育年金,来作为孩子的教育费用,资产的 10%,还要给家庭的成员上保险,10%,家庭准备用金。用于家庭日常应急支出。

3. 家庭成熟期理财策略

子女参加工作了,有了固定收入,之后子女结婚,单立门户。这样家庭人口又成为了 2 人,一直到退休都是家庭成熟期。这个年龄段应该是 50~60 岁,这个时期显著特点是收入的高峰期。这个时期家庭成员的工作更加稳定,很多人可能还做到一定职位。这个时期,养育儿女负担也没有了。

这个时期的投资策略是:可以把家庭 30% 资金用来作为高风险的一个投资,比如说股票、外汇、期货,股票类的基金。那么 40% 的资金还是希望用作储蓄、债券和保险,20% 的资金用于养老投资,买养老保险,储备退休金。当然还有 10% 的资金是应急备用金。这个时候人变得成熟,到了成熟期的最后几年,投资的风险比例应该逐年减少的,为你最后的退休期来做规划。

4. 养老期理财策略

退休之后,人生进入养老期。一般长达十五年甚至更长,这个时候年龄,女士可能要 50 岁到 55 岁,男士可能要 55 岁到 60 岁,退休期消费减少而且比较集中。这个年龄段,服装的支出明显减少,只有一些必须支出居家过日子的必需品。这个年龄段的人,投资和消费都要趋于保守。因为这是人生的夕阳红阶段,养老期就会出现一种现象,身体健康是第一位的,财富是第二位。

养老期理财的目标,需要的是稳健、安全,保值为目的。理财建议:用 10% 买股票或者是股票基金,50% 可能用于一些定期存款、货币、债券投资,40% 作为一些活期储蓄,以备万一。因为人生这个阶段,会跟医院结下不解之缘,医疗支出会增加,所以活期储蓄要增加。

以上是我们一生的理财思路。这个思路是指导投资者未来投资的基本准则,遵循这个基本准则,我们就能找到财富的源头。

第 二 章

念好家庭理财经

俗话说:家家有本难念的经。家庭理财不是一件很容易的事情,每个人或是每个家庭的情况都有所不同,不同的个人及家庭应选择更适合自己的方案。我们应该把家庭理财这本难念的"经",念得快乐、和谐,而且很有效率。

古人云:一室不扫,何以扫天下?一个人如果连自己的屋子都管不好,怎么能管理国家大事呢?同样的道理,如果家财都理不好,又何谈去挣外财呢?所以学习理财,首先要从家财理起。

一、家庭资产构成

我们在进行家庭理财的时候,需要这样一个报表,把自己每月的收入情况,支出情况,节余情况做一个记录。这就是本章教给大家的理财小窍门——学会使用家庭财务报表。

根据某机构统计数字可以看出,大多数家庭每个月都不做自己家庭的财务报表。70%的人从来没有听说过家庭资产负债表和支出表。我坚持天天做两大表——家庭资产负债表和家庭收支表。因为我知道,千里之行,始于足下。做好了自己的家庭理财报表,我们在做股票基金赚外财的时候,也有异曲同工的妙处。

我们就先从家庭理财开始,了解下面这个财务报表(表2-1),一个家庭的理财表。我每个月都会记录这个表,跟家人一起探讨家庭理财。

表2-1 家庭资产构成

理财资产	必需消费品资产	高消费资产
现金和活期存款	自有住房	高档运动
定期存款	家用汽车	别墅
退休资金储备	家庭用品	黄金制品
预期养老金	非耐用消费品	名画 艺术品
股票	耐用消费品	明清家具
基金资产		钻石
其他金融投资产品		珠宝
商业投资		
不动产		
其他		

从表中我们可以看出,家庭的资产分为三部分:第一、理财资产;第二、必需消费品资产;第三、高消费资产。下面我就逐一介绍。

1. 理财资产

理财资产包括以下几方面:

可以支配的现金,银行、其他一些金融机构的存款,每月列入储蓄计划的存款。

基金,在西方叫做对冲基金,或叫做共同基金,主要的形式是公司性质的,或者是契约性质的私募。我国基金业起步较晚,它的发展需要一个充分完善的阶段。现在很多家庭都持有基金理财产品。其他的金融产品还包括期权和期货,很多人不太了解,觉得投资风险很大,其实只要掌握一些投资技巧,是可以获利的。

不动产,家里的房子都是你名下的资产。其他不动产包括厂房、土地等。

直接的商业投资,金融投资如果不了解投资风险很大。很多投资者本着减少投资风险的目的,做商业投资,开一个公司,开一个个性小店,出租商业用房,这些都属于商业投资。

以上这些资产都属于可以理财的资产,理财资产是可以给我们可以带来收入的资产,它是可以用钱来生钱的。但是理财资产也应该有风险意识,如果理财失误造成亏损,这部分资产将减少。比如说股票、期权、期货投资。在资产负债表里,理财资产都希望是正数,不希望是负数。如果投资10万元去买股票,股票下跌变成3万元,资产就要减去7万元,造成理财资产缩水。

2. 必需消费品资产

必需消费资产的特点是这些资产只有一部分可以升值,其他大部分是贬值的消费品。

自用住宅,是可以名义升值的,因为房价有可能上涨。但是自用住宅还需要花费很多现金资产维护的,需要交物业费、交取暖费,自有住房是给自己提供居住的场所,要为房子负担所有的费用。这个资产使用时,就是年年缩水的资产。

私家车,如果八年前买私家车的时候,不仅汽车品牌少,而且车子价格奇高。现在汽车价格是不断下降。现在10万元买的车,即使你开了一米远,也算二手车,可能就只能卖8万元了。这些个人的使用资产,是不能给我们带来更多资产,反而是折损你的资产,让你的资产减少的。

家具和衣物、化妆品,这些都属于非耐用品和耐用消费品。非耐用消费品就是使用期非常短,一个月之内并且是我们日常消费必须得消耗的物品。比如衣物,化妆品等。耐用消费品就是使用时间比较长,虽然日常消费但是很长时间内一次性消费的产品,比如电视、音响、录像机,叫做耐用消费品。

3. 高消费资产

高消费资产,就是奢侈的商品。如果第一项金融资产理财成功,很多人自然可以拥有第三项的奢侈产品。否则的话,高消费品和我们无缘。高消费品包括金银珠宝、度假的房产或别墅,有价值的收藏品。如果我们从现在开始理财,我相信十年、二十年、三十年之后,这些奢侈品,一定会成为会理财的家庭的消费品。高消费品,也是属于需要花费金钱维护的资产。去海外度假,在欧洲买别墅,收藏名画,它慢慢升值了。但是如果你没有把它出卖,还是要花费大量金钱进行维护。

以上就是资产负债表里面资产的概念。

二、家庭负债构成

有收入就有支出,有赚钱的时候,就有赔钱的时候。这是很正常的,我们也应该正视家庭的负债。

家庭负债,包括全部的家庭成员欠非家庭成员的钱。家庭成员 A 给 B 1000 元,不能理解这个家庭负债 1000 元。因为家庭的总收入是固定的,家庭成员之间钱的交换,是支出,不是一个家庭的负债。比如说家庭成员 A 欠同事的 1000 元,这就是家庭的负债。

家庭的负债分下面几种:

1. 流动负债

流动负债是一年内到期的负债。例如投资一个项目,借款 10 万元,合同约定必须在一年之内要偿还,这就是流动负债。

2. 中期负债

中期负债是五年之内要偿还的负债。中期负债和家庭理财生活非常贴近,例如,现在很多家庭都要买车,如果钱不够怎么办? 可以车贷。自有资金 5 万元,可以贷款 15 万元。买一部相当不错的中级车。车贷的期限一般是三至五年。

3. 长期负债

五年以上的负债算是长期负债了。现在大多数家庭最大的长期是负债是什么? 很多人会说是房贷。我们需要偿付二十至三十年,这是很可怕的事情。它涵盖了你理财一生 50% 或者是 60% 的时光,房贷把我们变成了房奴。和还房贷同时的时间内,我们还需要积攒退休费,积攒自己子女的教育费,自己的保险。理财是一个系统工程,你越算越觉得不理财真是不行。

有钱人叫富翁,没钱人也叫负翁,负是负数的负。真有钱的人开豪华车,有可能车也是借的,也是负翁。银行贷款买的车,也是负翁。希望我们要做富裕的富翁,而不做负翁,这和我们负债理财习惯是息息相关。

下面我们看看家庭负债明细表(表 2 - 2)。

表2-2 家庭负债明细表

短期负债	中、长期负债
电话费、上网费	大额消费贷款（汽车、装修、电脑等）
煤气、水电费	住房贷款
冬季取暖费	助学贷款
房租（有房需要修理费）	投资贷款
物业费	
保险金	
当月的长期贷款	

家庭负债明细表基本上涵盖了我们每个月必须得花的钱。我们的负债消费：电话费、上网费，每个家庭都有电话，包括手机，是一笔每月固定费用。煤、水、电费，冬天要供暖，夏天要空调。修理费用，包括房屋、家具和很多用品的修理费用。流动人口需要租房子，包括租金。如果买房还有房产税和所得税。这些费用基本上都是我们的流动负债。

每个家庭还需要支出保险金。买寿险或者是重大疾病险。一年、两年、五年，甚至有十年、二十年，每年需要交固定的保险费。当期支付的一些其他贷款。以上就构成了流动负债。

长期负债是贯穿我们整个的人生的，主要就是大额贷款：一个购房贷款，还有一个助学贷款，一个车贷，其他的倒是不多。但是这三种负债，足能压得我们透不过气来。

三、每月做好收支平衡

我们要做好财务记录，做好家庭的资产负债表。每个月的负债有多少？本身的还款能力如何？不能还款能力超过收入能力。比如说，每月收入5000元，但是房贷每月5000元，大家觉得这样的情况合适吗？本身的还款能力已经等于收入水平，这是非常危险的。一旦暂时失去收入，一次房贷就把你压垮。5000（收入）－5000（负债）＝0，还完房贷款一分钱不剩，其他花费怎么办？一定要有一个合理贷款还款的比率。这个例子贷款比率就是百分之百。如果每个月的大部分收入都用于还款，你的资产已经资不抵债，是在透支以后的二十年、三十年以后理财的生活。这是不可取的。

要记录每月的还款日期，及时到期还款，否则会逾期产生滞纳金。电话不交费可能会停机，影响使用。现在很多朋友都喜欢用信用卡，我有一个朋友，有三张信用卡，分别属于3家银行。每个月他会仔细阅读消费明细单，看看每个月消费多少，每个月的还款期是多少？到期及时还款。因为不还按时还款，会影响他的信贷记录，产生滞纳金。

有的朋友说,我用信用卡刷卡,我没有还银行的钱,我还占了银行的便宜呢,银行不会因为很少的钱去追款,追款费用都超过还款金额。请大家千万不要有这样的思想,现在国家所有银行的个人的信用都联网可以查到,如果银行有这种不良记录,会影响信用评级。我们用的是信用卡,其实透支的是我们人生最宝贵的信誉。一定要按时还款,这样就会减少不必要的损失。所以不必要的费用,一定不要损失。

我们要根据每月收入量力而支出。现在年轻人喜欢使用信用卡,这样可以拥有自己想买近期无钱买的商品,比如笔记本电脑。这样造成花费超过收入,下月支出必然紧张。中老年人使用信用卡的少,不喜欢透支。但是量力而行的刷卡消费,利用免息期投资会获得投资收益,使我们的资产充分利用起来。

使用信用卡的朋友一定要避免只还最低付款额。本月消费了2000元,银行可以要求还10%,还200元,还有1800元可以下月再还,银行信用卡最低还款的利息是相当高的。最后2000元消费全部还清,可能要花到2500元。这种情况是不必要的,当你能力有限的时候,你花钱一定在能力之内。这样就避免了最低付款产生的利息和利率的问题。

切忌以债还债,拆了东墙补西墙。这是我们理财的大忌。本月收入5000元,本月花费6000元,超出1000元就是负债。对于资产我们可以尽量地使资产延续,对于负债,我们先计划还债,一定要计划开支,先把债还了,剩余的钱才能去理财。

每月最好进行收支平衡。最好硬性地拿出一部分钱来,作为还债。剩下的才作为开支,而不是先消费再想还债。例如,每个月收入5000元,上月借某人500元,一定要先把500元还上,5000元先减去500元,之后再考虑还房贷,剩下的钱,拿它来做硬性开支。只有这样,才会合理利用资金,让本月不用再次负债。

最好按照收支出表来计划每月开支。居家过日子得把资产做一个比较。资产是我的收入,负债是我的支出。每个月把我的收入和支出做成家庭收入支出表,用我的收入减去支出。如果每个月得出是正数,那就说明本月结余。得出负数,就是本月亏空。

我们看看下面的家庭收入支出表(表2-3)。

表2-3 家庭收入支出表

一、收入		数量（元）	占总收入比例
工资和薪金	姓名		
	姓名		
劳务稿酬收入			
奖金			
养老金和年金			
投资收入	利息所得		
	股息所得		
	证券出售所得		
	其他		
其他收入			

（续表）

（1）总收入			
二、支出		数量（元）	占总支出比例
房子	租金/房屋贷款支付		
	修理、维护 物业费		
日用	修理、维护 物业费		
	煤、水、电		
	电话费、上网费		
	有线电视和其他		
食品	食品、蔬菜		
	非家庭吃饭花费		
汽车	贷款		
	年检费、养路费、车船税		
	汽油费和修车费用		
医疗费	健康、大病医疗和残疾保险（从工资中扣减或自己交纳）		
	医疗、住院费、药费		
	衣服衣服、鞋 等服装花费		
保险	家庭财产险		
	寿险和重大疾病险		
	汽车保险		
	养老险		
	健康险		
纳税	个人所得税		
家用品、家具、和其他消费	购买和维修个人护理支出化妆品、头发护理、美容、健身		
娱乐和休闲	度假		
	其他娱乐和休闲		
其他项目			
（2）总支出			
现金盈余(赤字)〔(1)-(2)〕			

大部分人都是工薪族,家庭收入支出表第一项就是工薪收入,是家庭所有成员每个月的工资收入。例如,家庭中成员 A 每个月挣 5000 元,成员 B 挣 3000 元,表格里所有家庭成员收入这一栏里,就应该写上 8000 元。

第二项是劳务收入,例如 A 给某银行讲课,收到 1000 元讲课费,属于家庭劳务收入。第三项是奖金,本月 A 收到单位奖励 1000 元奖金。这个月 A 和 B 的家庭总收入就是1万元。工资占到总收入80%,劳务占到10%,奖金占到10%。A和B还没有退休,无法领取养老金和年金,所以这个项是0。如果50岁或者60岁的人,那可能就没有工资收入,没有劳务收入和奖金了。领取养老金,养老金可能就占你收入的百分之百了。

这几项全加起来,就得到了总收入。之后按每项的比例做除法,就得到一个总收入的比例。

有收入就有支出,支出的每一项也都要算计好:

第一大项,房子的支出。不能安居怎么能乐业?房子是支出大项,主要是房贷,每个月房贷占支出比例较大,还有养房花费的物业费、修理费、维修费,这些都是维持住房的花费。

第二大项,日用消费品。这是我们必须的非耐用消费品,必须得用,所以煤、水、电、电话、电视,手机费,这大家可以计算支出比例。

第三项是食品,食品包括自己采购和外出就餐。一般老人超市采购和在家里做的饭机会多,年轻人一般工作节奏紧张,时间不充裕,喜欢在外就餐。无论自己做饭还是外出就餐,食品花费是不可避免的支出。

第四项是汽车。一位朋友来北京告诉我,北京太大了,如果要在北京想办一件事,用半天或者用一个整天,都很平常。比如,要去工商年检,可能需要半天时间。为什么?从居住地到工商年检的地方,可能开车就要一个小时,排队要一个小时,最后办理,需要花费半天时间。所以汽车成为很多家庭的代步工具,养路费,汽油费,如果车子是贷款买的还要还贷款,年检,维修,每个月车花费多少,占总支出多少,记录下来填写清楚。

单位会给大家买一部分医疗保险,社会保险也是必需的,日常的看病,这是一个不可预测的支出,随着年龄的增长,可能支出会越来越大。但是这个支出我们每个月也应该划分在医疗费项目里。

服装,老年人买服装支出比例较少,年轻人讲究体面,服装支出比例较多。以后有了孩子,可能支出比例更多。这个是不确定的支出,可有可无的。但有时候是必须的,有时候非必须支出,也是一个不确定因素,所以每个月也要做出一定的计划。

下面这些支出,我认为是很重要的,是必须得支出。

保险。保险分为家庭险、寿险、汽车保险、养老险、健康险。汽车保险,算在汽车项目支出里面,不上保险就没有办法验车。家庭财产险,这是专门针对家庭财产的一个保险品种。家庭财产险费率很低,但是很必须。有一个家庭,春节去国外度假,回来之后,房子遇到了火灾,损失惨重。最后查找原因爆竹飞到他们家里,引起了火灾,如果购买了家庭财产险,可以挽回损失。

寿险、养老险和健康险,随着年龄增长,这些保险确实有必要购买。"没有什么也别没有钱,有什么别有病。"如果不重视自己的养老,不重视家庭的财产险和健康险,一旦身体出现重大疾病,给整个家庭财务带来危机。

纳税,是每一个公民的义务。北京市地税局的统计,北京市四分之一的税源来源于个人的所得税,所以每个参加工作的人,都要依法纳税。这是我们家庭每个月固定的支出。

个人的护理支出,化妆品、美容健身、休闲和娱乐。这些是年轻的时候花得多,年老的时候可能就是去景山公园、北海公园、天坛公园去进行大众的消费。在公园健身的大部分都是老年人,中青年人少得可怜。而去健身房、娱乐中心的人,都是中青年人。相比较,肯定年轻时期花费更多。这部分支出占家庭支出的比例就高。

下面这些消费属于大件支出,是一次性、两次性的消费,不会很多次的。包括家庭大件消费品和家具的支出。家具有一个维修费用的支出。电器有修理费用。

看懂了这个表,我们每个家庭都可以把每月收入消费做收入支出表,每月月终立刻可以知道本月是节余还是赤字。把所有收入加总减总的支出,如果最后节余,说明每月理财是有效的,如果出现一个负数,本月就赤字;支出高于收入,本月理财要亮起红灯。

理财需要开源节流,每个月最好收大于支,不要做负翁族。这样对我们来说,才算合理利用资产负债表和收支表。

所谓理财就是"开源节流"四个字。开源就是增加收入,节流就是减少支出。我希望大家理财采取举杠铃的方法。如果我们把理财收入做好,我想大家开源同样会做得非常好。

在理财中还有很多不尽如人意的地方,很多人按照错误的方式进行理财,结果财越理越少。我列举了理财很多误区,希望大家能够避免错误的理财方式。

一、月光族理财误区及应对策略

月光族就是月月把收入花光的人群。月光族中基本上是年轻人,刚参加工作,或者结婚刚一两年的人,这样的人群成为月光族的概率是最大的。

我就有这样的朋友,过着单身的时候,每月收入5000元,但是每月消费5000元,每月到了那个月底,都会把钱花光。这种人有一定的代表性,其实这种消费是冲动的消费理念,第一无目的消费,第二没有储蓄的习惯,一旦收入花光了,不行就跟父母去要。月光族,往往变成了啃老族。

这种情况大有人在,这些人不会理财,如果长期这样的话,后半生过得不会很好。因为父母不能跟你一辈子,遇到经济危机的时候,往往这样的人是首当其冲的。

所以,一定要养成先储蓄后消费的习惯。我发现月光族都是白领居多,挣钱不少,但是积攒不住。所以我给白领人士的忠告是,人生也就是三十年的理财时间,不可能永远白领下去,今天干得好一点,也许明天还存在失业的情况,国家也会出现经济危机,通货膨胀,所以必须养成先储蓄后消费的习惯。

月光族应该避免因为工作压力造成的消费冲动,不能经常大量购物,买用不着的东西。购物狂这种情况发生在女士身上比较多,男士可能还好一些。发了工资,女士经常去逛商场,看见一些商品,可能并不需要,由于促销,一时冲动而买入一些自己经常不用的东西,造成浪费。

那么,月光族如果想理财,有什么好的策略吗?我推荐的理财对策是:制订每个月的财务计划,这样的话就能控制开支。控制住你的购买欲,最好把你的信用卡收起来,出门可以少带钱,或者不带钱,尽量少去商场,控制自己冲动欲望。

使用收入和支出表,逐步做到收支从相抵到赢余。每个月先计算一个月能花多少钱,比如说车子上保险,这个是固定;煤、水、电、电话,这些是固定的;吃饭,日常的必需品,瓜果蔬菜等开支。

其他的消费呢,可能是一个不固定的支出,但是其他的固定支出非常的有限,也就花一定的钱。买衣服呢,或者其他的支出,可以列为突发的支出,但是整体来说,这个每月的财务计划做得非常的好,基本上一个月,能知道自己花多少钱,做好自己的财务计划,才能控制自己的开支。

二、告别拆东墙补西墙的生活方式

有一些人,不把债务还清,就继续花费,明显超过收入,容易造成最低还款,就会造成罚息,这样越欠越多,可能有人会从 A 借钱,之后还给 B,再从 C 借钱,还给 B。这就是人们常说的:拆东墙补西墙。

拆东墙补西墙,这种生活方式实为下策。借钱时可能第一次借你钱,如果你再这样的话肯定不愿意把钱借给你,因为你在透支你人生中最宝贵的东西——你的诚实和信用。这样的话,没人再借你钱,包括银行都会把你的信用看得很低。

我想这个损失比你不还债的损失更大。如果使用信用卡,每期只还最低。发现透支及时解决,因为银行每日的日息是很高的。一笔没有还清的钱,最好全部还清,不要去还最低额度。及时地规划自己的未来财务,这样的话,才能保证不用新债还旧债。

要想告别拆东墙补西墙的生活方式,可以采取这样的理财对策:我们人生的各个阶段,尽量要避免向社会或者其他人来借钱,如果有一时的不时之需,必须要借钱消费,那么一定要分析借钱成本,一定要把自己借钱成本放到最低。

例如,需要房贷,几十万的房,一次付清比较困难,但是能付清首付,肯定要贷款,贷款也分好几种,有商业贷款,公积金贷款。如果我没有公积金,但是家庭成员有公积金,那一定要用家庭成员的公积金去贷款。因为公积金贷款比商业贷款可能要低两到三个百分点,很多人认为两三个百分点没什么,一个月就还款 1500 元,但贷款需要二三十年,而且还要面临加息风险,大家算一下,这样下来的话,你的成本就低很多。

公积金贷款之后,如果日后有一笔闲钱,最好这笔钱如数的还房款,因为房款利息就会占到房款的 30% 多,可以提前还款,节省还很多利息。这样是一个非常好的理财。

我总结了一下,良好的理财方式如下:不要买自己暂时不用的物品;制订每月的财务计划,控制开支;该透支的钱一定要及时归还;该借钱的时候,就是要把借钱成本做到最低。

三、找到适合自己的理财层次

每个人的工作、地位、财富情况是不一样的,不同层次的人理财是不能一模一样复制的。不同层次的人理财需要量体裁衣,要根据个人的情况做适合自己的理财规划。所以,我们一定要知道自己的理财需求和目标,一定要理解自己的理财层次。

四五十岁的人,理财可能就是退休规划,处于家庭的成熟期,就需要一个稳健的理财。30岁的人,是一个工薪族,理财层次和四五十岁的家庭成熟期人士理财肯定是不一样的。希望大家都能找到适合自己的理财层次,找到所处的层次之后,按照自己的层次再理财。

从下面几方面,可以来分析到我们所处的理财的某个层次。

第一,你的收入是否稳定。如果你是打短工的,收入不稳定,那么你的理财应该储蓄多一些,因为你打短工,下个月要是没有工作怎么办?你又不能不吃不喝,所以可能你的储蓄会先多一些。

第二,你所处行业的前景。现在什么行业最赚钱?金融、银行、证券、保险和一些国有垄断行业收入比较高。在中国经济大牛市鹏飞的时候,这些企业的前景是充满了灿烂,所以他们的收入可能更高一些,消费的比例可以高一些。

相反,一些国有老厂,存在转型甚至要倒闭。这个行业的发展前景不是很好的话,会影响到你的月收入是否稳定。所以,理财还是趋向储蓄多一些,先攒着钱,以防止不测。

学校、公司、机关单位、商业,这些行业基本上也有发展周期。最稳定的是事业单位,很多毕业生都想去事业单位,当个公务员或者学校教书。这些事业单位比较稳定,而且现在竞争激烈,不能说是行业前景好,只能说是公务员待遇和事业单位的待遇提高了,它的发展是随着国家经济发展而发展的。

在公司,取决于公司类型和发展。你所在的企业是处于行业中游水平还是下游水平,发展潜力是大还是小,所以它整体的发展,决定了你的月收入是否稳定。

第三,有一定数量的现金计价资产。这是必须的,可以作为理财的初始资金。如果收入高,又会节流,先把这笔钱储蓄下来。同样行业的人理财也会处于不同起点,就取决于这点,所以必须积攒了一笔资产,之后在做资金的保值和增值。

第四种叫失地族。房地产业的繁华和繁荣背后,产生了一大批失地族。这些人自己有住房或者土地,结果住的地方要搞房地产开发需要拆迁,拆迁之后得到一部分补偿款,用这笔钱买一套楼房,还能剩余几十万。这个人群文化水平和职业技能都不是很高,靠失去土地获得一笔现金资产,这样的人群也需要稳定的理财模式。

第五种是养老族,是退休之后的人。这个群体包括55岁到60岁以上人员,这批人群攒了一辈子的钱,很不容易,有一定的积蓄。养老族是不适合把钱全部投在股市里,这种人群也需要一个稳定的理财来安度晚年。

第六种是海外族,包括海外华侨,还有包括一些海外回归的,叫做海归族。现在,他们就是学到了海外的很多的一些理财的经验,但是都比较年轻,所以他的理财还是消费型的,喜欢自己多花钱,不喜欢攒钱,因为国外很少有储蓄。但是国外的养老,以及各种社会的福利制度是相当的完善。中国可能现在是慢慢发展,以后会越来越好,但是现在还有不尽如人意的地方,这样的人需要改变国外的生活方式,用国内的方式来理财。

未来的收入高低也决定理财的层次。但是未来收入可以预测,我们用下面因素预测。

第一,收入是否稳定;第二,收入是否年年增;第三,是否有失业之忧;第四,自己现在的储蓄。第四点很关键,"巧妇难为无米之炊",储蓄是你的原始积累,没有原始积累的第一桶金,任何事情也是空想。想去投资股市,可以吗?不可以;没有拿到自己的创造第一桶金的钱去股市,所以只能望梅止渴了。

第五,理财的花费时间问题。现在我发现一个有趣的现象,在股市中,在银行买基金,大部分都是白发族比较多。大多数人基本上都是在写字楼里头,大厦里面上班,理财时间的多少也决定我们理财的收益。你有时间理财,可以自己给自己理财,没有理财时间,就买一些基金,买一些理财产品,买一些债券。这种风险小,收益相对也较股票少,是在没有理财时间的时候获得的比较安全的收益,这也是一种理财方法。有时候理财花费时间不和理财收益成正比。

第六,理财知识掌握程度。在股市大厅里,在银行里,很多看到的白发族,他们的理财知识非常匮乏,但是也被理财大军推到了理财的前沿,也有自学的精神,K线图可能会看了,但是做起交易来,还是不太好。所以,理财技巧掌握程度,直接影响理财收益。"知彼知己,百战不殆",才能给自己的一生理好财。

看了上面的理财层次划分,你一定可以找到自己的理财所处的地位。明确自己,才能量力理财。

最后,我举一个身边的理财例子。我的一个同学,当时是班级里年纪最大的,足足比我大3岁,毕业后留在北京,在一家日资企业做会计。接下来,她的日子可以用按部就班来形容。先是结婚,老公是一个基层政府的公务员,属于比较体贴老婆的人。婚后一年,两人有了一个儿子。我的同学相夫教子,一家人其乐融融。

我的同学一家三口住在老公分的房子里,每月交纳象征性的房租。每次同学聚会,她都是津津乐道说她的孩子,同时告诉我她没有我们的投资思路,不会炒股票,炒外汇。上学时那颗驿动的心也慢慢趋于平静,她最大的梦想是让孩子到国外读书,接受最好的教育。

夫妻两人每月的收入只有6000多元,每月需要花费1000多元的日常开销,还有1000多元需要给孩子交纳学费。她家里没有私家车,夫妻二人上下班都是骑自行车。除了必要应酬,基本在自己做饭吃。每年需要2－3次回老家看父母,每次需要3000元。每月省吃俭用,这样算来,每月最多可以攒3000元,还是在每月不买衣服,孩子不生病的前提下。

她家每年最多可以攒36000元,将来孩子自费留学,至少需要60万人民币。按照这样的速度,至少需要十六年的时间才能攒够孩子的留学费用。再加上赡养老人,抚养孩子,为了自己的退休做打算,这样的收入只能是杯水车薪,难以应付家庭的重大变故。

一切听起来有些沮丧。但是有一点可以看到希望,丈夫单位的房子可以交纳不多的钱买下。他们终于有属于自己的房子,这样也许他们会平静地过自己按部就班的生活。

但是,几年之后的同学的聚会上,我发现她变了,投资的头脑变了,她已经变成了一个拥有3套房子的小"地主"。当时还以为她换了工作,增加了薪水,但是她还在以前的单位工作,她的老公也在基层做他的公务员,没有太大发展。

原来,她在第一套房子附近买了这个小区开发的第二期房子,当时房价4000元每平方米,每套80平方米,她用了几乎所有的积蓄买了2套,交纳了首付。之后她把这两套房子出租,以租养房。我给她算了一笔账,一套房子32万元,首付和一些杂费需要7万元,2套就是14万元,再加上简单装修的花费,需要16万元。

每月的房贷还款是1000元,一套房子每月租金1500元。这样算下来,足够以租养房。三年之后,这个位置的房子已经涨到每平方米10000元,2套房子累计升值96万元。

她把其中的一套房子卖了,获利48万元。用这笔钱在2006年买入了股票型基金,结果获利150%。这样最初的16万元原始投资基金,加上房地产,有价证券变成152万元。短短五年时间,夫妻成功把自己资产翻了几翻。这样以后孩子留学的钱已经留了出来。

这就是一个打工阶层的人成功理财的例子。

在家庭理财的群体中,工薪阶层是绝大多数,在参加工作到结婚生子这段时间,是工薪阶层原始积累最困难的时刻,这个时期,几乎要花费这段时期的所有储蓄,甚至还有很多人需要父母资助。我的这个同学在家庭支出已经到了节流的极限,不能再省出更多的钱用来储蓄或者投资。但是,他们每月都懂得家庭收支表的使用技巧,积攒了一笔钱。这笔钱就是原始积累。有了原始积累,工薪阶层需要开源来增加自己的收入。

我的这个同学把这笔资金先后投入到两个市场:地产和基金。因为随着经济的发展,国家的经济政策发生变化,房屋由分配机制转变成货币机制,必然导致房价大幅上涨。以租来养房子,是不会亏损,而且有赚的。

在国家经济发展之后,股市是一个国家经济的晴雨表,经济发展必然带动股市繁荣。我的这个同学没有专门时间来做股票,所以青睐基金投资,用专家替自己理财。这样也获得了预期的收益。

广大的工薪阶层朋友,如果你的节流已经到了极限的时刻,自己的工作也比较稳定,难以大发展,不妨多想一些理财的开源方法来增加自己的财富。

> 理财的最高境地是什么？保持良好的心态。成功理财的前提是要拥有一个平和的心态。赚钱不喜，赔钱不悲。理财需要快乐，不要当做金钱的奴隶。一定要让财富做人的奴隶，不能让人去做财富的奴隶，心理的健康是比任何都重要的。

看到我身边很多退休的人，投资都是追涨杀跌。听人说买基金赚到钱了，今年也买了基金，但是基金知识缺乏。可是现在基金下跌了，很多人已经从浮动盈利到本金亏损，天天就唉声叹气，埋怨自己没有盈利卖出。这样的人理财心理是不健康的，过分看重了理财的金钱效应。

心理的健康比什么都重要，任何的投资都有风险。我们一生就是在与风险与化解风险中渡过，而且有的时刻还要面对挑战和困境。为什么我们不能用平和的心态去看待理财呢？

我在十年的投资生涯中，也有亏损的时候，也有盈利的时候，但是我走了过来，这是为什么？在盈利的时候，我不沾沾自喜；在亏损的时候，我也不气馁。我总是保持一个良好的心态，所以我能把我的财理好，做到身体健康，心态平和，才能做理财的主人。

媒体经常报道：在股市中很多人炒股亏损了，当时晕倒，或者哇哇大哭；有的人赚了钱是哈哈大笑。曾经报道一位70多岁的老太太，在麻将桌上赢钱而激动，结果心脏病突发而去世。过度的喜和过度的悲，对我们的身体损害是相当大的。

奉劝很多退休的老年朋友们，一定要走出精神空虚的误区。我认为，任何人都有一个精神寄托，有的人在孩子身上，有的人在事业上，有的是在父母、亲情或者那些朋友身上。一旦失去了这个精神，很多人就受不了。很多人为啥退休之后会生病？在单位上班，天天有工作，现在不上班了，浑身就难受的不自在。这就是精神的空虚，你暂时失去了支柱。

老年人理财，心里承受力会更低。所以，要注意：第一要健康，第二要稳妥，第三要风险小。老年人理财，一旦出现重大漏洞，对于退休后的生活是致命的，因为可能大部分退休人都失去了自己的再创造财富的能力。

一定要看到理财的财富效应，但是不能过分地沉迷在这里，也不能过分地放纵理财，造成理财失败。快快乐乐的理财，千万不要做理财的奴隶，我们要控制理财，而不要让理财来控制我们的精神世界。因为人一旦压力大，可能会生病。

　　我有一位保险公司的朋友跟我说,他负责100亿元的资产去运作,因为保险公司的钱也需要升值和保值,所以他每一夜都睡不好觉,因为他控制的保险人的钱是不能有丝毫损失的。这个100亿元主要投资在是股市、债券市场、货币市场,所以他每个夜晚都睡不好觉,造成精神很紧张,看上去比实际年龄老许多。干了一段时间后,他身体出了毛病,不能当资金管理人了,只能转行。

　　年轻朋友理财也需要心理健康,比如说投资股市,行情上涨的时候,开心快乐,一旦被套了,心情坏到极点。投资无非是心态,心态平和才能健康,才能赚到钱;投资心态变坏,是赚不到钱的。

　　理财提倡心理健康,身体健康。心理健康,你才能理好财。我们更需要身体健康,身体是革命的本钱。

第 三 章

置业理财:房地产投资

如今,房地产的投资功能越来越受到人们的重视。房产是商品,具有使用价值;它又是一个投资品种,人们可以通过房产升值和租金来实现投资回报。只有正确而巧妙地理财,才能使自己置业无忧、养家不愁。

第一节 房地产理财有学问

在每个家庭理财规划众多目标中,最现实,最迫切,也是必须实现的目标就是房地产投资。房地产理财时间最长,可跨越人生理财后半生,花费的投资在你的理财规划中应该占据三分之一的资产。购房作为每个人一生当中最大的一笔消费,房屋理财有很多学问。

一、购房要有规划

2001 年,我的邻居家里人口也增加了,住 30 多平方米的房子,有些拥挤,想买一套大点的房子,才发现住房按照平方米来出售,房价 3000 多元/平方米,3000 多元要买 80 平方米的话,需要花费 25 万元,再交一些杂费,需要 27 万元。当时现金没有这么多,很多人没有贷款概念,他更觉得亏了,以前 10 万元钱的房子,没买,20 多万更不愿意买了。当房价继续上涨,他有些着急。当时房价涨到 8000 多元/平方米的时候,在北京清河镇附近买了一套房子。这次他也知道贷款了。

很多人看了这个例子,是不是深深有同感。大部分人理财都喜欢追涨杀跌,房价低的时刻,没有人买,在 2005～2006 年房价暴涨,很多人倒是出现了抢购的狂潮,甚至很多有房子的人看到其他人买,也来买,问及他买房子理由,他说:我看其他人买,所以我也要买。

房地产属于大宗理财,如果理财不当,会影响你今后十至二十年的生活。试想我的这个邻居,他 27 万元钱如果买下,每月还贷款只是需要 800 多元,时间过了四年,房价由 25 万元变成 70 万元,他多花了近 2 倍的钱。贷款也需要每月还款 2500 元左右。

没有一个长远住房规划,对我们理财来说,就是一大败笔,五年时间,就多付出了 40 多万元的代价,而收入水平远远没有到达房地产的上涨幅度。多付出了 40 多万元,按照北京市平均工资水平,相当于十多年的工资,可以想象十多年收入白白花费在房地产上面,对我们的理财生活影响有多大?

二、避免房地产投资误区

近几年来,不少富裕起来的人,手中吃剩有余的资金找不到更好的投资渠道时,纷纷将眼光转向了房产市场。此举本无可厚非,但是,除了对选择的投资对象不能"放进篮子就是菜"之外,更重要的是一不小心陷入某些认识上的误区,可能弄巧成拙。尤其是现在正是房价高位运行,国家强力出手调控房地产的时候,谨慎投资显得更加必要。

1. 投资房地产一定要量力而行

投资房地产是一个大宗投资,会影响我们长期理财生活,所以一定要量力而行,有多少钱就办多少事情。

2002 年,投资者 A 先生在北京望京买了 10 套房子。他是这样运作的,他买了第一套房子,4000 元/平方米,每套 80 平方米,总房价 32 万元,他先支付 20% 的首付和一些税款,7 万元,再简单装修,花 1 万元钱,共计花费 8 万元,然后把这房子出租,每年可以收到 3 万元房租。有了这笔钱,他和亲戚朋友借点再买第二套房子,之后是装修出租。按照这样的方法,买了 10 套房子。他一直资金紧张,如果资金面断裂了,后果不堪设想。每月的工资全部交纳贷款,如果有租方退房,找不到新租方,房子闲置,则令他雪上加霜。

当时他借遍了身边所有的人,来应付资金危机。最后一年之后被迫卖掉 2 套房子归还房贷款,差点破产。虽然房子升值,但是 80% 是银行贷款,一旦资金链断裂,所有房子面临银行催还贷款和没收拍卖的命运。幸好,北京房价持续上涨,他没有破产,反而发了一笔财。现在身价几千万。这就是从 8 万元到 5000 多万元的财富神话。很多人说:如果我前几年买几套房子多好,但是理财不能后悔,当然财富也不可复制。

聪明的读者想想,如果房价买入之后持续下跌怎么办?他绝对破产。

2007 年美国的次级债风波已经令很多投资房地产投资者陷入债务危机,房地产投资的风险再次显现。

现在绝对不能鼓励这种情况,1980～1997 年,十七年间,香港楼市只是升不跌,由 1980 年的 1 万港币/平方米,上涨到 1997 年的 10 万港币/平方米。1997 年,香港楼市受到了东南亚金融危机影响,楼市价格暴跌,金融危机之后,房价从每平方米 10 万元下跌到 3 万元,2007 年才回到每平方米 6～7 万元的水平。房地产市场比高峰时刻跌去 7 成,现在也难以回到最高峰程度。

当时很多人破产,因为花 200 万港币买的房子,交了三成 60 万元的按揭,到了

1997 年,房子才价值 70 万元,还贷款还是不还贷款,都会令你左右为难。当时的香港明星钟镇涛因为炒楼市陷入债务危机,最后还经历了离婚的打击。当时很多香港人,看到房价下跌号啕大哭,很多人宁可想办法还贷款,也不愿意把这房子丢了,后半生过得很差,真是年轻风光,晚年凄惨。

投资房地产是有风险的,尤其在房价泡沫越来越大的时候。我们在投资房地产中,一定遵循量力而行,否则就会陷入投资风险。

2. 投资房地产要遵循循序渐进的原则

在房价日益高涨的时刻,投资房地产风险会越来越大。很多读者会认为,今年刚买了房子,房价就上涨 10% ,房子已经升值,怎么会有风险? 我们能保证房价十至二十年不回落吗? 能保证十至二十年不遇到吗? 现在要买房,应该遵循我们的大宗理财的一个投资原则,从租房,到购房,到换房的计划。

只要房地产投资,都可能存在这种情况,先租房,再买房,最后再换一个大的房子,这是一个从实际出发的置业计划。毕竟投资不是冒险,尤其是占自己一生时间很大比例的投资。

3. 投资房地产不要陷入低首付陷阱

一般人投资房地产,由于资金有限,需要贷款,很少有人可以一次付清。投资房地产不要落入这样的陷阱,因为低首付,而买了负担不起的房子。

这个情况很多人都会有发生,什么叫陷入低首付呢? 总价 60 万元的房子,按照 20% 的按揭 12 万元就可以拥有自己的住房。每月还一千四五百元钱,不会影响你的正常生活,因为你每月收入 3000 多元。如果看到首付便宜,支付了首付,但是日后却越来越难过。

例如:投资者 B 每月收入 8000 元,看到北京三环内一处 100 平方米的房子,10000 元/平方米,首付 20 万元,之后每月还 6000 元钱,买了房子日常生活费只能维持在 2000 元之内,需要花费积蓄或家里其他成员的钱。一年后投资者 B 由于工作失误,丧失了工作,虽然 2 个月之后找到新工作,但是每月收入只有 6000 元,出现了还贷问题。令投资者 B 左右为难,后悔当时买房没有考虑自己的承受能力和不确定因素,陷入财务危机。

投资者 B 就是犯了这样的错误,要蚂蚁吃大象。光看到了首付低廉,而忘了需要 240 个月的难受。

4. 不要因为购房地产而降低我们的生活质量

投资者 C 买了一套房,一百多平方米,7000 元/平方米,需要贷款 50 万元,每月还 4500 元房款。但是投资者 C 每月收入 5000 元,收入全部还房款,每月指着家庭其他成员工资生活,每月生活费 3000 元,这样的日子有生活质量吗?

这就是房奴,这样的生活,可能要维持二十年到三十年,尽管房子宽敞、明朗,但生活却搞得一团糟,你说他会理财吗? 对房地产投资理财,觉得现在住得舒服了,但是给自己其他的生活,包括教育投资、养老金的积攒、保险投资都会推后,生活质量下降,这样也不是一个很好的理财。

所以房地产投资一定要记住这一点,不能量入为出,不能圆梦,就是勉强圆梦也会影响生活质量。

5. 如果有购房的计划,可以强迫储蓄

中国人比较能储蓄的,因为需要花钱的地方太多。如果有购房计划,必须强迫自己储蓄,至少要储蓄出来付清首付和装修的钱,才能去买房。如果换一个更大的房子,从购房到换房,也需要强迫储蓄。因为换的房子比你住的房子房价更高,需要支付其中的差价。

选择最好的贷款方式,能用公积金担保贷款,肯定要比商业担保要好得多,因为它最后能便宜很多钱,贷款的利率是不一样的。我算了一下,如果贷款50万元,要二十年付清,能省下四五万元钱,所以有公积金最好用公积金,千万不要用商业贷款。

6. 小心以获取租金收入为投资回报

上官女士,前几年刚在北京海淀区购买了一套108平方米的二室一厅,三口之家绰绰有余。不久前,见邻近的大钟寺附近新开一楼盘,买下一套130平方米、总价在110万元的三室一厅。据售楼小姐介绍,4500元一个月随随便便的就能租出去。

这个决策有问题,最大的失误在于既然打算以获取租金收入为投资回报,就必须考虑地段因素。这是因为目前北京决定租金贵贱的主要因素在地段,并且未来至少十至二十年不会改变,很可能每平方米2万元以上的黄金地段物业,能获8%~10%的回报,而每平方米上万元的地段也许只能获得3%的收益。

另外,选择住那一带的人,有谁愿意付出4500元月租,或者有多少事业有成的外籍、外埠人士在那一地区创业? 要像售楼小姐所说的,不是纯居住的房就租给办公司的,殊不知,这里显然有误导倾向。很显然,售楼小姐只管销售,自然会找个恰当的理由,顺着你的心思以迎合你才这么说的,至于你今后能不能顺利出租,这可不是她管的事情呢。

7. 不要想着买套房子放着留给后代

现在社会上还有一大部分人认为,趁现在手上有钱,不如买套房子放着,等到留给子女长大了婚嫁时再用,毕竟房地产具有保值、增值的作用。

其实这样的考虑也是偏颇的。一方面,任何物业都既有一个与时俱进的概念,也有一个折旧的因素在内。现在的房子的确很贵了,品质也很好了。但由此推理,现在买了房子留到十年、二十年以后很可能这个房子已经过时落伍了。

再说儿孙自有儿孙福,尽管现在为了规避房价上涨,在提前为子女买好房子的同时,却在为他们设计了未来,比如学习、工作与生活的地域被框死了。要是现在买的房子,与他们心仪向往的区域不符,岂不是白忙了一场? 当一样物品没有被使

用或充分使用时，它的价值就会大打折扣，更不用奢谈一些什么保值、增值之类的话了。

8. 不要想低进高出赚取差价

有的人投资房地产的目的很明确，就是想等以后房价涨了再抛掉，赚取其中的差价。

事实上，就是这种风险最大。由于房地产市与股市在诸如价值发现功能方面有许多相似之处。所谓的价值发现，是对股票或房产处于价值被低估时所定义的，而一旦被充分发现，就失却了发现的原始本色。也就是说，通常是少数人在大多数人对某样物品不知不觉时先知先觉才是发现的含义。

然而，如今北京的房价连续上涨了多少年，而且其快速上涨，已经达到了一个很高的水平，即使不考虑其他的外因，总的来说，房价上涨的空间已经相当有限。就算某个人独具慧眼，所选的物业确实有上涨空间，但也得静下心来算一笔账，差价部分刨掉不能省却的买卖交易费用（其中包括契税和佣金），以及财务费用（银行利率），剩下还有多少。

欲作这项投资的人，不妨自己先测算一下，结果很简单，一套 100 万元的房子必须先有 9.5 万元的差价底线，除掉这部分之后，才有赚钱的可能。

成功的理财讲求理财规划,家庭理财也不例外。我们做房地产投资,第一步就是要搞好家庭理财规划。理财规划可以帮我们更好地实现财务安全、资产增值和财务自由的境界。

一、购房投资决策要点

投资房地产,是一项决策,必须要把握决策要点。投资房地产关键是看房价的波动和利率水平的波动,利用三大指标来计算购买房子成本。

1. 房地产成本和售价和供求关系比例

房价就是房子的价格,而不是房子的实际价值,房价代表房屋实际价值的时间往往很少,大多数情况,房价总是高于房子实际价值。房价要围绕房合理价值波动,一旦房子供应紧张,房屋价格势必上涨,脱离实际价值;一旦房屋出现供大于求,出现大量卖出房的,就会引起房价暴跌。

我们总是说房地产,其中最值钱的是地而不是房。同事聊天,经常会问:你住在那里?我住在通州,你住在望京。根据住地,我们就可以了解当地的房价。所以,房地产最值钱的是地,而不是房屋本身建造成本。对开发用地的需求程度,开发土地集中程度,都会决定未来房价。

房地产售价高于成本100%,甚至更高,说明投资已经很热。但是可能不到离谱程度,还可以买房子。但是如果市场建造100套房子,,需求是200套,供需比例是200%,说明房子还可以购买。相反,如果建造100套房子,需求只有10套,供需比例是10%,则房价存在下跌风险。

2. 出租回报率

房价怎么算高,怎么算低,如何判断自己买的房子房价是否过高,是否有投资价值,用出租回报率这个指标就可以判断。

出租回报率是每年租金和房子价格的比率。这个指标如果同时比较一个国家不同城市的房价,准确率更高。一般如果出租回报率在每年5%~7%基本是合理水平。如果出租回报率过低,则说明房地产已经泡沫,随时房地产价格可能暴跌。

我们这个时刻买房可能资不抵债。如果买房之后,出租回报率高于7%,说明房地产价格处于低潮,房价有上涨空间。

例如:投资某地房产,2001年买一套房子100平方米房子需要30万元,2001年出租房子,每年收取房租15600元,2007年房子价值100万元,每年收取房租3万元。

2001年,出租回报率 = 15600 ÷ 300000 = 5.2%;

2007年,出租回报率 = 30000 ÷ 1000000 = 3%。

2001年出租回报率是5.2%,按照这样出租19.24年基本可以收回买房成本。

2007年出租回报率是3%,说明房价上涨已经高过物价水平,33.33年才能收回成本。已经存在风险。

3. 房价走势曲线

在经济学中,有经济周期理论,房屋地价格走势也要随着经济周期地发展而同向运动,房地产价格走势是随着经济周期运行。我们在观察房价时,可以通过观察近期十年房地产走势价格图表来分析。通过这个指标图形,可以判断房价是否过高或者过低。

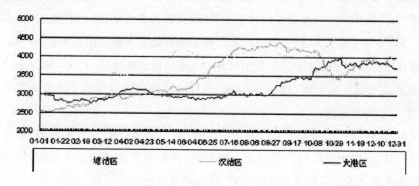

上面是天津市2001年房价变动情况,可以看到房价呈现曲折上涨,近期有些回落,但是总体呈现上涨趋势,涨势没有结束。天津地区物价水平可以代表一些中国区域经济的情况,可以参考一些发展地区,了解这些对我们购买房子是一个参考。

综合上面这三个指标,如果买房子时刻看到购买之后出租可以获利10%,则说明长期房子有投资价值,房价处于低谷,我们可以把房地产当作投资。

通过这三个指标运行,我们可以发现投资机会。

例如:上个世纪90年代末,香港楼房出现了令疯狂地炒作阶段,平均房价十多年上涨10倍,也就是说一年多点时间上涨一倍。这样的年收益率吸引很多人投资,于是类似荷兰的郁金香事件发生了。

当时出租率不足1%,市场风险很大。但是很多人还是趋之若鹜。其中不乏很多名人,很多人在投资香港楼花中破产。而当时中国内地正经历了房地产的低潮期,当时4000多元每平方米就可以在上海卖一个不错的房子。当时北京3000多元每平方米就可以买一个价格合理的房子。

2007年之后,北京、上海房子成倍上涨。从十年香港的房价走势也可以看到,房价的风险已经随时像从山顶垂直滚下石头。而当时上海和北京的房价还在底部。

如果当时大部分人懂得这三个指标,花费不多时间就可以看到风险和机会。

二、人生置业阶段的策略

很多人往往不是一次置业,第一次买房都是过渡性的,在制定换房计划时首先需要计算换房能力,要计算新房价值、首付、售旧房收入所得及剩余的房屋贷款等因素,还要考虑装修费用、中介费用、以及换房期间的住房问题。同时,应该考虑购房的机会成本,可以将购房款用于投资回报率更高的产品。

购房不是理财的唯一目标,若把家庭所有的资金全部用来支付购房或是满足换房需求,会耽搁子女教育金或退休金的筹措时机,很多人甚至沦为"房奴"。不断的投资房地产,占据了大量的现金流,有时可能会降低现在的生活水平。

建议可在资金准备充分前暂时租房。一般购房房价的上限,约为年收入的5－8倍,月供款占收入的30%左右比较合理,这样在家庭财务安排上才具有一定的自由度,不至于沦为房奴。

贷款买房的朋友,如果资金投资不太专业,在没有更好的投资渠道时,首先建议还住房贷款,中国现在的银行利率不断攀升,房贷利率也越来越高,很多投资项目的回报率都不及银行房子贷款利率高,所以建议首选归还贷款。

大家还记得第一章我给大家讲述的人生的几个理财阶段吗?我们的购房子置业同样也要按照这样的阶段划分。

1. 幼稚期置业策略

刚出生到5岁,这是人生的第一个阶段,幼稚期。不需要买房,没有理财能力,你的衣食住行,包括所有的所需都是父母给你的。

2. 单身期置业策略

这个时期最大的问题就是要买房子,或者租房。尤其是单身男士,这个时期收入不多,工作不稳定,又要面临成家立业。为此,必须为买房子或者租房子强制储蓄一笔资金。

3. 新婚期置业策略

结婚之后,第一次离开父母,需要独自生活,需要有自己的房子,或者承租一套房子。这个时期承租住房要求房价便宜,不求奢华和面积过大,只求适当舒适的居住,也许一室一厅的楼房就足够了,住房的维修尽可能少。买房不用一次到位,尽量安排二人世界的居住要求即可,简单装修,做到量力而行。

4. 没有子女期置业策略

这个时期需重新考虑房子投资,为有小宝宝而做准备。如果这个时期是承租房子,需要换一个更大的适合三口之家的房子,住房要求较高,需要留出孩子的空间,还要有保姆的居住空间。可能一室一厅的住房就拥挤不堪了,这时本着要承租两室一厅的房子才够用,最好和房东签订二至三年的承租协议,防止在孩子出生后,因为房价上涨被迫再找房子。

买房的年轻父母这个时刻可能你原有的住房不能符合养宝宝的要求了,需要换一个更大的房子来满足家庭居住和抚养下一代需要。所以需要卖掉旧房子换一个更大的新房子,就会涉及旧房子卖出,新房子采购弥补差价,还涉及新房子装修等事情。

5. 子女期置业策略

当有了孩子之后,成了三口之家,承租房子需要给子女提供一定的空间,比如做功课空间,游戏空间,这样对孩子未来成长有好处。这个时期如果已经完成购房,需要合理完善理财计划,最好尽快还清房贷,以便满足子女教育投资需求。

6. 家庭成熟期置业策略

如果这个时期承租住房,一定租赁住房在各种需求和理财环境变化时提供一定的安全性,防止大起大落,因为这个年龄段实在不适合搬家等折腾。理财重点要放在为退休理财做打算。如果购买房子就得要求房子质量要好,简单适用的装修,千万不要因为装修太多而加大维修费用和负担。家庭成熟后,人的性格也日趋成熟,建议买符合生活方式需求的住房。

7. 退休期置业策略

人生的夕阳红的阶段,这个时期老年的生活质量最重要,需要平和的心态,买房和承租房子基本应该结束,房贷一定要还清。生活主要是尽享天伦之乐。人生这个阶段禁不起任何风浪,所以任何风险大的投资都不适合你。

三、租房 ABC

很多年轻人毕业参加工作,首要面对的问题就是租房安定下来。如何在有限的经济承受范围内选择适合自己的房屋呢?

1. 租房要有防骗意识

在租房过程中,首先要注意的问题就是防骗。

　　我同事的一位表兄刘先生,从山东老家刚刚来到北京打工,需要承租一套房子,但是北京的房子供求紧张,尤其是中关村产业园附近租房。

　　刘先生在网上看到一家房屋中介机构专门帮助租房,刘先生就登记了租房子信息。没过2天,房屋中介告诉刘先生,有一处房子符合他的需求。

　　刘先生应约前往看房。这是一处居民小区,属于上个世纪90年代建筑,比较老旧,但是周边距离医院、学校、超市都很近,距离刘先生上班的单位也就只有三个街区,十分便利。出租房布局和条件都不错:地毯和电器,热水汽、空调、等一切设施齐全。上网、电话等通讯设施更是齐全。特别令刘先生喜欢的是房间的布局,南北通透,站在阳台上可以俯瞰整个中关村。

　　刘先生租房子前,还特意到网上了解了租房的一些注意须知,这些他是充分满意的。房屋中介的工作人员还亲自给他看了房东的出租委托书和房产证的复印件,并且告知,房子如果你不租,明天就无法保留,如果按照一年期间租赁,房租可以打八折。房屋中介收取1个月房租作为交易费用。

　　刘先生想,这里的房子租赁需要3000元,打八折每月只要2400元,可以节省20%,看着可以少花钱租赁房子,刘先生签订合同交纳31200元给房屋中介。

　　为了防止出现意外,刘先生执意要把钱交到房屋中介所在办公地,而且还是房屋中介给他开了收据,拿到了房屋钥匙。

　　三天之后,满心欢喜的刘先生准备搬家到自己的承租房。但是刘先生发现怎么也打不开门。一种不祥的预感让刘先生着急地跑到房屋中介地办公地点,发现人去楼空。相反,有十几个有刘先生同样经历的人焦急地等在中介公司门口,手里拿着交费收据。

　　这是一起典型的利用承租人着急租房的心态,而进行的诈骗活动。骗子先租赁一所房子和房东签订租赁合同,之后在租赁办公楼做一个中介机构,之后持有假造的法律文件到网上发布信息,用低于同地区房价的价格,引诱租房者上当。

　　刘先生租房子已经犯了很明显的错误。其实只要仔细,骗子的伎俩是很容易被识破的。

　　刘先生错误之一:顾及租房子细节,忽略中介真假。如果租房通过房屋中介,建议一定要委托一个资质好,信誉高的中介机构,并且先检查这个中介机构的营业执照、网址、工商备案、税务情况、信誉情况,做好调查工作。刘先生只是图便宜,忽略了这些细节,只是看了复印的房产证,虽然到中介场地看了,但是不要忘记了场地作假很容易,复印的房产证更容易作假。

　　刘先生错误之二:没有签订租房合同就交纳全部房租和中介费。没有签订租房合同,不能交纳房租和任何费用。没有签订租房合同,就没有形成合同关系,一旦交纳房租,没有法律约束,受害者只能是承租者。

　　如果租,租房一般会签订租约,一定要约定这些信息:

（1）对房产的描述，其中包括房产地址；

（2）房屋所有人姓名和住址；

（3）承租人的姓名；

（4）租约的时间；

（5）押金金额，一般是 3 个月房租；

（6）月房租的金额、交纳方式和时间；

（7）房租包含的公用设施、家用电器、家具和其他设备需要列席清单；

（9）是否可以转租，是否可以装修、改建；

（10）一些违约责任比如房租未及时支付的滞纳金和缴纳滞纳金的日期；

（11）合同中止的通知期间，双方一般是否继续租都需要提前一月告知。

刘先生错误之三：被低价诱惑。现在是经济信息爆炸的社会，经济信息透明，一个地区的租房和买房报价一般不会出现 20% 的波动，如果这样必然有问题。一般如果房租 3000 元，可能上下浮动 100 - 200 元。刘先生没有考虑到这些，过分图便宜，导致被骗。殊不知，骗子就是利用低价来骗人。

2. 租房要算计成本

租房成本包括房租，押金，虽然最后押金退还给你，但是也存在现金流量的问题。押金一般是 3 个月房租。

双方约定需要承租方交纳的费用：水费、电费、电话费、上网费、有线电视费、物业费、暖气费用、维修费用。

通常，一般承租者必须负担水费、电费、电话费、上网费、有线电视费、一般物业费、暖气费用和维修费用可以和房屋出租方协商，按照租赁时间来决定。

3. 租房要考虑资金使用效率

我的一个好朋友，在中关村一个著名网络企业上班，在回龙观租房，每天上班需要乘坐地铁，花费 1 个小时的时间上下班。由于工作繁忙，经常加班。

一天他下班晚了，十一点回家的时候，由于居住比较远，遇到抢劫，被歹徒扎伤，住进医院，不仅耽误了工作，而且情况很危险。养好病之后，他在单位附近租了一个房，虽然房租贵一些，但是却省下了路上的时间。

从这个案例可以看到，我的这个朋友由于工作原因，经常加班，一旦加班时间比较晚，由于租赁房子处于偏远地区，回家安全存在不安全系数，而且花费在路途上的时间完全可以多休息，多参加其他活动。

租单位周边的住房，每月房租 2100 元，租赁边远地区房子，每月房租 1500 元，虽然每月多支出 600 元，但是单位周边租房，不需要花费交通费，而边远地区租房子，却要多花费 200 元交通费和每天 2 个小时的上下班时间。如果把休息时间考虑到房租价值里面，我认为从房租使用效率来看，单位就近租房不比偏远租房差多少，因为时间是不能用钱来衡量的。

所以,租房还需要考虑上班情况、加班情况、路上花费的时间等一系列因素,不能单单用房租多少来衡量。但是有一个情况,房租的支付每季度必须的支出,所以一定要提前准备好现金,不要该交纳房租时刻出现没有现金的情况。这样最好每月房租的支出额度不应超过月收入三分之一,由于房租不像其他的支出可以视具体情况做出调整和更改,不能临时抱佛脚,否则就会影响到正常生活的水平。

交通便利是首选条件。市中心寸土寸金,房屋租赁价格简直是天价,但如果选择偏远地区,交通不便又增加了生活成本。因此,建议可考虑在地铁沿线租房,因为在地铁各个方向的端点处房屋租赁价格偏低。由于每个人工作地点不同,完全可以采取靠近地铁、城铁等各个端点区域的租房策略。

四、买房 ABC

如果我们决定买房,最好在买房前多熟知些技巧,否则会出现买房陷阱。买自己经济能力承受不起的房子,出现类似的次级债危机。我们要按照自己的收入水平确定买房子的层次,我们都想买别墅,但是很少有人能买得起,所以要根据自己的收入水平来确定买房的档次。确定承受得起的总房价。

1. 以储蓄及缴息能力估算负担得起的房屋总价

目前能够一次性付款购房的人还是很少一部分,大多数购房者还是采用贷款买房、每月还款的方式买房。因此,房屋的总价应该包括两个部分,一是首付款,二是房贷款。所以,我们以储蓄及我们的每月收入就可以计算买房子情况。

可负担首付款 = 目前储蓄总数 × 负担首付的比率上限;

可负担房贷 = 目前年收入 × 负担房贷比率上限 × 年金现值(n = 贷款年限,i = 房贷利率)。

年金:每隔相同的时期付等额的款。年金现值 = 年金额 × 期数 − 年金的利息累计。

可负担房屋总价 = 可负担首付款 + 可负担房贷。

例如:赵先生年收入为 10 万元,刚参加工作四年,目前储蓄 10 万元,70% 为储蓄首付款为负担房贷的上限,贷款年限三十年,利率以 5% 计。赵先生的年收入中负担房贷的比率上限为 50%。

分析:

赵先生是可以负担的房屋首付上限为:10 万元 × 70% = 7 万元

赵先生可以负担的房贷大致为:10 万元 × 50% × 15.3725 = 76.8625 万元

赵先生可以负担的房价为 7 + 76.8625 = 83.8625 万元

也就是说，现在赵先生25岁，可以贷款三十年，55岁还清贷款，不计算房贷利率增长等因素，可以买83万元的房子是可以承受的。

2. 买哪里的房子，买多大的房子

买房人的投资偏好，房子的不可替代性质这里发挥决策作用，一般人喜欢买距离亲朋好友近的房子，距离单位方便的房子等，这些都成为买房的偏好理由。

知道自己买房的承担比例，用家庭居住人口和日后规划就可以测算买房面积和地点。

比如：赵先生的家人、朋友都在北京海淀区，赵先生买房子就希望买这些地方附近的。赵先生准备结婚，家庭人口是2人，考虑日后要孩子，所以2居室比较合适。综合考虑海淀区的房价，每平方米1万元，则可以买83平方米左右的房子；考虑到房子的一些其他成本，装修费用、房屋装修、家具、搬家费、保险费、律师费、契税等费用也得在考虑之例。所以买80平方米的房子是比较合适的，再大就是超过承受负担，除非这些费用家里老人赞助。

投资房地产是一个系统工程,需要各个方面的知识。一个好的楼盘,需要有优势的地理位置、方便的配套设施、宜人的居住环境、舒适的户型结构等因素才能有升值的潜力。房屋装修不仅要称心如意,还要省钱,避开装修一锤子陷阱。下面我就讲讲这方面的秘诀。

一、如何看楼盘和选择称心的房子

有一个现象:很多人买房后就后悔,房子环境不好,交通不便利,房屋结构不好。总之,有很多不如意的理由。那么,在现时越来越多的新推出的楼盘中,如何寻觅自己如意的栖身之所呢?

1. 看位置

房产作为不可动的资产,所处位置对其使用和保值、增值起着决定性的作用。房产作为一种最实用的财产形式,即使买房的首要目的是为了居住,购买房产仍然同时还是一种较经济的、具有较高预期潜力的投资。房产能否升值,所在的区位是一个非常重要的因素。

看一个区位的潜力不仅要看现状,还要看发展,如果购房者在一个区域各项市政、交通设施不完善的时候以低价位购房,待规划中的各项设施完善之后,则房产大幅升值很有希望。区域环境的改善会提高房产的价值。

以北京为例。随着北京交通路网的建设,车程、车时概念逐渐取代了原来的绝对位置概念,所以在选择区位时还要注意交通是否方便,有多少路公共汽车能够通到小区。交通方便往往是开发商的强劲卖点,有的售楼广告说地铁某号线直达小区、某宽阔大道紧邻小区。其实这有可能只是城市规划中的远期设想,对于交通条件,购房者一定要不辞劳苦亲临实地调查分析。

2. 看配套

居住区内配套公建是否方便合理,是衡量居住区质量的重要标准之一。稍大的居住小区内应设有小学,以排除城市交通对小学生上学路上的威胁,且住宅离小学校的距离应在 300 米左右(近则扰民,远则不便)。菜店、食品店、小型超市等居民每天都要光顾的基层商店配套,服务半径最好不要超过 150 米。

目前在售楼书上经常见到的会所，指的就是住区居民的公共活动空间。大多包括小区餐厅、茶馆、游泳池、健身房等体育设施。由于经济条件所限，普通老百姓购买的房子面积不会很大，购房者买的是80平方米的住宅，有了会所，他所享受的生活空间就会远远大于80平方米。

随着居住意识越来越偏重私密性，休闲、社交的需求越来越大，会所将成为居住区不可缺少的配套设施。会所都有哪些设施，收费标准如何，是否对外营业，预计今后能否维持正常运转和持续发展等问题，也是购房者应当了解的内容。

3. 看绿化

目前北京住宅项目的园林设计风格多样，有的异国风光可能是真正翻版移植，有的欧陆风情不过是虚晃几招，这就需要购房者自己用心观察、琢磨了。但是居住环境有一个重要的硬性指标——绿地率，是居住区用地范围内各类绿地的总和占居住区总用地的百分比。

值得注意的是，"绿地率"与"绿化覆盖率"是两个不同的概念，绿地不包括阳台和屋顶绿化，有些开发商会故意混淆这两个概念。由于居住区绿地在遮阳、防风防尘、杀菌消毒等方面起着重要作用，所以有关规范规定：新建居住区绿地率不应低于30%。北京城近郊居住区绿地率应在35%以上。

4. 看布局

建筑容积率是居住区规划设计方案中主要技术经济指标之一。这个指标在商品房销售广告中经常见到，购房者应该了解。

一般来讲，规划建设用地范围内的总建筑面积乘以建筑容积率就等于规划建设用地面积。

规划建设用地面积指允许建筑的用地范围，其住区外围的城市道路、公共绿地、城市停车场等均不包括在内。建筑容积率和居住建筑容积率的概念不同，前者包括了用地范围内的建筑面积，而总用地一样，因此在指标中，前者高于后者。

容积率高，说明居住区用地内房子建的多，人口密度大。一般说来，居住区内的楼层越高，容积率也越高。以多层住宅（6层以下）为主的住区容积率一般在1.2至1.5左右，高层高密度的住区容积率往往大于2。

在房地产开发中为了取得更高的经济效益，一些开发商千方百计地要求提高建筑高度，争取更高的容积率。但容积率过高，会出现楼房高、道路窄、绿地少的情形，将极大地影响居住区的生活环境。

5. 看区内交通

居住区内的交通分为人车分流和人车混行两类。目前作为楼盘卖点的人车分流，汽车在小区外直接进入小区地下车库，车行与步行互不干扰。小区内没有汽车穿行、停放、噪音的干扰，小区内的步行道兼有休闲功能，可大大提高小区环境质量，但这种方式造价较高。

人车混行的小区要考察区内主路是否设计得通而不畅,以防过境车流对小区的干扰。是否留够了汽车的泊位,停车位的位置是否合理,停车场若不得不靠近住宅,应尽量靠近山墙而不是住宅正面。

另外,汽车泊位还分为租赁和购买两种情况,购房者有必要搞清楚:车位的月租金是多少;如果购买,今后月管理费是多少,然后仔细算一笔账再决定是租还是买。

6. 看价格

看价格的比较时,首先要弄清每个项目报的价格到底是什么价,有的是开盘价,即最低价;有的是均价;有的是最高限价;有的是整套价格、有的是套内建筑面积价格。

最主要的是应弄清(或换算)所选房屋的实际价格,因为这几个房价出入很大,不弄明白会影响你的判断力。房屋出售时是毛坯房、初装修还是精装修,也会对房屋的价格有影响,比较房价时应考虑这一因素。

7. 看通风

在炎热的夏季,良好的通风往往同寒冷季节的日照一样重要。一般来说,板楼的通风效果好于塔楼。目前楼市中还有塔联板和更紧密结合的塔混板出现,在选择时,购房者要仔细区别哪些户型是板楼的,哪些户型是塔楼的。

此外还要注意,住宅楼是否处在开敞的空间,住宅区的楼房布局是否有利于在夏季引进主导风,保证风路畅通。一些多层或板楼,从户型设计上看通风情况良好,但由于围合过紧,或是背倚高大建筑物,致使实际上无风光顾。

8. 看户型

平面布局合理是居住舒适的根本,好的户型设计应做到以下几点:

入口有过渡空间,即"玄关",便于换衣、换鞋,避免一览无遗。

平面布局中应做到动静分区。动区包括起居厅、厨房、餐厅,其中餐厅和厨房应联系紧密并靠近住宅入口。静区包括主卧室、书房、儿童卧室等。若为双卫,带洗浴设备的卫生间应靠近主卧室。另一个则应在动区。

起居厅的设计应开敞、明亮,有较好的视野,厅内不能开门过多,应有一个相对完整的空间摆放家具,便于家人休闲、娱乐、团聚。

房间的开间与进深之比不宜超过1比2。

厨房、卫生间应为整体设计,厨房不宜过于狭长,应有配套的厨具、吊柜,应有放置冰箱的空间。卫生间应有独立可靠的排气系统。下水道和存水弯管不得在室内外露。

9. 看设备

住宅设备包括管道、抽水马桶、洗浴设备、燃气设备、暖气设备等等。主要应注意选择这些设备质量是否精良、安装是否到位,是否有方便、实用、高科技的趋势。

以暖气为例：一些新建的小区，有绿色、环保、节能优点的壁挂式采暖炉温度可调，特别是家里有老人和儿童时，可将温度适当调高，达到最佳的舒适状态。

10. 看节能

住宅应采取冬季保温和夏隔热、防热及节约采暖和空调能耗的措施，屋顶和西向外窗应采取隔热措施。按建筑热工分区，北京地处寒冷地区，北向窗户也不宜过大，并应尽量提高窗户的密封性。住宅外墙应有保温、隔热性能，如外围护墙较薄时，应加保温构造。

11. 看隔音

噪声对人的危害是多方面的，它不仅干扰人们的生活、休息，还会引起多种疾病。《住宅设计规范》规定，卧室、起居室的允许噪声级白天应小于50分贝，夜间应小于或等于40分贝。

购房者虽然大多无法准确测量，但是应当注意：住宅应与居住区中的噪声源如学校、农贸市场等保持一定的距离；临街的住宅为了尽量减少交通噪声应有绿化屏幕、分户墙；楼板应有合乎标准的隔声性能，一般情况下，住宅内的居室、卧室不能紧邻电梯布置以防噪音干扰。

12. 看私密性

住宅之间的距离除考虑日照、通风等因素外，还必须考虑视线的干扰。一般情况下，人与人之间的距离24米内能辨别对方，12米内能看清对方容貌。为避免视线干扰，多层住宅居室与居室之间的距离以不小于24米为宜，高层住宅的侧向间距宜大于20米。

此外，若设计考虑不周，塔式住宅侧面窗与正面窗往往形成通视现象，选择住宅时应予以注意。

13. 看结构

住宅的结构类型主要是以其承重结构所用材料来划分的。北京地区目前常见的住宅结构有砖混结构和钢筋混凝土结构。

砖混结构的主要承重结构是黏土砖和小部分钢筋混凝土构件，只适用于多层住宅，它的优点是造价低，保温、隔热性能好，便于施工。缺点是房屋开间、进深受限制，室内格局一般不能改变，墙体结构占据空间过多，整体性、耐久性较差。

钢筋混凝土结构适用于中高层住宅，其中高层住宅以全现浇剪力墙结构为佳，多层或小高层、高层住宅常用的有框架结构、大模结构、大板结构等。总体说来，钢筋混凝土结构抗震性能好，整体性强，防火性能、耐久性能好，室内局面较砖混结构灵活。但这种结构的施工难度相对较大，结构造价也相对较高。

14. 看抗震防火

地震烈度表示地面及房屋建筑遭受地震破坏的程度，北京地区的住宅应按8度（不是8级）设防。19层及19层以上的普遍住宅耐火等级应为一级；10层至18层的普通住宅耐火等级不应低于二级。19 层及 19 层以上的普遍住宅、塔式住宅应设防烟楼梯间和消防电梯。

15. 看年限

住宅的使用年限是指住宅在有形磨损下能维持正常使用的年限,是由住宅的结构、质量决定的自然寿命。住宅的折旧年限是指住宅价值转移的年限,是由使用过程中社会经济条件决定的社会必要平均使用寿命,也叫经济寿命。住宅的使用年限一般大于折旧年限。不同建筑结构的折旧年限国家的规定是:钢筋混凝土结构六十年;砖混结构五十年。

16. 看面积

随着小户型热潮的兴起,商品房的套内面积稍稍降了一些,但是许多购房者仍然认为住房面积越大越好,似乎小于 100 平方米的住宅就只能是梯级消费的临时过渡产品。甚至一些经济适用房也名不副实,大户型、复式户型盖了不少,致使消费者也被误导,觉得大面积、超豪华的住宅才好用。其实尺度过大的住宅,人在里面并不一定感觉舒服。从经济上考虑,不仅购房支出大,而且今后在物业、取暖等方面的支出也会增加。

住宅档次的高低其实不在于面积的大小,三口之家面积有 70 至 90 平方米就基本能够满足日常生活需要,关键的问题在于住宅是否经过了精心设计、是否合理地配置了起居室、卧室、餐厅等功能,是否把有限的空间充分利用了起来。

17. 看分摊

商品房的销售面积 = 套内建筑面积 + 分摊的公用建筑面积;套内建筑面积 = 套内使用面积 + 套内墙体面积 + 阳台建筑面积。套内建筑面积比较直观,分摊的公共面积则可能会有出入。分摊的公共建筑面积包括公共走廊、门厅、楼梯间、电梯间、候梯厅等。

购房者买房时,一定要注意公摊面积是否合理,一般多层住宅的公摊面积较少,高层住宅由于公共交通面积大,公摊面积较多。同样使用面积的住宅,公摊面积小,说明设计经济合理,购房者能得到较大的私有空间。但值得注意的是:分摊面积也并不是越小越好,比如楼道过于狭窄,肯定会减少居住者的舒适度。

18. 看物业管理

买房时购房者一定要问问,物业公司是否进入了项目,何时进入项目。一般来说,物业公司介入项目越早,买房者受益越大。

若在住宅销售阶段物业公司还没有介入,开发商在物业管理方面做出许多不现实、不合理的承诺,如物业费如何低,服务如何多等等,待物业公司一核算,成本根本达不到,承诺化为泡影,购房者就会有吃亏上当的感觉。

物业管理是由具备资格的物业管理公司实施的有偿服务,北京地区小区物业管理费标准因住宅等级、服务内容、服务深度而异。物业管理费都有哪些内容、冬季供暖费多少、小区停车位的收费标准、车位是租是卖等，买房前都应问清楚，以便于估算资金，量力而行。

其实，一些开发商将低物业收费作为卖点实在没有什么可信度，因为物业收费与开发商根本没有什么太大关系。项目开发、销售完毕，开发商就拔营起寨、拍拍屁股走人了，住户将来长期面对的是物业管理公司，物业管理是一种长期的经营行为，如果物业收费无法维持日常开销，或是没有利润，物业公司也不肯干。

一般来说，规模较大的社区能够为餐馆、超市、洗衣店、会所等项目提供充足的客源，住户也相对容易得到稳定、完善和低价的物业服务。如果购房者还是难以承受每月数百元的固定支出，建议干脆选择经济适用房项目，因为经济适用房的物业收费标准很低，而且受政策的严格控制。

二、如何验房收房

大多数老百姓，辛辛苦苦一辈子，花几十万或上百万买这个房子，在房子交付的时候去装修去入住，可能高兴的时间也不长。因为在交房验收过程当中，可能会发生一些问题，特别是装修以后，再发现房屋有质量问题，就很麻烦。需要维权。所以这里教大家如何验房。一定要在验房时把问题发现，便于解决。

1. 验房流程

首先要签订一些和开发商交接的表。业主领取《竣工验收备案表》、《房屋土地测绘技术报告书》、《住宅质量保证书》和《住宅使用说明书》并由开发商加以说明，《竣工验收备案表》、《住宅质量保证书》和《住宅使用说明书》必须为原件而不是复印件。

业主领取钥匙并签署《住宅钥匙收到书》之后业主做综合验收，业主就验收中存在的问题提出质询、改进意见或解决方案。开发商与业主协商并达成书面协议，根据协议内容解决交房中存在的问题，无法在15日内解决的，双方应当就解决方案及期限达成书面协议。最后业主签署《入住交接单》进行装修。

检测方法：看、摸、敲、照、闻，根据需要做通水、通电试验、亲自给水试压、电气检测等。用兆欧表来检测电线、电气对地电阻的情况，相位仪检测房子内墙的水平程度，手动试压泵检测水压。

用眼睛可以看的也按照下面顺序来仔细检查：

看门：门框是否稳固、周正，安装牢固；门扇是否外观平整，漆面完好无流坠、漏刷和磕碰，色泽一致；门锁是否牢固，操作轻便，均匀锁紧；门把是否牢固，操作灵活；门轴是否平整牢固，转动平稳；猫眼是否完好，视野清晰；门铃是否按钮完好，加电有声。

看窗户:窗框是否稳固、周正、表面平整;窗扇是否安装牢固、开关灵活、关闭严密;玻璃是否完好;把手是否完好、牢固、灵活;密封是否窗缝严密、窗框严密;窗台是否完好、无裂缝、浸水;窗前护栏高度是否符合规范、安全、稳固、无妨碍。

看房屋主体:套内空间,外窗窗台距地面净高、阳台栏杆高度、防护栏杆垂直杆件间净距、室内净高;顶棚是否平整、无空鼓、开裂、脱落;墙面是否平整、洁净、颜色均匀,无开裂、爆点;地面是否平整、无开裂;阳台是否平整、无开裂。

看安装:电源总闸是否完好、有效;电表是否完好,底数;电开关是否牢固、完好、灵活(个数);电插座是否牢固、完好、有电(个数);灯座是否牢固、完好、有电(个数);灯开关是否牢固、完好、有效(个数);电话插座是否牢固、完整(个数);信息插座是否牢固、完整(个数);有线插座是否完好、稳固(个数);水表是否完好、底数;阀门是否闸完好;上水管是否水管完整,无明显磕碰;下水管是否封口完整,下水通畅;空调洞是否位置合理,附件齐全。

2. **房屋质量问题**

如果发现墙体有裂缝,可能有质量问题,一般建筑工程质量问题的分类:

一是安全性能有质量问题:

地基沉降:主要表现为房子的四周墙体出现45度裂缝,阳台悬挑梁、悬挑板因钢筋设计不合理或表面钢筋下沉。

电气系统不合格,电线接触不良引起火灾,接地不良好存在安全隐患。

高层排水管未安装防火圈,一旦楼下起火存在安全隐患。

栏杆安装不合格,栏杆玻璃、窗户玻璃质量不合格。

二是使用功能有质量问题:

电器不能正常使用,如设计不合理,材料不合格,安装不规范。

给水管水压不足,排水不畅通,给排水管渗水、漏水。

屋面、窗户、卫生间、厨房、外墙渗水、漏水。

房间大面积空鼓开裂,门窗开启不灵活。

三是外观质量有问题:

阴阳角不顺直,墙面不平整,地面不平整、起沙,垂直度偏差,墙地面细微裂缝。

开关插座排列不整齐,给排水管未横平竖直。

卫生清理不干净。

如果出现安全性能问题,就不能交接房子,应该和开发商协商改进和赔偿。如果出现使用性能和外观的质量问题,则应该要求开发商限期之内修改好。

三、避免装修陷阱 ABC

经过了选房、买房、验房，个人房地产投资最后就是装修了。要装修房子，第一步就是确定预算。不同的预算金额决定了装修的档次，也在一定程度上限制了装修风格。

不过无论什么档次的装修，需要重点照顾的环节都是相同的，即水电线路改造、防水、龙骨等隐性的装修环节。如果家具、门都要自己做，还要注意选材（木材、漆）的环保。同样，预算的多少也决定了所选材料的档次。消费者可能开始预想的装修风格和预算并不吻合，这就需要跟设计师交流后重新修正装修思路。装修时将门窗装得一次到位，根据后期再加工的难易程度由难到易地给予重点照顾。从材料方面看，关注点依次为：漆、地砖地板、陶瓷洁具、木料等。

一般现在商品房基本都是毛坯房，装修也是陷阱众多，如果我们不加注意，也会在买房最后一个环节出问题。媒体曾经报道无资质装修公司装修，隐患多多，最后不得不重新装修的事情。可见装修也要谨慎。

1. 慧眼识别报价陷阱

陷阱一：模糊报价和工艺说明。

装修公司提供的报价单应清楚表达每个部位的尺寸、工艺做法、材料（包括品牌、型号）和单价。比如：柜体的平方米数是按正投影算，还是按展开面积算，饰面板材的级别，柜体内部使用何种材质，是否包含了合叶、拉手、轨道等五金件；整体报价中是否包含了一些基层项目的处理，如墙面铲除、墙面找平等。勤问设计师和装修公司，要求他们在报价单中将各工艺环节标注清楚，最好附详细说明各部分包含什么不包含什么。

陷阱二：为降低报价而恶意漏项。

业主看报价单往往只关心总报价是否合适，而忽略了报价单上一些具体的项目。所以容易让装修公司钻空子，恶意漏掉一些项目来造成一种整体价格便宜的错觉，如漏掉包门套、窗套等项目，等到施工时再向业主提起，那时业主不得不增项，这样最终结果往往是装修结束才发现比报价多花了不少钱。

陷阱三：偷工减料和无谓增项隐蔽工程在装修预算中是最常见的。

如果装修公司在这一项的报价过低，很有可能是陷阱，会在施工中偷工减料。事实上，每一家装饰公司的报价中，水电项目都做预收后列明单项改造收费标准，最后结算以实际发生数为准。一般四五平方米的卫生间，有些装修公司会建议全部墙面做防水，实际上，只要做了干湿分区，除了淋浴区满做之外，其他墙面上返30

厘米即可。装修前多向有经验的朋友咨询,打听清楚须重点关注的工程项目,对待剩下环节还是要注意节约。据专业人士估算,隐蔽工程在通常的家庭装修中可以占到3000元到6000元不等,甚至更多。

陷阱四:在合同中埋下伏笔。

有的家装公司为牟取不正当利润,会在合同中埋下伏笔,以便日后偷梁换柱,以次充好赚取差价。比如规定"装修中若原品牌材料没货时,乙方(装修公司)可临时更换相同型号的材料",这样就可以在施工过程中借口货用完了,以便宜的材料来替代报价中的规定原料,让业主无形中吃了暗亏。业主应该了解市场上同类产品的价格有何差异,环保系数是否相当。如果业主无时间购买材料,需要装修公司代购时,最好提供一份详细的清单,注明品牌、厂家、产地、型号、产品等级、所需数量等,并记得索要发票。

2. 剥离重要环节交给材料商

家装是个大工程,业主很难将里面繁复的环节一一照顾到。如果可以把其中专业性强、操作又困难的一些环节交给材料商来操作,会省去不少麻烦。拿地板和橱柜来举例,现在市面上的正规厂家基本上都是负责上门测量、安装,然后收取一定的测量和安装费用,形成规模的建材城建材超市也是这样。

可以由材料商或者厂家协助完成的有:门、窗、木地板、墙面涂料、散热器、吊顶、橱柜、油烟机等厨电;热水器等卫生间电器以及浴房、陶瓷洁具等等。最重要的是,在选好装修公司的同时也要正确选择信得过的材料品牌。在选购好家装建材下订单的时候仔细咨询厂家,如果安装及保修存在疑虑最好改换别家。

3. 要求设计师常到现场

设计师是最早参与装修过程的人,是整个装修方案的提出者和设计者。有设计师常到施工现场对工程进行监督,既可以及时修正施工时造成的与原方案的偏离,又可以随时与业主交流,随时改进设计方案。

因为家装是一个分步进行的阶梯工程,不是家装方面的专业人士在施工过程中是不会发现偏离原设计的问题的,如果没有设计师的监督,没有发现装修过程中工人由于理解或者手艺偏差,导致整个效果离最初的设想越来越远,等到整个工程完工,再要改可就来不及了。正规的室内装饰设计师受过从设计到建筑到施工的全套专业培训,可以轻易看出施工过程中的误差,这样就保证了设计质量。

4. 不要忽略基材的品质

人们往往更看重的是面上的效果,殊不知面子下面的基础才是影响质量的主要部分。基层是相对于面层而言的,任何用于面层基础部分的材料都是基材。总的来说,基层的质量状况与后面的饰面工程紧密相关,基层的材质和质量、基层表面的平整度及裂缝、麻面、气孔、脱壳、分离等现象,粉化、翻沫、硬化不良、脆弱等缺陷,以及是否玷污等,都是在做面层工程之前需要仔细验收保证的。最关键的一点是,基材还应符合环保要求,尤其是胶粘剂等,它们释放的有害气体将长期困扰你的居室。

5.看紧隐蔽工程

隐蔽工程主要是指水、暖、电等这些完成后在外边看不到的家装工程。目前隐蔽工程的质量问题主要集中在给排水工程、电气管线工程、地板基层、护墙板基层、门窗套基层和吊顶基层这六个方面。根据装修工序,这些隐蔽工程都会被后一道工序所覆盖,所以很难检查其是否规范。而隐蔽工程一旦出了问题,给消费者带来的将是巨大的麻烦。

重点要看紧的地方有以下这么几点:

木龙骨的材质是否做了防火阻燃处理,间距是否正确,安装是否牢固;

做木工程的时候需要注意,在做饰面板之前,应检查基底是否干燥;

地面是否做了防水处理(防止沥青代替防水材料等);

暗埋电线的处理(如:管内导线的总截面积不超过管内径截面积的40%,管内无接头和扭结;如导线与电话线、电视线、网线等不安装在同一管道中等);

吊顶工程在饰面板安装之前,要检查其内部的龙骨、吊挂件、连接件等是否符合设计要求,安装是否牢固;

对易锈蚀的构件和部位是否已做防锈处理。

6.验收留意边角细节

工程中,要随时守好验收这道关,如果发现问题马上解决掉。其中,边角细节最应留意。如水暖管件是否漏水(紧固件、密封材料);出水水流是否过小(管线接口螺纹过长,接入弯头类管件过深造成);坐便冲水是否溢水(是否油腻子密封);面盆返味(是否做好S弯);门套、木龙骨等是否刷防火涂料;厨卫门板是否有防腐涂料;木工用到钉子的地方,钉眼是否有防锈涂料等。

第四节 购房贷款还款策略

想买房钱不够,贷款似乎成了普通工薪族购房的最佳选择。但银行贷款不是无偿的,本金连同利息几十年累计下来可是一笔不小的数字。因此,在贷款买房前我们最好还是仔细计算机会成本。面对加息压力,我们更应该讲究贷款还款策略。

一、花银行的钱买房最实际

买房钱的来源不外乎以下几种:

一是攒钱。无论是对现在没房或准备卖出现在所有的房换好房的人来讲,这种方式都不可取。因为与房价比,我们的工资太低,与房价可能提高的速度来讲,我们工资提高的速度太慢。

二是向亲友借钱。如果为了解一时的燃眉之急,还有一定可取性,但要背负人情和经济的双重压力。如果想改善住房条件,自己不忍心,别人也不理解,想借到钱恐怕不会很容易。

三是自己的钱再加一部分贷款买房。这是最为可取的方式。这种方式说来简单,但要找出最好的路子,如果不下功夫研究研究也会令一些人有雾里看花的感觉。

1. 花银行的钱买房真好

利用好个人住房贷款,不仅可以实现提前消费,而且也可以投资生财。因为当你购买了住房,房产就有了升值的可能,即使你手头富裕,贷款买房也能让你将资产用到更有升值潜力的区域。

2. 贷款买房便于投资经营

通过银行按揭方式供楼,拿出一小部分首付款,取得房屋所有权,将自己的楼房出租,每月的租金收入可以用来还月供,有的可能偿还了银行的贷款后还有赢余。自己的积蓄可以作其他投资,所谓把"鸡蛋"放到其他篮子里。

3. 灵活利用贷款低利率

现在的一些聪明人已想出了更好的办法。比如,现实中不少个体户在经营资金不足,自己又需购买住房的情况下,往往选择将自己的资金投入经营,购房资金不足部分向银行申请个人住房贷款。应该说这是一种精明的选择，因为相比较之下，个人住房贷款利率要比经商办厂所需的流动资金贷款利率低。

当然，有时也存在这样的情况：有的购房者因一时现金不足又暂提供不出房产证，但手里只有三年、五年期未到期的定期存单或国债，这时可以计算一下，看看用未到期的存单或国债等做质押贷款是否合算，如果利息划得来，则不妨拿这些未到期的定期存单或国债向银行进行短期质押贷款，因为用未到期的存单或国债作小额质押贷款，其利率相对比个人住房贷款利率要高，但手续要简单得多。

二、购房贷款的原则

如果你正打算贷款买房，掌握以下贷款的六大原则是十分必要的：

1. 对家庭现有经济实力作综合评估

在购房借款时，你一定要对自己的经济实力有一个综合评估，主要考虑存款和可变现资产这两大部分。可变现资产又涵盖了有价证券、现有住房置换。只有通过对家庭现有经济实力作好综合评估，才能确定合理的购房首期付款和价款比例。

2. 对家庭未来的收入及支出作合理的预期

谨慎可靠的收入预期，要考虑的因素包括年龄、专业、学业、工作单位性质、行业前景以及宏观经济发展趋势等。个体经营者和规模较小的私营业主等应该对经营风险有合理预期，谨慎制订贷款和还款计划。每个购房贷款家庭，还应考虑未来的大额支出，如结婚、生育、子女教育、健康、出国或购买大额消费品等。如果在购房贷款时，未考虑到未来的家庭支出，或虽考虑了，但超过预期较大时，将大大削弱还款能力。

3. 学会计算自己的还款能力

还款能力是决定可贷款额度的重要依据。还款能力是用家庭平均月收入减去家庭平均月支出后的余额来计算的。在计算时要考虑到收入和支出的可能变化，尤其是搬入新居，家庭日常开支比过去要高。

4. 尽可能用足公积金贷款

交住房公积金的市民，一定要尽可能多借公积金贷款。因为公积金贷款的利率远比商业性贷款优惠。

5. 首期付款的宽松原则

首付款越少越好，不能把手头的现金用完，而应该留有一笔适当的资金用于住房装修和更新家具、家电等室内用品。

三、公积金贷款买房省钱

在连续加息的背景下,房贷利息已不容小视,贷款买房已经成为一件必须精打细算的事情。对百姓来说,运用好公积金贷款和冲还贷政策,可使借款成本最小化,使公积金缴交资金账户存款使用效率最大化。

1. 公积金贷款的好处

目前,住房公积金贷款不仅广泛应用于新房的购买,在二手房购买方面的使用也十分普遍。由于公积金贷款年利率比现行的商贷利率低了近一个百分点,同样贷款金额和还款年限,公积金贷款与商业贷款相比能节省数万元利息。因此在大多数购房者脑海里已经形成普遍的概念:使用公积金贷款比使用商业贷款省钱。

公积金贷款的优势不仅仅只限于其利率优惠,还有贷款额度高、年限长、还款灵活方便等多种优势。

(1)还款方式灵活多样。公积金贷款的还款方式极为灵活,借款人只需每月的还款额不低于最低还款额,就可以随意确定月还款数额,非常便于借款人的资金安排。

公积金贷款提前还款有以下几点优势:

数额灵活,便于资金掌控。商业贷款提前还款,其数额必须为 1 万元或 5 万元的倍数,而公积金贷款则无具体规定,只要大于最低还款额的还款,全部视为提前还款金额。

次数不限,可按月提前还款。商业贷款对于提前还款次数有的有明确规定,如一年仅能提前还 3 次款。而公积金贷款则是每月都有三次提前还款机会,贷款人甚至可按月随时调整自己的提前还款额。

先冲本金,降低利息总额。商业贷款提前还款,所冲金额包括部分本金及部分利息。而公积金贷款提前还款,其金额全部冲抵贷款本金。使用公积金贷款提前还款,其最终还款利息总额会远低于商业贷款同等金额提前还款后最终的利息总额。

预约方便,无需书面文件。商业银行提前还款,不仅需要提前数月电话预约,有的甚至还需要贷款人提供书面文件,非常不便。而公积金贷款提前还款,只需提前三个工作日致电预约即可,电话调整提前还款额无需书面文件。

(2)公积金贷款成数高,首付压力小。商业贷款最高一般只能贷到七成,购房人首付压力较大。而公积金贷款最高可贷到 9.5 成,购房人首付压力较小。

(3)贷款年限长,月还款金额少。商业贷款的贷款年限最高只能贷到二十五年,而且大多数二手房最高只能贷到二十年,月供压力较大;而公积金贷款的年限最高可达三十年,月供压力较小。

(4)房龄限制较灵活。商业贷款对于房屋年龄的限制有严格要求,大部分银行对于八十五年以前的房屋不予贷款,并且贷款年限随着房龄的增长而降低。而公积金贷款对于房龄的限制较为灵活,房龄与贷款年限相加不超过五十年即可。

(5)各区县房屋皆可贷。商业贷款一般只对北京市城八区内符合条件的房屋进行贷款,远郊区县的房产审核极为严格。而公积金贷款除对城八区房屋放贷之外,也能对北京市远郊区县的房屋进行放贷;对借款人年龄无限制。商业贷款借款人的年龄加上贷款年限必须小于 65 岁,而公积金贷款则对借款人年龄无限制。

2. 房公积金贷款的条件

房公积金贷款的前提条件是,城镇职工个人与所在单位必须连续缴纳住房公积金满一年。城镇职工在申请个人住房公积金贷款时,应提交以下资料:

个人资料:申请贷款的个人(以下简称借款人)身份证明及配偶的相关身份证明(身份证或其他有效证件均可)的复印件各 4 份;借款人的婚姻证明(单身证明、结婚证书、离婚证书或离婚判决书,丧偶者须提供对方的死亡证明)的复印件各 4 份;交购房款的有效凭证复印件 4 份;借款人及配偶的收入证明各 4 份;合法的购房合同原件 4 份;以及借款人及其配偶的印章。另外,必须提供借款人住房公积金的缴存证明。以上这些材料,一定要带上原件及相应份数的复印件。

房屋建审资料:商品房预(销)售许可证或房改批复;建设工程规划许可证;建设工程施工许可证;建设用地规划许可证;国有土地使用证;建审平面图及楼层平面图。

符合住房公积金贷款条件的购房者,可以到受委托的银行及经办网点办理公积金贷款,还可就近前往公积金管理中心或各分中心、管理部申请办理公积金贷款。

首先要问清楚开发商的项目按揭银行情况,问清楼盘"五证"是否齐全、能不能给自己提供相关手续等。假如开发商虽然"五证"齐全但不给购房者提供,也不可能办理公积金贷款。

在法定退休年龄内,贷款年限最长期限为三十年;贷款额最多不超过 40 万元,贷款额在 30 万元以内的,借款职工可以向接受委托的银行直接申请,30 万元~40 万元,必须经住房公积金管理中心审批。

3. 如何计算贷款偿还金额

以贷款 30 万元,贷款期限三十年(360 个月)为例,贷款年利率为 5.58%(月利率为 4.65‰),由按月等额还款的计算公式可知月还款额为 1718.46 元。此时,本金与利息的比例如何计算?

借款人获得贷款后第一个月应还利息为:300 000 × 4.65‰ = 1395 元,

借款人获得贷款后第一个月所还本金为:1718.46 - 1395 = 323.46 元,

借款人第一个月还款后剩余贷款本金为:300000 - 323.46 = 299676.54 元,

借款人获得贷款后第二个月应还利息为:299676.54 × 4.65‰ = 1393.50 元,

借款人获得贷款后第二个月所还本金为:1718.46 - 1393.5 = 324.96 元,

借款人第二个月还款后剩余贷款本金为:299676.54 - 324.96 = 299351.58 元,

以后各月的还款依此方式类推。

如果负担不起太多月供,贷款时间不妨长一点,这样每月还款额就会少一些。但无论公贷还是商贷,同样的额度,期限越长,负担的利息也就越多。所以,具体时间长短,要看贷款额度、利息和自己的承受能力,综合选择一个适中的期限。

已婚人士在申请公积金贷款时,必须夫妻双方共同申请,公积金管理中心根据二人缴存的公积金数额之和反推其偿还能力,并确定最终可贷款数额。夫妻双方只能存在一笔贷款,再次申贷前必须先还清前一笔贷款。

贷款额度是按照贷款申请当时来算的,一旦确定,不能再增减。比如申请贷款时,某人按缴存比例只能贷 50 万元,即使一年以后公积金缴存额度有大幅上升,此贷款人的贷款额度也不能再进行上调。

5. 自由还款怎样安排?

所谓自由还款,即申请公积金贷款的买房人,贷款之后的月还款额不再一成不变,而是可以根据自己的收入支出状况随时通知银行(现在可以办理自由还款的银行只有 3 家:即农行、中行、交行,目前工行、建行的系统还无法支持)调整,前提是不低于最低限额,这个最低限额低于目前等额本息的月还款额。

到底怎样安排还款比较合适呢?个人应该根据自己的能力合理安排资金,包括还多少、怎么认识利息等。总的原则是,经济状况较好,又没有更好的投资渠道时,应该早还、多还;如果家庭经济情况比较紧张,就少还点。

一方面,自由还款只是让贷款人对自有资金的使用更加自由,并不意味着其还款压力减轻了。贷款毕竟是有成本的,如果每月总是还贷很少,甚或一直按最低额还,就必然会为长期、高额的贷款本金支付大笔利息,同时也会给后期还款造成很大的压力。所以,在力所能及的情况下,尽可能提前多还贷款是一种比较明智的做法。

但另一方面,也要考虑对资金的实际需求,特别是在经济条件不是很好的情况下,不要单纯为省利息而提前偿还大笔贷款,从而使生活陷于窘迫。

四、商业贷款购房策略

由于某些原因，有些人不能享受公积金贷款买房的优惠，只能选择商业贷款。下面就说说个人如何办理商业贷款购房。

1. 申请商业住房贷款的条件

按照银行相关贷款文件的规定，申请商业住房贷款必须符合以下条件：

具有完全民事行为能力的中国公民及在中国内地有居留权的境外、国外公民；

交齐首期购房款（不低于购房总额的30%）；

有稳定的经济收入，具备偿还贷款本息的能力；

同意以所购房产作为借款抵押。

此外，还必须符合商业贷款的补充条件：

持有合法的户口簿（限本市）、身份证或营业执照，法人代表证明或合法居留证、护照，在本市购买银行指定发展商的商品房；

在银行开立存款专户，存款余额不少于拟购住房款的30%，或者，将首付款直接交给房地产商；

具有有效的购房合同、协议和其他证明文件；

同意以购房合同项下的房屋物业做抵押；

愿意履行贷款合同的全部条款；

银行规定的其他条件。

2. 贷款买房前要深思熟虑

在你决定贷款买房之前，你必须考虑，依据你的经济条件，应该选择买价值多少钱的房子。假如你月薪5000元，也就是年薪6万元，而你的存款有14万元，那么，你应该买多少钱的房子呢？

首先，就是首付款能不能付出的问题。你的存款只有14万元，但是你必须留点钱以备急用，假设你只能拿出12万元。按照银行规定，购房首付款必须是房价的30%，因此你所能买的房价就只能是12÷30%＝40万元。

其次，每月的还贷额必须保证按时支付。按照一般规律，一个人所选择的房价最好不超过他年收入的6~7倍，否则就可能面临不能及时还贷的风险；你的年薪6万元，按照这种标准，最多可以承受36万元到42万元的房价。

3. 商业贷款流程

商业贷款流程通常由银行指定的机构来做，有专业的人士指导贷款申请人该如何去做。大情况是这样的：

担保公司去签借款合同,做抵押委托公证(或者是银行签借款合同,做抵押委托公证)交资料;

担保公司(或者银行)联系评估公司对你所买的房屋进行评估;

评估公司出评估报告给担保公司(或者银行)所有资料拿给上级审查;

审查完毕可以进行买卖过户递件;

过户取件交费,把产权证及税票交给你担保公司(或者银行)办理抵押(办它项权证);

银行见它项权证直接放款于卖方。

说明白一些就是:你要在贷款银行办张银行卡,以保证每月按时交款。然后给房子办抵押、买保险,最后还要公证,交买房的各种税费。一切都办妥之后,银行会把余下70%的房款划到房产商的账上,而你也就可以拥有一个温馨的家园。

4. 月供一定及时还

个人信用信息基础数据库的正式运行,将会大大推进社会信用体系的建设,提高全社会的诚信水平。在此,提醒贷款购房人,及时还月供,避免上黑名单。

如果你在银行办理了住房按揭贷款,请务必主动向办理贷款的银行咨询新的月供金额。2007年,人民银行先后六次加息。加息后,五年期以上个人自营性住房贷款的基准利率由2007年初的6.84%增加到现行的7.83%,个人住房按揭贷款的优惠利率也由年初的5.81%增加到6.65%。按照人民银行的相关规定,调整后的新利率标准将从明年1月1日起执行。

加息使得浮动利率贷款客户每月的"月供"随之增加。如果客户不清楚加息后每月应还款金额,也可在还款日之前,在还款账户上多存入20%的金额,这样就可以避免因银行不能足额划款而影响你的信用记录。

若因未及时足额还款造成了违约,客户的个人信用将会出现污点。如果信用档案中记录的违约记录太多,在下一次办理信贷业务时,将会受到一定的影响。

5. 提前还贷更省利息

我有一个朋友,办的商业住房贷款,他想在2007年12月的时候提前还款5万元。他问我:是选择缩短年限月还款额不变,还是减少月供还款年限不变省利息支出?

他计划2008年12月再提前还款2万元,如果不考虑今后的提前还款,肯定是"缩短年限月还款额不变"这个节约利息支出。他就想知道今后还有提前还款的行动的情况下,哪种更省利息。

我告诉他:不管你以后有没有提前还款的打算,都可以选择"缩短年限月还款不变"这种方式。你提前还款的部分是冲抵贷款本金是不计算利息的,月供是在充分计算利息的基础上另加一部份本金,其实你每月还款的利息都是在上个月还款后新的本金金额下计算的,月供不变缩短期限也就是每月还款的本金增加,以后每个月还款计算本金的额度就少得更快,这样付的利息就少了,相应每月减少月供时间不变的情况下,你每月还的本金额度要小,下个月计算利息的本金额度就要大点,因此付的利息要多点。

从 2008 年 1 日起,所有的房贷老客户都将执行新的房贷利率。其中,一年、二年和三年期房贷年利率,从 4.95% 调整为下限 5.184%;四年和五年期的房贷年利率,从 4.95% 调整为下限 5.265%;五年以上期限的房贷,从 5.31% 调整为下限 5.51%。

部分房贷人担心因加息造成月供压力过大,影响到生活质量因此提前还贷。还有的是因为投资渠道变窄,让不少自己手中有点闲钱却无处投资的市民有了提前还贷的想法。但要注意,提前还贷也要讲究技巧。

以 30 万元十五年商业贷款计算。假设 2005 年 11 月提前还贷 5 万元,提前还贷后,是选择“缩短还款期限,月供基本不变”还是选择“减少月供,还款期不变”呢?专家为你算了一笔细账。

如果选择缩短还款期限,那么提前还贷 5 万元,可以缩短三年零二个月还款时间,节省利息 37 202 元左右。如果选择减少月供,那么每月还款额将减少 480 元,节省利息 17797 元。两种还款方式不同,所节省的利息也相差 19 405 元。

所以我建议,提前还贷的朋友,如果房贷月供压力不大,可选择“缩短还款期限,月供基本不变”,这样可以节省一大笔利息;如果觉得月供压力较大,可以选择“还款期不变,减少月供”。选择还款方式时也要考虑自身的状况以及自己对以后银行利率的判断。

6. 哪种情况不宜提前还贷

随着元旦的临近,已经有不少市民准备办理提前还贷,以避免支付更多的月供。提前还贷缩短贷款期限会更省钱一些,但贷款者不应盲目提前还贷,有四种人不适合提前还贷。

首先,使用等额本息还款法,且已进入还款阶段中期的消费者。等额本息是指在整个还款期内,每月还款的金额相同。在还款期的初期,月供中利息占据了较大的比例,所还的本金较少,而提前还款是通过减少本金来减少利息支出,因此在还款期的初期进行提前还款,可以有效地减少利息的支出。如果在还款期的中期之后提前还款,那么所偿还的其实更多的是本金,实际能够节省的利息很有限。

其次,使用等额本金还款法,且还款期已经达到四分之一的消费者。等额本金还款法是指每月偿还的本金相等,然后根据剩余本金计算利息。如果还款期已经达到四分之一,在月供的构成中,本金开始多于利息,如果这个时候进行提前还款,那么所偿还的部分其实更多的是本金,这样就不利于有效地节省利息。如果是进入还款期后期,那么更没有必要用一笔较大数额的资金进行提前还款了。

第三,资金运作能力强,有更好投资理财渠道的人不适合提前还贷。从目前银行对提前还款的条件来看,一般都要求还款额是1万元的整数倍,对于普通的消费者而言,数额比较大。因此,把流动资金用于提前还款,节省利息,回报率相当于贷款利率。如果消费者的资金只是在银行存着,近期内都不会使用,回报率就相当于存、贷利差,这种情况下把资金用于提前还款比较合适。而如果消费者的资金有更好的投资理财渠道,或者资金运作能力比较强,可以获得更高的回报率,只要资金所产生的收益高于提前还款所节省的利息,那么,从发挥流动资金的效用看,这部分消费者就没有必要把资金用于提前还款。

最后,资金紧缺、经济能力有限的贷款买房人不宜提前还房贷。如果使用应急资金或者跟别人借钱还贷会增加未来生活的风险,有可能因小失大。

五、商业贷款转换公积金贷款

如果是商业贷款,可以转换成公积金贷款吗? 商业贷款转换成住房公积金贷款包括房改房、经济适用房、商品房、集资建房和二手房。

我的朋友肖先生,房贷一直是他家的主要开支。近日,经过家庭会议的讨论,肖先生一家决定:把商业贷款转换成住房公积金贷款。

原因是,央行宣布提高个人住房贷款利率以后,公积金贷款相比商业贷款的优势进一步显现。转换成公积金贷款后,可节省利息,还可退还保险费,而且每月供房款可先扣除当月住房公积金,较大程度地减轻了经济负担。

商业贷款转换成住房公积金贷款并不适合每个人。还款期限还没超过两年,贷款额度在10万元以上的贷款人办理转换手续后,还可省下一笔可观的费用。

办理个人住房商业贷款转公积金将会遇到下列问题:

需交纳多项手续费。资金转移需担保公司出面担保,费用将包括担保服务费和相当于贷款金额0.6%至1%的担保费。全部办妥几千元的开销在所难免。

另外还需投入较多的精力和时间。需在担保公司、公积金管理中心、公积金贷款银行、原按揭贷款银行等多个部门办理多项手续,一般都要20多天才能办理完毕,需要提交大量证明材料,现房需要房屋产权证明等。

综合各项因素,专家建议,原来商业贷款余额较大、剩余贷款期较长的购房者,办理商贷转公积金贷款比较划算。

第五节 二手房交易技巧

由于生活的需要，有时我们需要卖出旧房，再买一个更大的新房子，或者买一个二手的更大的旧房。也有很多人每一次买房从二手房开始。因二手房交易引发的纠纷较多，所以交易二手房需要很多细节需要注意，否则很多人会因为当时不注意而日后对簿公堂。

一、中介审查

根据统计资料显示，全国二手房交易中经过中介成交的已经占到80%，买卖双方在双方无法受到信用透明的情况下，选择中介成为必然，然而如果在交易过程中，遇到资质差或者根本没有资质的中介公司，则后果不堪设想。所以下面先交给大家如何辨别中介公司的等级和真伪。

一看中介公司是否有明确的公司名称、长期经营的地址。这可以通过看中介公司的招牌、询问周围邻人该公司成立情况及经营情况来确定，以防空头公司诈骗。

二看中介公司营业执照以确定该公司的营业资质。看是否可以进行二手房中介业务，办理经营二手房中介的中介公司的营业执照需要众多的条件，包括相关的有中介资质从业人员等条件，很多有资质不够或者假冒二手房中介业务的只能申办其他的营业执照或不申请营业执照而直接进行业务操作，这就为它以后的逃避责任埋下伏笔。

三看中介公司营业执照确定它的注册资金。中介公司注册资金不能低于买卖一套房子的价格。客户通过中介来交易房屋最主要原因就是不希望直接交接房款，希望在整个交易过程中有一个第三方来维护双方的利益，所以一定要找到一家公司的风险承受能力即该公司的注册资金能大于该房屋的总价或该中介公司为品牌公司，拥有良好的诚信，一旦发生纠纷，作为消费者的客户能得到妥善解决。

四看该中介公司是否拥有有合法的房地产经纪人资质的从业人员，是否是有房地产经纪人资格的业务员在为你提供中介服务。拥有资质的从业人员在从事二手房交易过程中如有任何违法或对客户不利的情况发生，有关部门将通过相关政府行政措施会对其进行相应惩戒。

五看该中介公司与你签订的居间合同是否经过备案。由于二手房交易中有很多专业术语和一些行规惯例,对于合同的使用要求就是格式合同应在使用区的工商局进行备案,而凡是在工商局备案的格式合同在备案时工商局就已经就相关的条款进行审核了,就有关消费者的权益进行了相关的调控,基本能保障消费者的权益。

六看该中介公司是否有专业的从业人员负责签约并办理相关的后续服务。大公司和小公司之间的区别也比较明显,小中介公司一般由业务员全程处理所有事项,大的品牌公司一般分工较细,会将房产交易的前端和后续分开,由房产业务员从事前端的房产开发、带看、收意向金、斡旋、交房等工作,另外再设立专门部门从事签订房地产买卖合同、办理过户、贷款、领证等手续。这样既有利于资源优化又可以确保交易的真实性,防止为利走险,能尽最大可能保障交易安全。

从上面几条,我们可以看到房屋中介公司的情况,所以如果我们要买卖二手房,寻找中介就是因为而客户通过中介来交易房屋最主要原因就是不希望直接现金交易,希望在整个交易过程中有一个第三方来维护双方的利益,但是一旦找到一个黑中介,可能适得其反。所以二手房交易一定先找好一家可靠的中介机构。

二、关注细节

有句话叫"细节决定成败"。这句话也是签订购房合同时须牢记的金科玉律。差之毫厘,谬以千里,很多购房者因为忽略细节吃了大亏。

1. 定金

在二手房交易中,因为定金的问题经常发生买卖双方冲突。定金是对买方的约束,但是如果卖方收取了定金,而违约就要双倍返还定金。

如果收定金后,买方没有按时履行约定,卖方将房转卖他人应该手握对方退房申请,最好让买方写书面申请退房,否则将要双倍返回定金。

购房合同对双方当事人都具有法律约束力,任何一方不得擅自变更或解除合同。如果买房人违约在先,卖房人可不退定金。买房人没有以书面方式明确表态不履约,则房主在未解除合同也不退定金的情形下将房子卖给他人的行为就违反了合同。

对于房主而言,若买房人提出退房或解除合同,应要求买房人提出书面解约的申请或声明,以保全对方违约在先的证据,然后才可以将房子卖给第三人。否则很可能被对方反将一军,告你一房两卖,并要你双倍返还定金,那麻烦可就大了。

2. 付款方式

房款如何支付,必须合同中详细写清楚。买卖房子属于大宗交易,资金少则几十万元，大要 100 多万元，所以交易如何付款，如何收款一定要详细说明，而最好找到合适银行托管，以防止生变。产生纠纷后，受损失的一方只能自认倒霉。

双方签订买卖合同时，应对付款流程、方式和时间作出明确、具体的约定。买房人如果将购房款交给中介公司再转交卖方，应先审查中介公司的资信状况。特别是不能将购房款交给中介公司的个别职员，防止他们卷款潜逃。

目前有的中介公司已经与国内银行共同开发了二手房交易资金托管业务，由银行作为担保人。买房人先在银行开设一个经管账户，并将房屋首付款或者全部价款存入该账户。当买房人确定已经安全办理了房屋过户手续后，就可通知银行将该笔存入的房款转给卖房人。这样可以保证资金安全。

3. 房龄

一样的房子，建造年代不同，房子的价格肯定不同 在买卖房子的时刻，房龄不同价格有很大差异。

通过中介公司买卖二手房，应审查两方面内容：一是上家的委托价与下家的买价是否一致；二是中介公司收取的佣金数额不得超过国家规定的上限比例，即不超过全部购房款的3%。审查的依据是下家与中介公司签订的居间合同和上下家签订的买卖合同。这样的审查能有效地防止极少数中介从业人员违反规定，赚取差价或谋取不当利益。

4. 产权

买二手房一定要过户，手里没房产证隐患多。房产证是证明房主对房屋享有所有权的唯一凭证，没有办理房产证对买受人来说有得不到房屋的极大风险，因此引发的纠纷也较多，所以买房必须要及时办理房屋过户手续。

如果买卖双方同意，最好到公证处去办个提存公证，即买方将购房款存放到公证处，在条件符合约定的情况下，由公证处将该笔款项支付给卖方。也可到律师事务所办理提存见证，由具有专业知识的律师事务所来充当"公证人"的角色。申请了公证或见证后，如产权证办不出来，那么卖方是收不到钱的。

除了要看房屋是否有房产证外，还要查清房屋的以下几点情况：

要点一：房屋产权是否明晰。有些房屋有好多个共有人，如有继承人共有的、家庭共有的，还有夫妻共有的。对此买房人应当和全部共有人签订房屋买卖合同，否则无效。

要点二：交易房屋是否被租赁。买二手房时，应注意该房屋是否已被出租。我国法律有"买卖不破租赁"的原则。也就是说，如果购买房屋时该房屋已被租赁，则该租赁合同对于新的房主而言继续有效。

要点三：土地情况是否清晰。买二手房时买房人应注意土地使用性质，看是划拨还是出让。划拨土地一般是无偿使用，政府可无偿收回。同时，应注意土地使用年限。

要点四:福利房屋交易是否受限制。房改房、经济适用房本身是福利性质的政策性住房,转让时有一定限制,买房人购买时要避免买卖合同与国家法律冲突。例如,经济适用房的交易是有一定限制的,购买五年以上才可进入市场并按市场价进行转让,五年以内则只能以原价转让,而且购买方还必须符合购买经济适用房的条件。

在实际看房时刻,最好也要实地调查,明确房屋的具体情况签订合同一定要写清房屋的具体情况,如地址、面积、楼层等。对于房屋实际面积与产权证上注明的面积不符的(如测绘的误差、某些赠送面积等),应在合同中约定清楚是以产权证上注明的为准,还是双方重新测绘面积必须明确规定。

5.公正

买卖双方大部分是不熟悉的双方进行交易,不可能对房子的各种状态了解最透彻,这样可以让房屋中介做一些问题的磋商之后做一些公正。花费不大,但是具有法律效力,一旦出现纠纷,可以按照公正内容做裁决。如果是有境外人参与房屋买卖,则一定要公正。

买卖合同公证:主要针对房屋买卖当中一方当事人为境外人的情况,在房屋买卖过程当中如一方为境外人则买卖合同必须经过公证后方生效,有境外人的客户如果不经公证则无法送交易中心交易,所以境外人在上海办理相关房屋买卖必须办理买卖合同公证手续。

委托公证:主要指房东或客户方无法亲自办理相关房产过户手续,只能委托其他人或中介公司办理相关手续,由于手写委托书交易中心无法确认其真实性,交易中心一般会要求无法亲自到场的当事人出具公证后的委托书方为其办理相关的过户手续。

贷款合同公证:就境外人购房如需贷款则其贷款合同必须经过公证处公证生效,只有公证处公证后的贷款合同,交易中心才会受理并办他项权利证。

赠与公证:在目前的二手房交易中还有一种方式即赠与,原房东自愿将房屋赠与给他人,并要求将房屋产权人名字进行更改,在一般人心目中会以为将房屋赠与他人,费用会比出售房屋少,其实不考虑房屋价格的情况下,赠与所产生的税费比买卖产生的税费要高,因为发生赠与行为,要前往交易中心办理产权更改就必须将赠与协议进行公证,仅就赠与公证费就是合同总价的2%,所以现在如赠与房屋则不如转为办理买卖手续,以一个合适的价格进行买卖交易,只要实际不存在房款的交接则为赠与了。

复印件与原件相符公证:以前政策允许转让期房时,由于可以不经发展商同意进行交易,而客户不经发展商同意进行交易,发展商也不愿提供相关的预售合同,但交易中心交易必须提供足够的预售合同方能交易,因此必须拿在房东手中的预售合同办理复印件与原件相符的公证,拿出六本以上的合同前往交易中心办理转让手续。

6.证件

二手房交易办证所涉及的资料与证件:《房屋转让合同》原件;收款凭证;买卖双方个人身份证、户口簿及私章;转让前房屋所有权证、契证、土地使用权证;《具结书》;这些证件都是所必需的,一个也不能少,否则你的二手房买卖就存在一定的瑕疵,为日后留下后患。

7.费用

二手房交易中主要有如下费用:

交易费与登记费用:收取交易服务手续费6元/平方米(转受双方各交50%);

收取房产登记费80元/套、测绘配图费20元/证(受让方交);共有权证收取工本费10元/证。

契税:受让方交纳房屋总价的2%的契税,房价由市场评估价格决定。

转让所支付房屋中介的中中介费。

三、明确房屋的具体情况

买房子是人生大事,二手房交易要在购房合同中明确房屋的具体情况。

1.写清房屋的具体情况,如地址、面积、楼层等

对于房屋实际面积与产权证上注明的面积不符的(如测绘的误差、某些赠送面积等),应在合同中约定清楚是以产权证上注明的为准,还是双方重新测绘面积。

2.明确房价具体包括哪些设施

在协议中注明,屋内哪些设施是在房价之内,哪些是要另外计算费用的?如房屋的装修、家具、煤气、维修基金等等是否包括在房价之内。

注意要把口头的各种许诺,变成白纸黑字的书面约定。

四、关于付款方式

付款是房屋买卖中最重要的步骤,因此付款方式的约定是很重要的。

1.阶段付款

最好约定分阶段付款,比如:签约时付部分、办理过户手续时付部分、房屋交接时付清余款,付款的期限和每笔数额应约定明确,并与办理相应交接手续呼应起来。

2. 定金条款

一般在签订正式合同前,会签订《定金合同》,有两点需注意:

注意在《定金合同》中,同时写清楚房价;

注意定金转化为房款的阶段,在定金转化为房款前,一方不履行约定的,对方可适用定金条款。

中介应履行告知义务。

房屋过户日期和交房日期。

在合同中应当注明房屋交验的时间、房屋交验前产生的费用及房屋交验时产生的费用由谁承担(如屋内的水电煤等费用)。

3. 违约责任

在合同中标明各方的权利义务,分别约定好逾期付款、逾期交房等的违约责任。哪些情形要处以违约金;哪些则可以解除合同。每项违约金的数额是多少或计算方法是什么?

4. 居间条款

房屋买卖如果是通过中介公司进行的,在合同中除了须标明中介公司的权利外,还应标明中介公司承担的责任与义务。

房地产投资到这里就介绍完了,希望你能从房地产理财中收益。以后新情况不断出现,新的房地产理财方式方法也会被发掘出来,我们要不断地学习,也祝愿你能够找到适合自己的置业理财方法和技巧。

第 四 章

保险理财:防范风险,提高收益

保险投资已成为现代家庭不可或缺的理财项目,保险就好像是把保护伞,可以使投资者未雨绸缪、安枕无忧。保险种类繁多,保障功能各异,如何选购合适的保险产品,其中有很大的学问。

第
一
节

保
险
是
理
财
好
工
具

月有阴晴圆缺，人有旦夕祸福。我们的生活中存在着不可预料的危险，所以需要购买保险。保险理财可以做到事先保障，一旦发生意外或者不测，可以令我们的生活质量不至于下跌，使我们的家庭生活不会受到很大影响。

一、理财需要狡兔三窟

我们经常看到田野里面的野兔，通身毛是黄色的，这样可以令它形成保护色，躲避老鹰等天敌的攻击。野兔一般有三个以上的洞口，如果在追赶野兔的时刻，可能看到兔子进入了一个洞口，但是怎么也抓不到，因为野兔早从其他的洞口逃走了。野兔的洞口特别不容易发现，兔子不吃窝边草。窝边的草是兔子的良好的伪装，野兔是无论如何也不能把自己的伪装撤掉的，这叫狡兔三窟。

兔子是很善于保护自己的，未雨绸缪。地球上很多动物灭绝，野兔既没有老虎的威猛，也没有老鼠的繁殖力，但是老虎需要人保护而没有灭绝，而野兔无论怎么被追杀，还是顽强地生存下来。我们理财往往也需要做狡兔。

往往很多人理财初期成功，拥有很多财富，但是一场大变故，变成一无所有。所以理财需要多个"窟"。这章教给大家如何买保险，如何合理使用保险。

我们先看下面的案例：这是绝对真实的故事。

有一个清华毕业的学生到美国留学，学习努力，读完博士在美国就业，他把夫人都接到了美国去，养育了三个孩子。他爱他的孩子，给孩子们都买了保险，给自己的夫人也买了，唯独没有给自己买。

有一天他上街，遇到了车祸，这位年轻的父亲，英年早逝。由于他没有给自己上保险，就没有得到任何的补偿。这个时候，他的太太已经在美国的家里做了一个全职太太，他的三个孩子正在上高中。

家庭突然失去收入来源，不仅无法再进行教育投资，连日常生活都出现困难。这个年轻的母亲，一直记得她的丈夫死的时候说的一句话：一定要让三个孩子上到大学，后来这三个孩子都上了美国的耶鲁、麻省等名校，她夫人每天三家打工做保姆,给人家讲中文课,就这样苦熬了五年,供着自己的三个孩子上了美国的名牌最高学府。据说克林顿总统接见了她,称她为伟大的母亲。

中国人处于理财的初级阶段,如果买保险,问10个人,肯定10个人希望把保险买给自己的孩子,之后是自己的配偶,唯独忘记了他自己。这个就是买保险的误区。

这个留美博士父亲犯了严重的错误,没有给自己买保险。他是家庭收入的主要来源,在美国,他夫人不上班,他有三个孩子上学,家庭所有的收入都是靠他来取得。当时他在硅谷上班,一年的年薪是17万美金,在美国是一个中上的中产阶级,他完全有能力先给自己上一份保险,如果出现意外的时候,这份保险足可以供他的孩子和他的夫人生活二十年以上。他的夫人就不用每天凌晨三点起来去打工,去当保姆,然后给人去做家教,他的失去给家庭造成这样的悲哀。

所以,我们的一生充满了不确定因素,时刻会遇到风险,保险是我们维持家庭理财生活质量的狡兔三窟。

二、买保险是一种风险管理

很多人没有买保险,是觉得保险没有意义。近代国学大师胡适先生这样诠释保险:"保险的意义,只是今天作明天的准备,生时作死时的准备,父母做儿女的准备,儿女幼小时做儿女长大时的准备,如此而已。今天预备明天,这是真稳健;生时预备死时,这是真旷达;父母预备儿女,这是真慈爱。能做到这三步的人,才能算是现代的人。"所以保险意味着准备、责任和承诺的一种方式。

每个人都梦想拥有很多的财富,然而物质总会消失,精神才能永恒。只有当你做好了充足的准备、履行了责任、实践了诺言,你才能真正的拥有财富,而这些财富才是完全、永久且无可限量的。正如香港首富李嘉诚先生所说:"别人都说我很富有,拥有很多的财富。其实真正属于我个人的财富是给自己和亲人买了充足的人寿保险。"

保险不是一种普通的投资,而是一种风险转移的方式,即由保险公司承担一部分风险,所需代价就是支付保险费,如何选择应对方式,可以因人而异。

一个人有智慧可以看到未来三五年,但未必能看到未来三五十年。生命是无价的,财富的核心还是生命价值 。

举一个例子:对于富有的家庭来说,祖孙三代是不能坐同一架飞机的。为什么呢?因为大量财产的所有人和受益人同在一架飞机上,这就是风险管理的极大漏洞。与此相似的另一个例子是,在海外,有两票投票权的董事不能在同一架飞机上,因为两票权失去就可能导致整个企业结构的变化。这就是风险管理的重要性。

很多人认为：富人是不会买保险的，因为他的钱花不完。这种思想是错误的。富人都买有保险，保费对他来说相当于零花钱。一位买保险的富人说："我考虑更多的是风险投资，一旦发生风险，家人、事业怎么安排？还包括一些未了的事情，我必须有一大笔钱做安排。不出意外一定可以赚钱，这是一种自信；但是一旦出了人身风险，必须把风险变成收益。所以我实际上把买保险当成一种被动的风险投资，用风险来赚钱。"

保险可以规避未来不可预测风险。当他一旦有债务而被追偿的时候，这些钱仍将被拿走，并不能起到为家庭保全财产的作用。而你用这些钱去买保险，即使你家的房产、汽车都被追偿，这张保单是可以保留的。因为在法律上规定，保险单是以人的生命、器官和寿命为代价换来的将来收益的期权，不作为追偿对象。

保险是理财不是投资，真正的理财是如何安排赚到的钱，而投资则是解决如何赚钱。普通人买保险是为了把风险转嫁给保险公司，因为他们不能承受风险带来的财富损失；而富人虽然可以用自己的钱来承担风险带来的损失，但保险的意义在于，把辛苦赚到的钱，打拼下的江山安全地保留下来。

谁敢保证现在很富有未来就一定富有呢？现在虽然很富有，但财富只是一时数字的积累，而保险却能通过法律的形式把财富移植到将来。企业要考虑未来的资金周转，人生也一样。很多风险带来的最直接损失就是财富的损失，也只有这个风险是可以被补偿的。

三、保险是很好的理财工具

首先，保险资产保全工具。什么叫资产保全工具？黄金、房地产等等。黄金十年后能增值多少，谁也不敢说，但有黄金在手，心里就会比较踏实。再比如房地产，有房子也让人心里踏实，尽管现在不是一笔钱，但那是一项资产。保险也一样，是资产保全的工具。有了这些东西，面对未来的不可预测，就不会感到惶惑不安，心里就会踏实一些。

其次，保险是用风险去投资。对于保险而言，要对我们自己不愿意承担的风险去投资，当这类风险一旦来临，首先，不能让风险对自己形成沉重的打击，其次，不能让财富损失，而最好还要能将风险变成赚钱的事情。

王永庆很有钱，李嘉诚很有钱，甚至于已经富裕到自己都可以开保险公司了，但为什么他们都买了大量的人寿保险呢？他们不需要用保险来解决医疗、养老之类的事情，他们完全可以通过别的方式做出安排。因为他们需要风险转移、资产保全。

　　风险转移需要技巧。双亲已经退休，不是家中经济支柱，子女有必要为他们投保吗？如果你替双亲买人身保险，投保人是你，受保人是你的双亲，受益人是你的话，其实是得不偿失的。因为他们既然已经不是经济支柱，加上年纪大、保险费昂贵，你另付这笔保险费，是没有必要的。最好的选择就是给父母买医疗保险，这样一来在他们有重大疾病时可以由保险公司来承担一定的费用。

　　你收入的大部分用于供房贷，因此害怕失业，可以投保确保自己失业时能继续供楼吗？保险市场上有这种保险，但保险费很高，所以没有流行。对于一般人来说，这种"失业保险"接受的可能性不大。因此供楼应该考虑得更周到一些。

　　如此看来，买保险是必须的，保险理财是必须学习的。

第二节

保险理财入门

保险作为一种无形的商品，它最重要的使用价值首先是风险保障，防患于然；其次才是投资功能。因此，买保险时不能只看价格，更不能单纯地凭保险的收益同储蓄、国债、股票的收益作比较，而是要综合考虑个人的保障需求、保险公司的经营业绩以及保险代理人的服务质量等。下面介绍一些保险常识，希望新手对保险有一个初步的认识。

一、保险定义及其分类

我们的一生充满了不确定因素，时刻会遇到风险，所以就会出现保险，保险最初出现在资本主义发达的国家，有个老人，没有儿女，他的邻居出钱供他养老看病，但条件是：去世的时候，房产就归邻居，市政府给他们做公证，这是有史以来第一个保险。

这个老人去世得很安详，他的邻居用这笔钱办理了他的后事，因为他无儿无女，但是他身后事有人替他办理，邻居又继承了他的这套房产。于是保险公司出现了。随着社会的发展和完善，保险已经走入我们的日常生活，并且走入每个家庭。

1. 保险是什么？

从广义上说，保险包括有社会保障部门所提供的社会保险，比如社会养老保险、社会医疗保险、社会事业保险等，除此之外，还包括专业的保险公司按照市场规则所提供的商业保险。

狭义上说，保险是投保人根据合同约定，向保险人支付保险费，保险人对于合同约定可能发生的事故，因其发生所造成的财产损失承担赔偿保险金责任。或者当被保险人死亡的时候，伤残的时候或者达到合同约定的年龄、期限的时候承担给付保险金责任的商业保险行为。这里主要讲的是商业保险，而不是我们说的社会保险。

2. 保险有哪几种类？

按照社会来划分，分成社会保险和商业保险。在我国是经济转型之后的必然产物。

社会保险，我们在医疗改革之前，叫做公费医疗，到了一个企业上班，基本上衣食住行、生病养老、孩子教育，什么就不用个人来管，基本上都是这企业来管了。但是随着改革开放以后,国有企业由于负担重,出现了社会转型,这种企业慢慢地消亡了。于是我们就说,这种保险就变成了一种社会保险,我们可能交一些钱,企业交一些钱,社会养老,看病,失业等保险,交纳一定年限,等你退休之后,劳动和社会保障部会发给你一定数量退休金,生病看病按照社会医疗体系来报销,这样组成了社会保险。

商业保险是相对于社会保险而言的。商业保险组织根据保险合同约定,向投保人收取保险费,建立保险基金,对于合同约定的发生造成的财产损失承担赔偿责任;或当被保险人死亡、伤残、疾病或者达到合同约定的年龄、期限时承担给付保险金责任的一种合同行为。

商业保险的经营主体是商业保险公司。商业保险所反映的保险关系是通过保险合同体现的。对象可以是人和物(包括有形的和无形的),具体标的有人的生命和身体、财产以及与财产有关的利益、责任、信用等。商业保险的经营要以盈利为目的,而且要获取最大限度的利润,以保障被保险人享受最大限度的经济保障。

二、社会保险

社会保险是劳动者暂时或永久丧失劳动能力不能劳动或者一时找不到工作失去生活来源而从国家和社会获得物质帮助的制度。社会保险包括:养老保险、失业保险、医疗保险、工伤保险、生育保险。

1. 养老保险

养老保险是由国家通过立法强制实行,保证劳动者在年老丧失劳动能力时,给予基本生活保障的制度。养老保险实行社会统筹与个人账户相结合。

参加工作的人员在符合养老条件时,养老金由基础养老金和个人账户养老金两部分组成。基础养老金月标准和个人账户养老金月标准,各个省市的规定各不相同。

2. 医疗保险

医疗保险就是当人们生病或受到伤害后,由国家或社会给予的一种物质帮助,即提供医疗服务或经济补偿的一种社会保障制度。公费医疗和劳保医疗统称为职工医疗保险,它是国家社会保障制度的重要组成部分,也是社会保险的重要项目之一。

医疗保险具有社会保险的强制性、互济性、社会性等基本特征。因此,医疗保险制度通常由国家立法,强制实施,建立基金制度,费用由用人单位和个人共同缴纳,医疗保险费由医疗保险机构支付,以解决劳动者因患病或受伤害带来的医疗风险。

3. 失业保险

失业保险是指国家通过立法强制实行的,由社会集中建立基金,对因失业而暂时中断生活来源的劳动者提供物质帮助的制度。它是社会保障体系的重要组成部分,是社会保险的主要项目之一。

失业保险基金由下列各项构成:城镇企业事业单位、城镇企业事业单位职工缴纳的失业保险费;失业保险基金的利息;财政补贴;依法纳入失业保险基金的其他资金。失业保险费的征缴范围是:国有企业、外商投资企业、城镇集体企业、城镇私营企业和其他城镇企业及其职工,事业单位及其职工。

4. 生育保险

生育保险是通过国家立法规定,在劳动者因生育子女而导致劳动力暂时中断时,由国家和社会及时给予物质帮助的一项社会保险制度。我国生育保险待遇主要包括两项:一是生育津贴,用于保障女职工产假期间的基本生活需要;二是生育医疗待遇,用于保障女职工怀孕、分娩期间以及职工实施节育手术时的基本医疗保健需要。

如今,世界很多国家的养老保险制度存在一个问题,就是亏空。我国已经进入老龄化社会了,需要支付养老金,可能 1000 个亿,现在只能收上来 800 个亿,可能要亏空 200 个亿。养老金缺口和养老问题已经成为世界各国的重要的一个社会问题。所以我们单纯的只有一份社会保险到了我们退休的时刻是力不从心的,这样商业保险有了用武之地。

三、商业保险

商业养老保险有较高的保障水平,并且用户可以灵活地选择保障程度。"保险是为中产阶级服务的。"此种说法虽有其偏颇之处,但说明了一个道理:如果想在退休后保持原有的生活水平,只靠社会保险并不够,还需要商业养老保险的支持。

商业保险可以分成以下三类:

1. 人身保险

人身保险是以人的生命和身体为保险对象的一种保险,保险人和投保人通过订立保险合同,在向投保人收取一定的保险费后在被保险人因故导致保险责任范围内的伤残、死亡或保险期满时,由保险人负责给付保险金。

人身保险中又有:人身意外险、健康险、意外附加医疗险、责任险、住院医疗险、储金性质的两全险和养老金险等。其花费最大是健康保险,现在有人寿险中有生存返还现金的功能,保险费用可能更高。

2.财产保险

财产保险是指投保人根据合同约定,向保险人交付保险费,保险人按保险合同的约定对所承保的财产及其有关利益因自然灾害或意外事故造成的损失承担赔偿责任的保险。财产保险,包括家庭财产保险、农业保险、责任保险、保证保险、信用保险等以财产或利益为保险标的的各种保险。

对个人而言,主要是家庭财产保险。目前我国家庭财产保险的种类主要有普通家庭财产保险、家庭财产两全保险、长效还本保险。

3.意外保险

通常指人身意外保险,又称为意外或伤害保险,是指投保人向保险公司缴纳一定金额的保费,当被保险人在保险期限内遭受意外伤害,并以此为直接原因造成死亡或伤残时,保险公司按照保险合同的约定向保险人或受益人支付一定数量保险金的保险。

四、适合个人购买的险种

现在,商业保险的种类很多,许多新品种不断被开发出来。做保险业务的人也很多,你有可能成为他的潜在客户。在你购买商业保险之前,要对常见的商业保险有个大致的了解,以便科学地投保。

1.人寿保险

人寿保险是人身保险的主要类别。人寿保险又称为生命保险,它以被保险人的生命为保险标的,以被保险人的生存或者死亡为保险事故,当发生保险事故时,保险人对被保险人履行给付保险金责任。按照保险标的,人寿保险通常可以分为生存保险、死亡保险、生死两全保险和年金保险。

为了实现对保险人的承诺支付或赔偿,保证偿付能力,寿险公司必须利用从保险费中提存的基金进行稳健的投资,取得一定的投资收益,使得资产保值增值。所以投保人寿保险出可以获得保障外,同时也是一种投资的储蓄。投保人可以从保险公司得到投资收益即红利,以及储蓄收益即利息,而且保险单所有人还可以享受有诸如保单抵押贷款、退保、选择保险金给付方式等权利。

(1)生存保险。生存保险是以被保险人在保险期满时仍然生存为给付条件的人寿保险。生存保险的主要特点是,如果被保险人在保险期限内死亡,保险公司的保险责任就此终止,并且保险人不给付保险金,也不退回投保人所缴纳的保险费。生存保险具有较强的储蓄功能,因为一定时期之后被保险人可以领取一笔保险金,以满足其生活等方面的需要。例如年金保险就是一种较常见的生存保险。

（2）死亡保险。死亡保险是以被保险人在保险期间内死亡为给付保险金条件的保险。根据保险期限的不同，死亡保险可以分为定期人寿保险和终身人寿保险。

定期人寿保险只提供一个确定的保障时期，如五年、十年、二十年，或者到被保险人达到某个年龄位置，如65岁。如果被保险人在保险期内死亡，保险人向受益人给付保险金。如果被保险人期满生存，保险人不承担给付保险金的责任，也不退还保险费。

定期人寿保险有以下主要特点：

保险费相对比较低廉。由于定期人寿保险不含储蓄因素，保险人承担风险责任有确定期限，所以在保险金额相等的条件下，定期人寿保险保险费低于其他寿险，而且可获得较大保障。

可以延长保险期限。许多保险公司允许保险单所有人在保险期满时，被保险人不必进行体检，不论健康状况如何都可以延长保险期限。

可以变换保险类型。同样有很多保险公司规定，被保险人不论健康状况如何，具有把定期人寿保险变换为终身人寿保险或两全保险的选择权。不过，这种选择权一般只允许在一个规定的变换期内行使，如65岁以前。

保险公司对投保人有比较严格的选择。在人寿保险中，身体健康欠佳的人或者危险性较大的人，往往积极地投保较大金额的定期人寿保险。为了使承保的风险掌握在控制范围内，保险公司选择投保客户的措施通常有：对超过一定保险金额的保护的身体作全面、彻底的健康检查；对身体状况略差或一些从事某种危险工作的保户提高收费标准；对年龄较大身体又较差者拒绝承保。

比较适宜选择定期人寿保险的人，一是在短期内从事比较危险的工作，急需保障的人；二是家庭经济境况较差，子女年岁尚小，自己又是家庭经济主要来源的人。对他们来说，定期人寿保险可以用最低的保险费支出取得最大金额的保障。但是另一方面，定期人寿保险没有储蓄与投资收益。

终身人寿保险又称终身死亡保险，是一种提供终身保障的保险。被保险人在保险有效期内无论何时死亡，保险人都向其受益人给付保额。终身人寿保险又可以分为普通终身寿险和特种终身寿险。

终身人寿保险的显著特点是保单具有现金价值，而且保单所有人既可以中途退保并领取退保金，也可以在保单现金价值的一定限额内抵押贷款，具有较强的储蓄性。所以终身人寿保险的费率较高。为解决不同年龄阶层的人支付能力的差距，往往采取均衡保费的费率制定方法。

（3）生死两全保险。生死两全保险又称生死混合保险，它是指如果被保险人在保险期内死亡，保险人向其受益人给付保险金；如果被保险人生存至保险期满，保险人也向其本人给付保险金。

由此可见,生死两全保险的主要特点就是它是死亡保险和生存保险的混合险种。所以,生死两全保险可分为定期寿险和储蓄投资两个部分。保单中的定期寿险保费逐年递减,至保险期满日为零;而储蓄保费逐年递增,至保险期满日为投保金额。

生死两全保险的优点是被保险人在保险期内不论生存或死亡,被保险人本人或受益人在保险期满后,总是可以获得稳定的保险金。它既可以保障被保险人的晚年生活,又能解决由于本人死亡后给家庭经济造成的困难。因而生死两全保险在人寿保险中最能够体现保障与投资的两重性,又是人们又称其为储蓄保险。生死两全保险的储蓄性使它具有现金价值,被保险人能够在保单期满前享受各种储蓄利益。

由于两全保险既可以作为一种储蓄手段,又可以作为提供养老保障的手段,还可以作为特殊目的积累资金的手段,所以深受人们欢迎。目前保险市场上的多数人寿保险险种都属于生死两全险种,常见的保险产品有子女婚嫁保险、子女教育金保险、学生平安保险、以及大多数养老保险。

除了这些传统险种外,近年来在许多国家的保险市场上还出现了一些创新的保险产品,比如万能人寿保险。它最大的特点是具有灵活性,保险单所有人能定期改变保险费金额,还可以暂时停止缴付保险费,非常适合需要长期保障和投资相对安全的个人购买。

(4)年金保险。年金保险是保险人承诺每年(每季或每月)给付一定金额给被保险人(年金收领人)的保险。所以,年金保险实际上是一种生存保险。由于这类保险产品丰富多样,同时具有许多优点,近年来在以极快的速度发展,并成为保险公司主要业务之一,因此在这里着重讨论。

年金保险要求投保人在开始投保之前,交清所有保费,不能边交保费,边领年金。年金保险可以有确定的期限,也可以没有确定的期限,但均以年金保险的被保险人的生存为支付条件。在年金受领者死亡时,保险人立即终止支付。

投保年金可以使晚年生活得到经济保障。人们在年轻时节约闲散资金缴纳保费,年老之后就可以按期领取固定数额的保险金。

投保年金保险对于年金购买者来说是非常安全可靠的。因为,保险公司必须按照法律规定提取责任准备金,而且保险公司之间的责任准备金储备制度保证,即使投保客户所购买年金的保险公司停业或破产,其余保险公司仍会自动为购买者分担年金给付。

从某种意义上来说,年金保险和前面所说的人寿保险的作用正相反。人寿保险为保险人因过早死亡而丧失的收入提供经济保障,而年金保险则是预防被保险人因寿命过长而可能丧失收入来源,或耗尽积蓄而进行的经济储备。如果一个人的寿命与他的预期寿命相同,那么他就获得了额外支付,其资金主要来自没有活到预期寿命那些被保险人交付的保险费。所以年金保险有利于长寿者。

从本质上讲,年金保险并不是真正意义上的保险,而是人们通过寿险公司进行的一项投资,他代表年金合同持有人同寿险公司的契约关系,当投保客户购买年金时,保险公司为客户提供了一定的收益保障。当然保险的内容取决于投保人所购买的年金的类型。

年金保险主要分为以下几类:

A. 个人养老金保险。

这是一种主要的个人年金保险产品。年金受领人在年轻时参加保险,按月交纳保险费至退休日止。从达到退休年龄次日开始领取年金,直至死亡。年金受领者可以选择一次性总付或分期给付年金。如果年金受领者在达到退休年龄前死亡,保险公司会退还积累的保险费(计息或不计息)或者现金价值。根据金额较大的而定。在积累期内,年金受领者可以终止保险合同,领取退保金。

一般来说,保险公司对个人养老金可能会有如下承诺:

被保险人从约定养老年龄(比如 50 周岁或者 60 周岁)开始领取养老金,可按月领也可按年领,或一次性领取。对于按年或按月领者,养老金保证一定年限(比如十年)给付,如果在这一年限死亡,受益人可继续领取养老金至年限期满。

如果养老金领取一定年限后被保险人仍然生存,保险公司每年给付按一定比例递增的养老金,一直给付直至死亡。

缴费期内因意外伤害事故或因病死亡,保险公司给付死亡保险金,保险合同终止。

B. 定期年金保险。

这是一种投保人在规定期限内交纳保险费,被保险人生存至一定时期后,依照保险合同的约定而按期领取年金,直至合同规定期满时止的年金保险。如果被保险人在约定期内死亡,则自被保险人死亡时终止给付年金。子女教育金保险就属于定期年金保险。父母作为投保人,在子女幼小时,为其投保子女教育基金保险,等子女满 18 岁开始,从保险公司领取教育金作为读大学的费用,直至大学毕业。

C. 联合年金保险。

这是以两个或两个以上的被保险人的生命作为给付年金条件的保险。它主要有联合最后生存者年金保险以及联合生存年金保险两种类型。联合最后生存者年金是指同一保单中的二人或二人以上,只要还有一人生存就继续给付年金,直至全部被保险人死亡后才停止。它非常适用于一对夫妇和有一个永久残疾子女的家庭购买。由于以上特点,这一保险产品比起相同年龄和金额的单人年金需要交付更多的保险费。联合生存年金则是只要其中一个被保险人死亡,就停止给付年金,或者将随之减少一定的比例。

D. 变额年金保险。

这是一种保险公司把收取的保险费计入特别账户,主要投资于公开交易的证券,并且将投资红利分配给参加年金的投保者,保险购买者承担投资风险,保险公司承担死亡率和费用率的变动风险。

对投保人来说,购买这种保险产品就一方面可以获得保障功能,另一方面可以以承担高风险为代价得到高保额的返还金。因此购买变额年金类似于参加共同基金类型的投资,如今保险公司还向参加者提供多种投资的选择权。由此可见,购买变额年金保险主要可以看作是一种投资。

在风险波动较大的经济环境中,人寿保险市场的需求重点在于保值以及与其他金融商品的比较利益。变额年金保险提供的年金直接随资产的投资结果而变化。变额年金保险,是专门为了对付通货膨胀,为投保者提供一种能得到稳定的货币购买力而设计的保险产品形式。

2. 意外伤害保险

意外伤害保险是指投保人向保险人交纳保险费,如果在保险期内,因发生意外事故致使被保险人死亡、伤残、支出医疗费用或暂时丧失劳动能力,保险人按照合同的规定给付保险金。

意外伤害保险的类别:

死亡给付:是指被保险人遭受意外伤害造成死亡时,保险人给付死亡保险金。

伤残给付:是指被保险人因遭受意外伤害造成残废时,保险人给付残废保险金。

医疗给付:是指被保险人因遭受意外伤害支出医疗费时,保险人给付医疗保险金。意外伤害医疗保险一般不单独承保,而是作为意外伤害死亡残废的附加保险担保。

停工给付:是指被保险人因遭受意外伤害暂时丧失劳动能力不能工作时,保险人给付停工保险金。

需要说明的是,一个具体的意外伤害险种,可以同时提供全部四项保障,保险也可只承保其中一、二项,这需要人们在投保时仔细了解。从上面可以看出,意外伤害保险与人寿保险中的死亡保险两全保险都包括了死亡给付责任,但他们之间存在一定的区别。意外伤害保险的保险责任是被保险人因意外伤害所致的死亡和残废,不承担其他原因(如疾病、生育)所导致的死亡保险责任;死亡保险的保险责任是被保险人因疾病或意外伤害所致的死亡,不负责意外伤害所致的残废;两全保险的保险责任是被保险人因疾病或意外伤害所致的死亡以及被保险人生存的保险期限结束。

3. 健康保险

健康保险是以被保险人因疾病所导致的医疗费用以及收入损失的发生为保险金给付条件的保险。在商业保险中,保险人较少经营健康保险,而是常常将健康保险作为一种附加险，与人寿保险和意外伤害保险组合办理。

相对于人寿保险而言，健康保险具有以下特点：

首先，健康保险的承保的条件更为严格。原因在于，影响健康的因素有很多，其中疾病是影响健康保险的主要因素。所以保险公司常常会根据投保人的病历、所从事的职业以及居住环境和生活方式等进行较严格的评估。

其次，健康保险的给付条件也有所不同。在健康保险的保险事故发生时，对于合理和必须的费用，保险人都会给付保险金。这其中主要包括门诊费、医疗费、住院费、护理费、手续费等。但是，这种医疗费用的保险常常会规定一个在一定范围内的最高保险额和最低免赔额。

医疗保险是健康保险的主要内容之一，它是医疗费用保险的简称，是指提供医疗费用保障的保险。医疗费用主要包含医生的门诊费用、药费、住院费用、护理费用、医院杂费、手术费用、各种检查费用等。各种不同的健康保险产品所保障的费用一般是其中的一项或若干项的组合。

医疗保险的作用是，当被保险人发生大额医疗费用支出时，可得到经济上的帮助。而对于因患一般性疾病而支付的小额医疗费用，可以视为日常生活开支。在现实生活中，常常还存在着由政府社会保障部门提供的社会医疗保险制度，它们常常和此处所讨论的商业医疗保险相互配合，共同为人们承担医疗费用风险服务。

保险公司所提供的医疗保险的常见保险品种有普通医疗保险、住院保险、手术保险和特种疾病保险、住院津贴保险、综合医疗保险。

普通医疗保险：给被保险人提供治疗疾病时相关的一般性医疗费用，主要包括门诊费用、医疗费用、检查费用等。这种保险保费成本较低，比较适用于一般社会公众。由于医疗费用和检查费用的支出控制有一定的难度，所以这种保险单一般大面赔额和费用分担的规定，保险人支付免赔额以上部分的一定百分比，保险费用则需要根据情况逐年调整。每次疾病所发生的费用累计超过保险金额时，保险人不再负责。

住院保险：由于住院所发生的费用往往很高，所以住院费用就被作为一项单独的保险。住院保险的费用项目主要是每天的住院费（床位费）、利用医院设备的费用、手术费用、医药费等。住院时间长短将直接影响其费用的高低，因此，这种保险的保险金额应跟住病人平均住院费用情况而定。为了控制不必要的长时间住院，住院保险一般规定保险人只承担所有费用的一定百分比，而不是全部。

手术保险：这种保险提供病人因做必要的手术而发生的全部费用。

特种疾病保险：某些特殊的疾病往往给病人带来灾难性的费用支付，一般居民家庭难以承受，例如癌症、心脏疾病等。所以，人们通常要求这种保单的保险金额比较大，以足够支付特种疾病产生的各种费用。为保户提供保障的重大疾病，可以是单项，如恶性肿瘤，甚至是恶性肿瘤中的某几种；亦可以是多项，把约定的几种重大疾病一一列举,如恶性肿瘤、心肌梗塞、尿毒症、重要器官移植、四肢瘫痪、脑中风冠状动脉搭桥手术等。

综合医疗保险:是保险人为被保险人提供的一种全面的医疗费用保险,其费用范围包括医疗、住院和手术等的一切费用。这种保单的保险费较高,一般都确定一个较低的免赔额,以及适当的分担比例。

4.家庭财产保险

家庭财产保险属于财产保险类的一个重要品种之一,承保因自然灾害和意外事故引起的对家庭或者个人所有财产的损害。家庭财产保险是常见的个人保险品种。

对于家庭财产而言,可保利益的产生和存在主要有三个来源:

所有权:单个或者与别人共同拥有财产的所有人,接受他人财产管理委托的受托人,或者享有他人利益的受益人,均对财产具有可保利益。

占有权:对财产的安全负有责任的人(比如,保管客户物品的仓库保管员),以及对财产具有留置权的人。不过,这种可保利益的来源在家庭财产保险中不是很常见。

契约权利:与他人签订契约或合同并因此而享受权利的人,比如租赁房屋的承租人,就是对承租的房屋具有一定的可保利益。

家庭财产保险主要包括普通家庭财产保险、房屋保险以及机动车辆保险。

一般来说,普通家庭财产的保险标的主要是指室内财产,包括:家用电器和文体娱乐用品;衣物和床上用品;家具及其他生活用具。有些家庭财产,比如投保人代他人保管或者与他人共有而由被保险人管理的财产,必须由专业鉴定人员才能确定价值的财产和难以估算价值的财产一般不在可投保的保险标的范围之内,但是通过投保人和保险公司间的协商,可以特约投保获得保障。以下只列出了这些特约保险标的的一部分:金银、珠宝、钻石及制品,玉器、首饰、古币、古玩、字画、邮票、艺术品、稀有金属等珍贵财物;货币、票证、有价证券、文件、书籍、账册、图表、技术资料、电脑软件及资料,以及无法鉴定价值的财产;食品、粮食、烟酒、药品、化妆品等日用消费品、各种养殖及种植物等等。

房屋保险是以房屋作为保险标的的保险类别。这里所说的房屋,除了房屋重要结构(屋墙、屋顶、屋架)之外,还包括房屋的附属设备,比如固定装置的水暖、气暖、卫生、供水、管道煤气、供电设备及厨房配套的设备等。此外,还可以包括室内装修物。

机动车辆保险是以汽车(机动车辆)本身及其第三者责任为保险标的的一种运输工具保险。一般说来,机动车辆保险所承保的机动车辆是指汽车、电车、电瓶车、摩托车、拖拉机、各种专用机械车、特种车辆等。

机动车辆保险一般分为两大类:基本保险和附加保险。其中,基本保险主要是指车辆损失险和第三者责任险,保险人按承保险别分别承担保险责任。在投保基本险的前提下,客户还可以选择投保各种附加险。

机动车辆保险的基本保险产品有车辆损失险、第三者责任险。机动车辆保险承保的是基本保险的某些除外责任,因此一般说来不能单独投保。保险产品有全车盗抢保险、车上责任保险和无故事责任保险。

五、谨防投保误区

在我们的身边,经常会碰到一些对商业保险的认识误区,有些错误还是非常普遍的、有代表性的。对于这些典型的认识误区,我们要学会甄别并尽量避免。以下就列举一些购买人身保险中常见的一些错误行为和意识,给大家提个醒。

误区一:只给孩子保不给大人保

初为人父不久的小王兴冲冲地为儿子办了两份保险,一份是健康医疗险,一份是教育储蓄险,一年共需交保费4000多元钱。小王在事业单位上班,一个月收入不到2000元,妻子在一家私企上班,怀孕后不久就把工作辞了,因此这笔保费对夫妻二人来说是个不小的数目。小王说,我挣得不多,我和妻子都没办保险,但日子再苦不能委屈了孩子,所以先给孩子把保险买上。

孩子当然重要,但小王的做法并不科学,这实际上是个误区。现在每家就一个宝贝,很怕委屈了孩子,所以孩子刚一出生,就急着给孩子办这个保险那个保险。给孩子办保险当然是好事,但据了解,因为经济条件或观念原因,现在很多家长自己都没有保险,心里却想着先给孩子办好保险,这就走进误区了。

我们知道,每个家庭的支柱是父母,一旦他们因意外、疾病等丧失工作能力或失去收入的时候,家庭就将陷入困境。因此,家庭保险有个原则就是:先大人后孩子,先经济支柱后其他成员。

如果是先给孩子上保险,那么万一家长发生不幸,孩子的保费就无人缴纳了,孩子的保单到时候很可能就只能自然失效了,还谈何保障? 所以,只有作为经济支柱的家长平安健康,才能给家庭和孩子一份保障,父母才是孩子的最大保障来源。

误区二:买保险不如储蓄和投资

吴先生是一家外贸公司的业务经理,年薪20多万元,还房贷、养车、养孩子……月支出近万元。妻子是全职太太。据吴先生说,他现在有点存款,都用来投资了,他、妻子、孩子都没办保险:“我主要是觉得保险没有太大的实际意义,纯消费型的,出事的几率毕竟很小,应该不会发生在我们身上;养老的、教育的,觉得就类似储蓄,又没多大意思。我的原则就是年轻时拼命赚钱存钱,到老那就是我的‘保险’。”

　　吴先生的想法代表了很多人的看法,但这是一个很典型的错误认识。其实,保险最重要的作用是保障功能,对于经济不很宽裕的人来说,保险解决万一发生不幸,收入突然中断时的经济来源问题;而对于有钱的人,保险的作用主要是保全其已拥有的财产。假如一次重病花掉你10万元,就算你的财力没有问题。但是,如果你投保了重疾险,可能只需花费几千元就可以解决这个问题了。

　　特别是一些纯保障的险中,如意外险和定期寿险等,都是"花小钱,办大事",每年几百或是千元左右的保费投入,就能换来几十万元的保障额度。而且,现在不少储蓄型的险种,都设有保费豁免条款,也就是说,当投保人因意外伤害事故身故或全残时,可以不再继续交纳保费,仍可享受保障,如各保险公司的少儿教育保险等,一旦投保的父母发生意外事故,无力缴纳保费,但孩子的那份保险可以继续有效,这就体现了保险独一无二的保障作用,其他的教育储蓄、基金投资都无法达到这样一种功能。

　　记住一点,相对储蓄而言,保险能以较小的费用换取较大的保障,一旦保险事故发生时,保险可提供的保障,是远超过你的保费投入的。

　　误区三:买保险不为保障为投资

　　吴女士很喜欢向朋友们介绍自己的理财经验,这回她在向朋友推荐自己刚买的保险。"我刚买了一份保险,可划算了,交二十年,一年交8040元,每三年就返款9000元……"吴女士说,她以前也没买过什么保险,但现在条件好了,手里有余钱了,就也想买点保险,就当投资了。

　　暂且不论这个保险产品的好坏,吴女士的这种观念是不对的。虽然,目前很多保险产品具有储蓄和保障双重功能,但更重要的、最独特的还是保障功能。百姓投保也应更重视保障方面的作用。如果只注重保险的投资功能,必然偏重于储蓄投资类险种,而忽略人身意外险、健康险等的投入,这是保险市场不成熟的表现。

　　但很多人都像吴女士一样,不愿意投保消费型的纯保障类保险,更愿意投保一些返还型的产品。其实消费型保险一般保费都不高,但保障作用却很强,当然由于保险事故只是可能发生而不是肯定发生,因此许多人认为是白搭,不愿意投保。但要知道,保险预防的就是意外,一旦发生保险事故,保险才真正发挥保障、救急和弥补损失的作用。在安排家庭保险时,一定要先安排基础保障类的保险,然后考虑投资理财型的保险。

　　误区四:买得多就一定会赔得多

　　商女士最近意外摔倒,导致骨折,花去4000多元医疗费用。虽然行动不便,但她想到自己曾经投保过三份住院医疗费用保险,额度都在5000元左右,心中颇有几分"窃喜"之意,心想通过保险理赔报销医疗费用,这次意外事故反而可以令自己"赚笔小钱",倒也是个意外的收获。

　　不过,商女士这"如意算盘"未免打得过早了。面对三家保险公司都要求她出具医疗费用凭证原件时,商女士傻眼了。

其实,这里的根源在于商女士没有了解清楚各类保险的理赔原则是有差异的。如果发生意外残疾或死亡,如果有多份相应的保险,保险理赔上是不会冲突的。但医疗费用保险作为一种补偿型保险,适用补偿原则,即在保险金额的限度内,保险公司按被保险人实际支出的医疗费给付保险金。换而言之,不论你在多少家保险公司投保了多少份医疗费用保险,最终的保险金总额不能超过实际支出的医疗费用。

但投保者总是存在一种误解,认为如果在多家保险公司投保医疗费用保险,出险后,各家保险公司均应在其保险额度内给付保险金。

若果真如此,势必就会出现这样的情况:被保险人因为拥有多家保险而更热衷于过度治疗,其住院时间愈长,医疗费花费愈多,意味着获利将愈多。事实上,也的确存在这种道德风险。因此,在各家保险公司条款中,均明确要求提供医疗费原始凭证作为获取医疗费赔偿的先决条件,复印件或其他收费凭证均不被受理。

同时,像家财险投保也是如此,保额并非越大越好,因为真正理赔时,保险公司是按财产的实际价值和损失程度确定赔偿金额。所以在投保时,如果超过财产实际价值确定保险金额,只是浪费保费。

误区五:有了社保就不要商业保险

冯小姐是一位典型的年轻白领,收入不错,公司提供的福利也不错,生活看起来很有保障了。她对朋友说:"我们单位已经给我交了'四险一金',保障很全面的,我自己就不用再掏钱买商业保险了。"

冯小姐其实踏入了一个认识上的误区。商业保险与各类国家强制的社会保险功能是不一样的,商业保险可以作为国家社保的一种补充保障,两者之间不存在互相替代的作用。

商业保险的保障范围由投保人、被保险人与保险公司协商确定,不同的保险合同项下,不同的险种,被保险人所受的保障范围和水平是不同的,而社会保险的保障范围一般由国家事先规定,风险保障范围比较窄,保障的水平也比较低。这是由它的社会保障性质所决定的。通过二者之间的比较可以发现,社保通常是保障一个人的最低生活水平和医疗保障要求,而不同种类的商业保险可以保证一个人在遭遇不同的困境时,都可以得到相应的、额度较高的赔偿。比如商业的重大疾病保险,就可以弥补基本社保中大病医疗保障方面对于用药、额度等保障力度的不足。

以上是对商业保险的错误认识,希望读者能够正确看待商业保险。商业保险弥补社会保险的保力不足,有些人虽然参加了社会医疗,所以可能这些钱只够基本生活,千万不得病,一得病就只够买药。所以如果每月挤出一些钱买商业疾病保险就十分必要。在社会保险基础上,再买一些商业保险,就会起到一个相辅相成的作用。

买商业保险越早越好。保险公司的险种总是在变化和改进，以前的险种可能都不错，现在的险种可能保费率对它更有利认为也是需要买一些保险的险种，尽早买比靠后买无论从保障到交费都便宜很多。

保险作为家庭理财的守门员，已开始进入大家的视线，如果你打算买保险的话，该注意什么呢？怎样才能正确地投保呢？买保险的技巧在于合理的资金分配、科学的投保顺序、投保险种的主次、保险公司的选择，以及买保险的步骤。

一、买保险的原则

2006 年以来的大牛市，火了股票基金，却冷落了做保险的。一位保险代理人抱怨：现在很多人都借钱炒股票、买基金，却很少有人愿意拿出一笔钱作一个家庭保障计划，保险几乎成了被"遗忘的角落"。

俗话说"吃不穷，穿不穷，算计不到要受穷"，2006 年以来，股指一路攀高点燃了很多人赚钱的欲望，不少人将毕生积蓄甚至借钱投入股市。但我要提醒大家，保险是一切投资的前提，是防范家庭风险的最后一道屏障，在一片狂热的投资盛宴中，理智的做法是先给自己上一道保险大餐，并且遵守一些投保原则。

1. 三三制原则

现代家庭理财应推行"三三制"原则，即三分之一的流动资金用于应急；三分之一通过投资，获取较高收益；三分之一用于保险，获得家庭人身财产保障。而在投资类型上，股票、期货解决收益性，属于理财金字塔顶端；基金、储蓄解决流动性，属于金字塔中间；各类保险解决安全性，在家庭理财规划中是必不可少的塔基。

2. 重要人优先原则

在一个家庭的保障计划中，应首先考虑家庭经济支柱，即家庭里谁赚钱最多，优先为谁投保。投保顺序先大人后小孩。

据了解，目前重大疾病保险的理赔案中，50% 以上的发病率在 40～45 岁之间。因此，保险专家建议，家庭经济支柱应优先考虑购买保障型寿险和大病险，并附加较高比例的意外险和医疗险。

与此同时，小孩正处在一生中事故多发阶段，为孩子投保应趁早。为孩子买保险越早越合算，父母给子女在婴幼儿阶段投保，如果获得的保障相同，那么缴纳的保费会少得多。

不同的少儿险种可以解决不同的问题。一般来说，父母为子女投保有以下几种需要：一、为子女的意外伤害提供保障；二、解决子女医疗费用，特别是大病医疗费用；三、筹措教育 基金；四、保证子女在父母发生意外后能正常生活。

3. 先保障后投资原则

投保险种要分主次，先保障后投资，让有限的保费预算用在"刀刃"上。具体说来，应该是先考虑寿险、健康险方面的保障，然后考虑养老险、教育险方面的保障，最后才应考虑注重投资功能的保险。

二、正确的投保

保险作为一种无形的商品，它最重要的使用价值是风险保障，防患于然，其次才是投资功能。因此，买保险时不能只看价格而不能单纯地凭保险的收益同储蓄、国债、股票的收益作比较，而是要综合考虑个人的保障需求、保险公司的经营业绩以及保险代理人的服务质量等。下面我讲一些如何正确的投保。

1. 确定保费预算额度

一个三口之家，可将家庭年收入的 5% ~10% 用来购买保险，这样比例的费用支出，一般不会给家庭经济带来压力，也不会影响今后的续缴保费，而且定能满足家庭的保障需求。

2. 应明确所需要的保障

由于不同保险品种的保障内容各有侧重，投保人的年龄、性别、职业、收入和健康也千差万别，因此，投保时要考虑清楚这份保单是否适合自己。

一般的，家庭的主要经济来源者，适合以保障为主兼具其他功能的寿险；单身贵族或经常出差者，适合保费低而保障高的意外险；父母在给子女投保儿童险时，最好选择豁免缴付保险费附加契约；目前有稳定收入、希望退休后继续维持现有生活水准的人士，现在就可投保养老金保险。

3. 要慎选保险公司

寿险是一项长期的金融计划，交给保险公司的保费，很可能要几十年后才能变成保险金回到保户手中。保险公司作为市场经济中的实体，同样面临经营绩效的问题．如果保险公司在设计产品时，对费率、费用率的计算不准确，也有可能无法偿还保险金。

另外，服务质量的高低也是衡量保险公司的重要因素。在漫长的寿险保单有效期内会发生许多事，如续保、契约变更、领取生存现金、理赔等等。一家好的保险公司，会给保户提供全面、迅速、便捷的服务。因此，投保时要选择经营稳健、实力雄厚、服务周到的保险公司。

4.选取好保险代理人

代理人是保险公司和保户之间的中介，客户可通过代理人享有保险公司的各类服务。因此，选择一个专业的、诚实的、有责任心的保险代理人显得尤为重要。一位的代理人，不但能在售前为客户设计最符合保障需求和收情况的保险计划，而且能在售后提供传递信息缴纳保费、更改地址、理赔等服务。

此外，保险期限的长短、保险费的缴纳方式以及保险责任范围等，都是购买保险时需要加以考虑的。

三、买保险的步骤

买保险可以分为三步：第一步：制定保险计划；第二步：选择购买方式；第三步：签订购买合同。

1.第一步：制定保险计划

首先要进行评估风险。

每一个家庭和个人在一生中都会面临各种各样的风险，在投保之前，对风险进行全面的评估，是非常必要的，可以采用列表逐项来对照评估自己家庭可能遇到的风险。

简易家庭人身风险评估表

风 险 对 象	风 险	可能招致的损失
家庭的主要收入者	伤残	收入、劳务和额外支出
配偶（有工作的）	伤残	收入、劳务和额外支出
配偶（无工作的）	伤残	劳务和额外支出
子女	伤残	额外支出
家庭的主要收入者	死亡	收入、劳务和额外支出
配偶（有工作的）	死亡	收入、劳务和额外支出
配偶（无工作的）	死亡	劳务和额外支出
子女	死亡	额外支出

在列表的基础之上，再按照风险程度的不同将需要购买的保险分为必保的保险和可选择的保险。必保的保险是应付那些保险事故一旦发生，足以对投保人造成严重威胁的风险；可选择的保险是应付那些保险事故一旦发生，有可能减少投保人当前的资产和收入的风险，但是个人或家庭尚可承受。因此，如果有能力投保，最好投保；如果没有能力投保，可以暂时不投保。这两种风险的分类，每个人、每个家庭都会有差异，这需要根据自身情况进行划分。

其次是认识保险需求。

　　在风险评估的基础上,进一步划分哪些是需要保险的风险,哪些风险可以不用保险的方式加以避免,从而确认自己的保险需求。

　　要确认自己的保险需求,你首先应当用排除法,分清哪些风险不需要用保险的手段来处理,哪些可以不完全用保险的方法处理。主要考虑:

　　已有的社会保障。即是否能够享受国家提供的医疗保障,是否有权享受社会提供的失业保障,是否有权享受社会养老保险等。如果能充分享有这些社会保障,就可以不去或减少购买这方面的保险。

　　个人资产的多少。可以衡量你在银行中有无可观的存款、金融债券的数额,股票的投资以及所能获得的遗产、贷款等经济资助的可能性。如果个人资产丰厚及获取资助的能力很强,可以减少购买保险,但这要视个人的保险观念而定。因为目前社会许多富裕人士购买了巨额保险,他们认为身价百万更需要保障。

　　第三是确定保险金额。

　　排除了以上的保险需求,剩下来的就应该是自己所需购买的保险金额了。在人身保险中,人寿保险时间很长,保险金额也最难确定,很多人购买的人身保险特别是寿险时不是过多,就是过少。

　　第四是确定保险期限。

　　保险期限长短直接涉及到保险金额的大小、时间的分配、险种的决定,直接关系到人们的经济利益。比如意外伤害保险、医疗保险通常是以一年为期,有些也可以选择半年期,你可以在期满后选择续保或停止投保。人寿保险通常是多年期的,你可以选择适合于你的保险的时间跨度、交纳保费的期限以及领取保险金的时间。比如投资性保险的特点之一就是时间比较长,一般都在五年以上,最长可达四十年以上,如养老保险。考虑到目前我国物价变化因素,建议选择时间在五至二十年之内的为宜。

　　2. 第二步:选择购买方式

　　买保险目前主要有以下三种方式:

　　直接向保险公司购买。目前国内很多保险公司都设有营业柜台,客户可以亲自上门咨询、购买保险。这种方式要求客户对保险非常了解,能自主设计保障计划,懂得自己该购买哪些保险。

　　保险中介人上门服务。这种方式是目前国内保险销售的主流方式。一个专业的、诚实的、有责任心的保险中介不但能在售前为客户设计最符合收入情况和保障需求的保障计划,而且能在售后提供资讯、更改地址、理赔等服务。

　　上网购买保险。这是一种全新的购买方式。这种方式对于易于接受和使用现代通讯手段、保险意识强但又不喜欢接受上门推销的客户尤其适合。

　　客户应根据自身情况,来决定选择哪一种购买方式。

　　3. 第三步:签订购买合同

　　保险合同属于合同的一种,因此,它具有一般合同共有的法律特征:

其一，合同的当事人必须具有民事行为能力。精神病人、未成年人之间达成的协议通常不能算作具有约束力的合同。

其二，保险合同是当事人双方表示一致的行为，而不是单方的法律行为：任何一方不能把自己的意志强加给另一方；任何单位或个人对当事人的意思表示不能进行非法干预。

其三，保险合同必须合法，才能得到法律的保护。一方不能履行义务时，另一方可向国家规定的合同管理机关申请调解或仲裁，也可以直接向人民法院起诉。

与一般合同相比较，保险合同所保障的标的是风险，它又是一种特殊类型的合同，它有着自己的特点。

投保人必须对保险标的具有保险利益。保险利益是指投保人对保险标的具有的法律上承认的经济利益。保险利益的构成必须是为法律所认可的利益，受到法律保护，同时保险利益必须是经济利益，即可以用货币计算与估价的利益，保险的实质是对被保险人遭受的经济损失给予的补偿。在保险合同中，投保人、被保险人如果没有保险利益，保险合同将是非法的，保险合同无效。

在人身保险合同订立时，根据法律和保险实务惯例，投保人与被保险人只有存在如下关系时，才具有保险利益：婚姻关系，如丈夫可为妻子投保；血缘关系，如子女可为父母投保，父母亦可为子女投保，但除此之外，对于家庭其他成员或近亲属，投保人则必须与之有抚养、赡养和扶养的关系，才具有保险利益；抚养、赡养和扶养关系；债权债务关系，债务人若在偿债期间死亡，债权人将面临难以收回债权的危险，故此债权人对债务人具有保险利益；劳动关系或某种合作关系，如用人单位或雇主，对于职工或雇员的生老病死负有法定的经济责任，自然就具有保险利益，合伙企业的合伙人之间，一旦某一合伙人死亡，可能导致合伙事业难以为继，当然具有互相之间保险利益；本人，投保人对于自身的生老病死当然具有切身经济利益，投保人为自己投保，成为被保险人，是天经地义的事。

诚实信用原则的告知义务。所谓诚实，就是一方当事人对另一方当事人不得隐瞒、欺骗；所谓信用，就是任何一方当事人都得善意地全面履行自己的义务，诚实信用原则的核心是告知行为，因为告知是保险人确定是否承保、怎样确定保险费率以及投保人是否投保、投保金额大小的重要依据。当投保人违反了诚实信用原则如不告知或不实告知，或者保险人违反告知义务，部会引起经济合同的纠纷。投保人在订立保险合同时，通常应告知如投保人保险史、投保人品行等重要事实。

填写投保单时应注意的问题：

填写投保单，不一定要自己填写，可委托保险公司专业代理人填写投保单，但事前必须审核代理人的合法性，一定要让代理人出示身份证、工作证、代理资格证等有效证件，必要时可打电话到保险公司确认。

代理人可能会填写投保单中的某些内容，但投保单上注明需客户的签字处，一定要客户自己的手迹。

　　客户一定要在健康状况、财务收入等方面如实告知，寿险公司一旦发现客户告知不实，便可依法接触保险合同中止保险责任，以带来不必要的损失。

　　填完保单后，你需要预交保费，可用现金或转账支付，但一定不要忘记向代理人及时索要由寿险公司盖章的保费暂收收据。

　　客户拿到正式保险合同及正式保费收据，此时客户要注意有关内容是否有错，比如险种、保额等。

　　按相关规定，保单生效后 10 天内可以申请退保，保险费全额退回，客户才不会有任何损失。

投保人出险后，需要根据实际出险情况及其所造成的后果，依据保险合同，向保险公司提出赔偿的要求和理由，以分担出现的风险，这就是人们通常说的理赔诉求。对于理赔，投保人应掌握以下内容。

一、理赔基本要素

理赔种类：理赔分为两种，赔偿和给付。赔偿与财产保险相对应，而由于人身保险是以人的生命或身体作为保险标的的，生命和身体是无法用金钱衡量的，故在出险时，保险公司只能在保单约定的额度内对收益人或被保险人给付保险金。

理赔程序：立案检验；审查单证，审核责任；核算损失；损余处理；保险公司支付赔款；保险公司行使代位求偿权利。

理赔时效：保险索赔必须在索赔时效内提出，超过时效，被保险人或收益人不向保险公司提出索赔，不提供必要单证和不领取保险金，视为放弃权利。险种不同，时效也不同，人寿保险的索赔时效一般为五年，其他保险的索赔时效一般为两年。索赔时效应该从被保险人或收益人知道事故发生之日算起，事故发生后，投保人、被保险人、收益人应当先止险报案，然后提出索赔请求。

理赔原则：重合同，守信用；坚持实事求是；主动，迅速，准确，合理。

理赔申请：索赔时应提供的单证主要包括：保险单或保险凭证的正本、已缴纳保险费的凭证、有关能证明保险标的或当事人身份的原始文本、索赔清单、出险检验证明、其他根据保险合同规定应当提供的文件。

纠纷处理：保险合同在履行过程中，双方当事人因保险责任归属、赔偿金额的多少发生争议，应采用适当方式，公平合理地处理。按照惯例，对保险业务中发生的争议，可采用协商和解、仲裁和司法诉讼三种方式来处理。

协商和解一般有自行和解和第三者主持和解两种方法。仲裁是由合同双方当事人在争议发生之前或之后达成书面协议，愿意把他们之间的争议交给双方都同意的第三者进行裁决，仲裁员以裁判者的身份而不是以调解员的身份对双方争议作出裁决。

二、如何应对理赔难

隐瞒病史、退保缩水、无效签名、定损分歧成为目前保险公司理赔四大纠纷热点。

1. 隐瞒病史

病史纠纷在保险理赔纠纷中较为常见。隐瞒病史主要在两种情况下发生：一、代理人误导；二、被保险人主观隐瞒。保险公司指出，对于第一种情况，保险公司一般要承担"买单"责任。不过，在如何界定代理人"误导"上，一直存在举证困难。而对于第二种情况，保险公司则可明确拒赔。不是所有患病的人都不能投保。消费者如实告知病史后，可以以亚健康体的标准投保，保险公司一般会酌情提高保费或者降低保额，或详细注明哪些情况发生后不属于保险公司赔付的范围。买保险一定反复看好免责条款，并不能听保险人一面之词。

2. 退保缩水

买保险容易，如果没有到期要退保，则可能要遭受巨大损失。保险不像储蓄，存钱进银行后可以本息兼收。要了解退保时到底能拿回多少钱并不难，每份保险合同中都会附带一份现金价值表，对照这份表格可以清楚知道自己退保时能拿回多少钱。总的来说，投保人已缴纳的保费－（保险公司的管理费用开支在该保单上分摊的金额）－（保险公司因为该保单向推销人员支付的佣金）－（保险公司已承担该保单保险责任所需要的纯保费）＋（剩余保费所生利息）＝现金价值。买保险之前一定要仔细考虑是否买，自己是否可以承受，以免日后损失。

3. 无效签名

按照《保险法》规定，以死亡为给付保险金条件的保险合同，未经被保险人书面同意并认可保险金额的，合同无效。保险公司称，保单代签名之所以不被承认，很重要的是为了防范道德风险。不要自作聪明，买这样的保险一定要被保险人签字。

4. 定损分歧

定损主要发生在车险里。保险公司在理赔定损时与事主发生纠纷的现象并不少见。主要原因是保险公司既当"运动员"又当"裁判员"的做法让人无法信任。一旦当事双方各执一词，可以尝试通过调解委员会重新查勘定损。此外，当事人也可向保险公估公司求助。

保险理财到这里就介绍完了，希望能够为你的理财带来帮助。

第 五 章

教育投资:实施子女成才工程

　　教育培养子女是父母的责任和义务,望子成龙也是中国家长们最朴素的愿望。随着居民生活质量的提高,居民家庭教育投资观念不断加强,居民在教育方面的支出增长显著,教育投资已经成为家庭理财的一个内容。

第一节 教育投资早打算

中国有一句古话："活到老，学到老。"这说明教育对人一生的重要。美国学者做过统计，受过高等教育的人，比没有受到过良好高等教育的人得到的工作回报、社会尊敬程度要高20%。为孩子的教育进行投资，成为当代中国人最重要的一项家庭投资。

一、教育投资改变人生

教育不仅被西方国家重视，也越被国人重视。从我国居民在教育消费方面的变化看，除了培养子女所需，及被动支出教育费用的因素之外，还多了几分主动接受再教育。

前些年的MBA热，花费10万~20万读MBA，工作之后几年不仅收回教育投资，而且年薪几十万，成为真正的金领。可见，教育也是一项投资，而且投资回报率相当高，影响人的一生。

教育投资，十年树木，百年树人。教育不仅是应试教育，也是技能培训。教育投资不是仅指子女教育的投资，还包括要自己受到教育的投资。

1. 成人自我教育投资

有人说了，我大学毕业一直工作几次升迁，工作职务和薪水节节高，不用在继续教育。但是现在的的社会是一个竞争的社会，技术科技日新月异，十年前大家谁知道什么是计算机，拥有一台计算机的家庭，就像现在家庭拥有汽车。几年前大多数人不知道网络，现在中国的网民有1亿多人，并且每年递增。

以后的科技我们无法想象，但是总是会不断发展，这样就需要我们去适应最新的科学技术，你说不学习行吗？所以成人的受到教育大多是技能教育，等级职称等教育。包括各种各样的会计师，注册会计师，证券分析师，期货分析师，经济师，报关员等一系列，还有从事驾驶，生产等一系列执照。这样的教育投资一般几千元，多则2万~3万元，我们基本可以承受。少花费一个月的工资，基金投资多一些，就可以赚到。

2. 子女教育投资

为了自己的下一代人，我们需要给子女的教育投资，包括我们的孩子从托儿所、幼儿园到小学、中学、高中、大学。

我做过一个统计，就是最中等和普通的学校，让他从入学，从幼儿园到他的大学至少需要是 20 万元钱。如果要出国留学，至少要 60 万元的教育投资。我们大数家庭都是工薪阶层，如果一下子拿出这么多资金，就比较困难。但是，如果在二十年之内拿出这么多钱，如果我们理财得当，肯定是可以做好教育投资的储蓄。

如果年轻的爸爸妈妈们，老是月光族，我认为就无法负担孩子的教育投资，自己如果没有受到良好的教育也是不行的。

我作过一项统计，本科学历，或者是硕士学历，找工作有 60% 的把握，可以找到一个比较好的工作。如果大专和高中毕业生，只有 30% 把握找到好工作。博士以上的学历，去找工作能力反而降低了 50%。这说明一个问题，教育投资是呈现正态分布，中间那头永远是大多数。

二、教育投资的特点

任何一件事物都有其自身的规律特征，我们做教育投资，也要了解教育投资有哪些特点。

1. 教育投资周期性长

教育投资变为教育能力，发挥教育的经济效益需要一个很长的时间和过程。教育培养出来的劳动力和专门人才有一个知识能力转化"滞后"的周期，不可能马上在物质生产过程中发挥作用，需要有一个熟悉和适应物质生产需要的周期，教育投资比教育过程更需要较长的周期。

2. 教育投资具有弹性

教育要适应物质生产发展的需要，如何才能适应，这就决定了教育投资数量与分配。一般来说应该基本相协调，但由于影响物质生产的因素是多种多样的，在有些情况下并不能反映出教育投资大就一定适应物质生产的要求，教育投资与物质生产过程具有一定伸缩性或弹性特征。

3. 教育投资具有间接性

教育投资不能直接同物质生产资料结合，因此不会直接生产社会物质财富，但教育投资直接同培养劳动力和专门人才发生关系，同科学发明、推广和发展发生关系。只有通过教育投资培养出来的劳动力和专门人才，以及再生产出来的科学技术，进入生产领域，与物质生产相结合，才能创造社会物质财富，具有经济效益。从这个意义上讲，教育投资具有间接性，或者说潜在性的特征。

4. 教育投资具有长效性

教育培养出来的社会劳动力和专门人才，只要在物质生产部门工作，就能永久地发挥效用,即使是在工作岗位接受再培训,原有的教育功能也仍然是基础,仍然发挥着作用。由教育把科学发明转化为生产技术的作用效果更长久,从这个意义上说,教育投资具有长效性特征。

5.教育没有时间弹性

教育没有时间弹性,你不能让孩子20多岁的时候,从小学再开始上吧。20多岁结婚有了孩子之后,30多岁的时候,你必须要给孩子攒出上学的钱。

例如:某家庭的孩子3岁了,要上幼儿园,之后考虑上小学了,可是这个时候,年轻的父母脸带愁容,因为近期股市投资亏损,钱都赔光了。如果他跟孩子说:孩子,咱投资股票全赔光了,没有钱,你能不能等五年再幼儿园?

看到这里,读者可能会乐,为什么?教育没有时间弹性。3-7岁这个年龄段的孩子就应该上幼儿园和小学,受到幼儿园和小学的教育。可是你没有给自己的孩子攒足教育的费用,你能让他再耽误时间吗?时间耽误不起。这就是教育没有时间弹性。

一般来说,一般孩子3岁开始上幼儿园,6-7岁开始上小学,12-14岁开始上中学的初中教育,14-16岁开始高中教育,17-20岁开始大学教育。这是孩子一生中受到教育的时间段,绝对不能更改的。

6.教育没有费用弹性

很多家长因为没有存好教育经费,耽误了孩子上学时间。等有钱了,孩子也无法再上学了。这就是教育没有费用弹性。所以教育经费要提前准备,并且绝对不能做高风险的投资,否则一旦教育经费出现问题,后果不堪严重。

我们在给孩子做教育的时候,给他留好钱。这是关系到下一代一生的投资计划。

上面是教育的投资特点,我们可以按照这些特点来规划我们的教育投资,教育投资越早越好,早投资,早收益,而且花费少,投资回报率更高。

三、家庭教育投资原则

子女教育是一项终身投资,所有父母都希望自己的子女受到良好的教育和发展。家长们是舍得给孩子花钱的,那么为孩子花钱,怎样才算花得合理、见效大,恐怕多数家长考虑得不多。为使给孩子的投资取得事半功倍的效果,家长应遵循如下一些投资原则。

1.兴趣原则

兴趣是最好的老师。从孩子兴趣出发,培养孩子的兴趣能力。

20世纪60年代，欧洲一个国家，一个农户生下一个孩子，孩子出生后发烧。由于救治不及时，孩子留下后遗症，他的反应比其他孩子慢很多。

孩子一直长到10岁，才上了小学。他的父亲没有别的爱好，吃完饭之后，最喜欢下国际象棋，在这村中几乎是冠军。他下棋的时刻，孩子总在身边看着，其他人都没有在意一个傻子的存在，有的人最多说一句：嘿，傻子，看得懂吗？他也是傻笑。父亲也没有因为有人嘲笑他而不让他看下棋。

一天，本市一个国际象棋高手来找孩子的父亲下棋，孩子的父亲欣然应战，双方杀得难解难分，看下棋的人也围拢上来。正在这个时刻，孩子父亲走了一个昏招，被对手紧紧抓住这个破绽，眼看父亲要输了。

这时，孩子手之指向棋盘：爸爸，走这里。父亲按照孩子的支招，果然反败为胜。于是，国际象棋高手问孩子：你会下棋吗？这个孩子羞涩的点点头。下面的事情出乎人的意料，本市国际象棋高手根本不是他的对手。后来，经过名人指点，这个孩子成为了名噪一时的国际象棋冠军。

从上面的例子可以看到，一定不要过分用家长的意志和喜好来逼迫孩子同样有自己的喜好。现在很多家长对孩子的期望过高而不注意其实际爱好，本来不喜欢音乐的家长给报钢琴班，花费大量资金买钢琴，但是孩子可能半途而废。孩子喜欢写作，可是父母却给孩子报一个数学班，把孩子压得喘不过气来，写作天赋也消失了。这是拔苗助长，适得其反，对孩子的成长其实是非常不利的。只有适合孩子的培养方式才能让孩子健康成长，而不是钱花得越多孩子越优秀。

2. 马拉松发展原则

理财是一场马拉松，不是100米的短跑，孩子从幼儿园到大学，需要二十年的时光要走过，所以家庭教育是一场长期的持久战，家庭教育要走马拉松发展的原则。

如果把教育投资按照二十年投资来看待，很多家庭的投资必然会有改观。而大多数家庭不顾自身实际情况，看到股市热，就盲目跟风，忽视对教育投资。黄金上涨，就扣除孩子的教育投资积蓄而投资黄金，这样造成教育经费总是被挪用。这样很危险。

3. 先投资后效益原则

教育投入是一种投资，要考虑未来收益。教育投资的收益主要体现在接受教育后能为家庭和自己带来多大的物质和精神回报。如果孩子接受教育程度低，无法适应社会的发展和变革，势必给家庭理财带来无水之源，收入不稳定，对一生的理财都会产生不好影响。

所以我们的家长不妨根据社会的需求，给孩子做一个教育规划，但是要记得，往往过热的专业，在孩子毕业可能成为冷门的行业。因为任何一个行业也有七至十年的经济周期，看到好，正是这个行业周期最景气的时刻，等四年之后，就有可能衰退。

四、教育投资资金的拿出方式

讲述了教育的必要,我们现在面临的问题是必须要攒出我们的教育资金,不能到了用钱的时刻拿不出来。一般从我的调查来看,大多数家庭对教育投资资金的拿出方式都是错误的,可能是因为国家教育刚刚转型,教育投资还要有一个认识过程。

1. 错误的情况

当孩子到了要教育花费时,家长往往是不知从哪一块出,被迫从其他的积蓄或者投资里面一次性投资。这种投资方式的作法,多少有一种应急的做法。

一般出现在是每个学期开学的时候,学校给的交费单。大多数家长们赶快筹集资金,但这种方式往往跟不上变化,一些特殊的比如孩子临时需要参加什么活动等,还需要在挤压其他的投资。

现在的父母大多是计划经济过来的人,对于教育投资还是估计不足,往往体现在被动地应对孩子的教育投资。因为教育投资是必须的,如果根本就没有给孩子预留这笔教育投资,只有两个方面的应对:

第一临时抽调其他投资,比如保险投资,养老计划,从而打乱自己的一生理财计划。第二是减少开支,没有钱不花,或者少花。要知道,教育投资也是和收益成正比的,教育投资的多少往往决定孩子的未来,如果这样草草地投资教育,真是害了孩子。

2. 正确的情况

如果要给孩子教育,必须强制储蓄,一直到孩子大学毕业。因为教育经费是为了未来打算的,必须强制支出,所以不能投资风险大的理财品种,而储蓄是最安全的投资,但是风险在于通货膨胀。

一个家庭从孩子5岁开始每月存500元,作为孩子的教育投资经费。计划攒十六年,十六年之后可以得到现金多少? 这个是一个财务上的年金终值的计算。按照年利率3%来计算:为了简单说明问题,我们按照年一次计息计算。

十六年之后的年金终值 = (500 × 12) × 20.157(十六年的年利3%的年金终值系数) = 120 942 元。可见,每月按时存款,到了十六年之后,孩子从小学到高中到大学的大部分经费可以从中间支付。

3. 培养孩子理财习惯

现在投资方式很多,下一节会讲述教育经费的投资,这里我要说的是,家长可以让孩子有理财的概念。英国的家长在孩子5岁时就会要求孩子自己做一定的理财。我们也不妨效仿,把存钱的过程作为对孩子的教育过程。

　　我们不妨给孩子开一个账号,由父母保管,孩子每月记账,每月父母给孩子的零花钱,每笔支出,孩子都要明确记账,凡有一些孩子的额外收入都要求孩子存入银行。

　　如果孩子每月节余多,是合理理财,父母不妨多一些零花钱给孩子;一旦这个月孩子零花钱花费过多,做了过多的无用的花费,父母可以把给零花钱的数额重新降回以前的水平。这种方式的最大好处是有利于培养孩子勤俭节约,有计划生活的好品质。美国一些家庭就是教育孩子这样理财的,据说这样的孩子很多最后成为金融家。

　　孩子的收入大致有两种,一种是压岁钱。这是中国传统,每年春节,孩子都会得到数量不等的压岁钱,这笔钱如果无计划地花掉,实在是没有意义,如果有计划地存起来,也许是一笔可观的收入。

　　另一种是父母每月给孩子的零花钱。曾经有个百万富翁由于过分溺爱孩子,孩子花钱从来不节制,认为自己有钱,结果导致了小败家子的出现。这值得每个家长引以为戒。

教育资金,需要有一个筹集、投资、使用的过程,本节就给大家讲述教育资金从筹集到运用的投资规划。其中涉及教育投资目标,根据教育投资目标才确定投资工具的特点,和不同人生周期的教育投资计划。

一、教育理财目标与计划

教育理财没有目标,就不可能成功。教育理财要切合家庭的实际出发,对家庭理财做一个合理规划。

教育投资不是简单的投资多少钱的问题,往往投资很多钱的富裕家庭,孩子教育并不一定好,这个应该给我们的教育很多反思。下面我就讲讲如何按照家庭收入条件来制定教育投资计划。

1. 贫穷家庭的教育投资计划

即使是一个不富裕的家庭,也都希望自己的子女得到很好的教育,出了一个大学生,将来就会富裕一个家庭,尤其是一些偏远山区。但是一家庭由于财力有限,可能难以积蓄很多,但是也绝对不能因为没有钱令孩子考上大学而退学。

这样的家庭要留意大学的奖学金,奖学金是照顾那些交不起学费但是成绩又非常好的学生。第二个是贷款,了解助学贷款的一些细节,争取得到贷款。还要给孩子一些技能教育,教育孩子多进行勤工节学,提高独立能力,让他可以自己积攒一部分教育基金。这样促使孩子德智体全面发展,这样的孩子到社会上一定适应和工作能力很强。

2. 一般家庭和富裕家庭的教育投资目标

一般家庭和富裕家庭也希望自己的子女可以上到名牌大学,甚至可以出国留学。掌握一至两个基本技能,比如说:驾驶证、计算机等级证书、英语等级证书,这些都是在上大学的教育投资之后的附加投资。

如果想要让自己的孩子出国留学,还需要储蓄考托福等英语水平考试的费用,还有留学的费用。这些都需要我们的教育投资的理财。

制定了我们投资教育的目标,下面我们要利用合理的教育投资的理财工具来积累这笔财富。理财教育投资资金的储备有一个特点，就是需要安全稳定的投资，不能投资风险大的投资品种。所以投资品种可能不会太丰富，不求大回报，但是一定要安全。

二、教育投资工具选择

如果一个家庭较早进行教育投资计划，财务负担和风险都较低，与其他投资计划相比较，教育投资计划更重视理财工具的稳定性。下面是教育投资工具的比较，家长朋友可以根据自身的情况选择，或则做一些组合。

1. 银行教育储蓄

商业银行的教育储蓄存款是最基本的教育投资渠道，以零存整取的方式分期存入，到期一次支取本息，存期为一年、三年和六年。教育储蓄采用实名制，办理开户时，储户要持本人（学生）户口簿或身份证，到银行以储户本人（学生）的姓名开立存款账户。到期支取时，储户需凭存折及接受非义务教育的录取通知书原件或学校证明到商业银行一次支取本息。

与其他银行储蓄存款品种相比，其优越性体现在：

利率优惠。教育储蓄存期为一年、三年和六年，以零存整取的存款方式存入资金，可以按开户日相对应年限同档次的整存整取的利率计付利息。如在存期内如遇利率调整，仍按开户日利率计息。

利息免税。储户凭存折和提供正在接受非义务教育证明，一次性支取本金和利息，可享受免征利息税（利息的20%）。

提前支取可享受计息的优惠。教育储蓄如果提前支取，存够一年且提供有效证明，可按一年定期计息办理，如果存满两年按两年定期计息，存满五年按五年定期计息，且不收利息税。

这三大优越性使得教育储蓄相对于其他储蓄品种，利率优惠幅度达25%以上，成为当前国债和储蓄中收益最高的投资理财品种。但它的局限性表现在：一是规定只能用于九年非义务教育的费用，不能满足所有在校学生需求；二是"每一账户本金合计最高限额为2万元"，"所入"还不足以"敷出"，对于教育资金积蓄只能起到辅助作用；三是需提供有关学籍证明，手续相对烦琐。

2. 定期定额储蓄

每月储蓄固定数量的资金，作为教育储蓄，每隔五至十年或者等孩子的上学各个阶段取出来使用。比如：已经储蓄六年，等孩子上初中取出来，来支付孩子上初中的费用；孩子初中三年，继续按照这样的方法储蓄三年，等孩子上高中取出，支付高中费用。依此类推，等高中之后取出准备孩子的上大学的资金。

这样做，第一是安全，第二把孩子上学的时间周期按照上小学、中学、大学而分割开来，长期做储蓄，分成时间段，避免了一下子拿出大笔资金的压力。

3. 基金定投

不少年轻父母收入比较多，可以在前面两种储蓄之后，在增加一个基金定投，来增加教育基金投资，但是投资比例必须是每月储蓄来攒教育投资资金的一半。如果年收入比较少的家庭，不建议做基金定投，因为基金的风险比较大。

定期定额投资基金的好处：一是操作简单方便，客户只要和代销基金的银行签订协议，在每月固定的某天，银行会自动从协议指定的账户扣除约定资金到基金账户；二是分批进场降低市场波动的风险，尤其适合长期投资理财计划，而且便于随时开始。

但是基金定投风险较大：在股市行情一路看涨的阶段，定期定额所能获得的收益将低于在行情低位单笔投资股票的收益，但是收益绝对高于储蓄和定期定额的教育投资。教育投资虽然时间很长，但是也需要短期的周期取出资金，比如三年，六年，九年的时间，这些时间如果和股市的波动周期相一致，这个时刻股市正是处于长期熊市周期，在股市震荡下跌周期，不仅没有盈利，可能本金难保，则对教育投资产生不利影响。

4. 教育储蓄保险

现在市场上保险的品种越来越多，其中很多保险公司已经涉及家庭孩子的教育储蓄和孩子的一些健康保险，还有类似兼顾保险和储蓄的储蓄形式。现在很多银行都代销这样的保险。

现在储蓄又分成很多种，有储蓄分红、储蓄保险，包括年利得的保险，储蓄和保险兼顾。这种情况好在哪儿？

首先，兼顾大人也兼顾了孩子。如果家长买了一个为自己的健康分红保险，比如保险每年交费一定，每五年可以领取现金返还。这样每五年可以得到一笔钱，用这笔钱可以支付孩子的教育费用，又给自己保险，防止家庭主要的收入成员的意外。

其次，一笔钱可以保全家庭两个成员。但是，每年交费比较多，而且分红不会很大，还需要其他教育投资方式辅助。可以再选择一份一定时间的儿童健康保险，到期还本。这样既可以兼顾孩子一定时期的健康状况，到期之后转为孩子的教育基金。

最主要的是，教育储蓄保险好处是比较灵活，保全面比较广大，可以适应时间短的需求，比如五至十年。

5. 各种理财工具的配合使用

从上面的理财工具来看，每个理财工具都有自己的好处，也有一定的局限性。

所以,如果把这些理财工具适当的配合使用,则可以保证资金安全。依据投资收益大小的品种,合理变化理财工具投资的比例。

第一,搭配长、短期理财目标,选择不同特色的储蓄和基金投资。

依据个人或家庭的短、中、长期不同理财目标决定不同的投资方式是最基本的投资原则。如果你决定以定期定额投资基金的方式筹措资金,最好能相应考虑投资的风险程度与基金类型,并且一定资金用于储蓄,但是不管投资什么,教育储蓄是不能少的。

第二,依据收入能力调整教育投资。

教育投资也有一个明显的特点,就是随着还是教育年龄增高,费用也是越来越多。上中学费用高于小学,大学高于中学,留学高于大学。这个和我们的年龄和收入的关系也正好一致,随着我们年龄增长,工作能力加强,收入也随着增加。

随着时间持续,孩子不断长大,父母的收入也会提高,家庭的每月可投资总金额也随之提高。所以教育投资可以这样做,在初期投资比例高,投资反而少,后期投资比例少,投资金额反而高,这样可以适应教育投资。

第三,各种投资工具投资和到期最好打时间差。

上面的一些教育投资理财工具,最好可以理财时间和投资到期做不同的时间,这样可以有几个好处。本来理财教育理财投资就是需要长期,需要细水长流。但是不同的时期可以有突发事件,这样投资理财资金可以随时使用,避免短期美没有拿出钱而如果拿出现金,需要损失定期利息,需要损失赎回费。

比如:教育储蓄投资可以就是五年,固定保本、安全。

定额定期投资,可以把时间和教育投资错开,可以定为三年,这样在三至五年之间出现一些突发事件,可以用定额定期储蓄。免除拿出教育储蓄投资,损失利息。

基金定投,最可以处于灵活使用状态。如果一年之内需要拿出资金来支付教育资金,可以从这里做也可以做部分赎回,或是部分转换。在你一时急需资金作其他用途,或者当时市场的收益率达到或满足你的心理预期时,办理部分赎回,提前享受投资收益,是不错的办法。况且定期定额的协议仍然有效,每个月仍可持续扣款,增加投资。另一方面,若同一基金公司有符合你的理财目标的基金新产品可优惠转换时,你也可以将原有的基金部分单位转换至新产品。这样不但可以保留部分原本所看好市场的投资,又拥有了同一基金公司旗下的其他基金,手续费也较重新申购便宜。

保险,可以把储蓄保险定在五至十年甚至更长二十年,以便应付孩子的健康和教育投资。这样可以一举两得,并且可以把家长的一些分红型的保险做到三至五年一分红,用分红的资金作为零星储蓄应付孩子的教育投资。

6. 贷款

如果上述目标还是不能支付孩子的教育费用,一些家庭由于贫困,只能支付到孩子考上大学之前的费用，建议考虑通过贷款来实现目标。

采用贷款这种方式很容易占用到你的退休计划资金，所以在作决定之前应该慎重考虑，并确保不会影响退休计划和其他安排。

一般情况下，可以首先考虑让子女就读学费较低的学校。其次，可以将债务归在子女的名下，你自身作为债务的担保人或第三方，只有当子女的财务状况显示无法偿还债务时，你才需要为其承担此义务。

贷款可以分为住房抵押贷款、学校贷款、政府贷款、自主性机构贷款和银行贷款等。目前中国的贫困大学生助学贷款（俗称"绿色通道"）已经从一种美好的理想变成了实际的制度。下面介绍贫困大学生助学贷款的一些规定。

贷款期限：视就读情况及担保性质而定。

贷款额度：贷款额不得超过学杂费总额的80%，最高限额为单人单笔不得超过人民币20万元。

还款方式：贷款期限在一年（含）以内的，到期后一次性还本付息；贷款期限在一年以上的，实行按月还本付息。

借款人条件：能提供入学通知书或录取通知书，所读学校出具的学生学习期内所需学杂费总额的证明；能提供符合贷款人要求的担保；借款人具有固定职业和稳定经济收入证明。

三、教育理财案例

在中国大多数家庭属于工薪阶层，收入普遍处于社会的中层水平，需要住房，汽车，教育子女，赡养老人，所以不仅不容易，而且需要合理理财。

A 先生结婚之后，在一家公司做技术人员，每月工资 8000 元，夫人在一家事业单位做会计，月薪 5000 元，孩子现在已经 14 岁，上初中 2 年级，准备所在城市重点高中，需要一笔花费，并且孩子学习成绩很好，有留学打算。

家庭其他情况是：房子贷款需要还十年，大概需要还款 25 万元。车子贷款已经还清，还可以使用五年。两人都有社会保险，并且两人分别买了各保证 30 万元的人寿，重大疾病，意外等保险，需要年交纳保险费 2 万元。家里现金 10 万元，投资股票 5 万元，收益 30%。

从孩子上高中到留学，如果直接高中后留学需要四年时间，如果上完大学之后留学需要八年时间。孩子学习成绩不错，如果国内上大学可以勤工俭学，申请一些奖学金。但是，这些是远远不够的。

从夫妇收益来看，这个是典型的城市白领阶层。每月收入稳定，但是买入的保险和其他保障也可以。孩子现在已经初中,如果单单上大学,家庭储蓄的资金完全可以支付。如果直接高中毕业留学资金完全不够,如果大学毕业之后留学如果运用得当是可以的。

我们可以给这个家庭计算一下,未来八年这个家庭的收支情况。

夫妻2人每年可以收入15.6万元,八年总收入124.80万元。

八年需要支出八年的房贷款20万元,八年保险总支出16万元。

八年的家庭日常支付,按照每月1500元日常开支,汽车1000元开支,教育花费500元,其他1000元,可以计算出38.4万元。

八年节余50.4万元,加上原有现金和投资收益16.5万元,家庭可以得到66.9万元。(我们为了计算方便,假定没有利率利息理财等手段来取得的收益)

这66.9万元,还有需要家庭成熟期之后的养老打算必须留下的资金,如果孩子留学美国,扣除通货膨胀因素,需要40万左右的资金。按照这样的计算,我们看到收入必须更好的进行了理财,才能达到。

如果需要的养老和留学最低需要100万元,我们预计到期只有66.9万元,我们这八年需要理财每年收益多少就成为衡量的一个标准。我们必须围绕这个收益标准来决定每年的投资收益。(这里为了计算方便,我们按照固定的年金终值来计算)

66.9万资金必须收入多少个八年之后可以到达100万?5%~6%之间的收益就可以筹集到。这样,通过教育投资工具就能实现。

怎么样,读者朋友,教育投资你准备好了吗?从现在开始,着手教育理财吧。十年以后,你一定会获得满意的回报。

第 六 章

养老投资:过上体面的晚年生活

人们在操劳一生步入老年后,不仅要活着,而且要能够有尊严,既要有闲暇的时间,又要有足够的钱,使自己能精彩、舒适、稳定、坦然地活着。所以,财务尊严和财务独立是养老生活追求的最高境界,养老投资是达成这种境界的手段。

　　对于 25 - 35 岁的中青年朋友来说，事业蒸蒸日上，退休可能是遥远的计划。但是退休是人生不可避免的问题，总有一天我们必须依靠过去储蓄下来的东西维持生活。在退休之前，我们必须解决好退休以后的人生问题。

一、退休生活是人生的重要码头

　　现代人大多数都活得很累，工作、挣钱，不停地打拼，真想停下了歇一歇，总是幻想要是不工作该多好呀。一旦想到退休后的老年生活保障问题，又充满了忧患。老了是否能过一个幸福的晚年呢？

　　1. "421 模式"带来新问题

　　2005 年底全国百分之一人口抽样显示，中国 65 岁以上人口逾 1 亿人，占总人口数的 7.7%；60 岁以上的老年人口达到 10.5%，2050 年将上升到 28% 以上。这个数据告诉了我们什么？

　　根据联合国的统计标准，如果一个国家 60 岁以上老年人口达到总人口数的 10% 或者 65 岁以上老年人口占人口总数的 7% 以上，那么这个国家就已经属于人口老龄化国家。按照这个标准，中国已进入老龄化社会。与老龄化相伴而生的一个问题是，新型"421 家庭模式"和抚养系数比上升将使得现行的家庭养老模式发生困难。

　　上个世纪 70 年代计划生育政策实施后的第一批独生子女已长大成人，并以每年数以百万计的规模进入生儿育女的生命周期。夫妻两人供养双方 4 位老人，抚养 1 个后代的"421 模式"将成为中国今后几十年主流家庭模式。

　　据人口专家预测，未来十年，包括独生子女与独生子女、独生子女与非独生子女组成的独生父母家庭（即 421 家庭）在我国至少会达到上千万个。这种模式直接导致老年抚养比从 1964 年的 6.3% 逐渐上升到 2000 年的 10.1% 以及 2050 年的 33%。

　　据最近一项京沪穗城市居民调查显示，35% 的家庭要赡养 4 位老人，49% 的家庭要赡养 2－3 位老人。从赡养费来看,35.6% 的家庭每年花费超过 1 万元。一个家庭因为老人身患重病而被拖垮的事例并不少见。中国传统的以家庭养老为主的养老模式在新情况下难以满足养老需求。

2. 养老保险也不保险

每个国家都有养老保险制度,基本养老保险也称国家基本养老保险,它是按国家统一政策规定强制实施的,为保障广大离退休人员基本生活需要的一种养老保险制度。

在我国,20 世纪 90 年代之前,企业职工实行的是单一的养老保险制度。1991年,《国务院关于企业职工养老保险制度改革的决定》中明确提出:"随着经济的发展,逐步建立起基本养老保险与企业补充养老保险和职工个人储蓄性养老保险相结合的制度"。从此,我国逐步建立起多层次的养老保险体系。在这种多层次养老保险体系中,基本养老保险可称为第一层次,也是最高层次。

我有一位亲友,她在基层工商局工作二十年后于 2004 年正式办理内退,按规定她每月可以拿到 1100 多元退休金。如果根据 2000 年进行的第五次全国人口普查得出的我国人口平均预期寿命 71.40 岁计算,今后的二十一年她总共可以拿到近30 万元退休金,而全国还有数以亿计的退休职工将以这种方式获得退休后的生活来源。

巨额的养老资金对每个国家来说都是沉重的负担,和西方发达国家"未老先富"相比,我们面临的情况或许更严峻一些,因为我们是"未富先老"。

发达国家进入老龄社会时,人均国内生产总值一般都在 5000 至 1 万美元以上。而我国目前人均国内生产总值刚超过 1000 美元,应对人口老龄化的经济实力还比较薄弱,资金的匮乏最终导致巨额的养老金亏空。

为了解决新中国成立以来城镇职工养老保障存在的矛盾与困难,上个世纪 90年代我国实行由现收现付制度和个人养老账户这两大支柱组成的模式。根据该模式,一部分养老保险费用于支付当前退休者的养老金,另一部分则被存入个人账户,以后直接付给缴纳养老保险费的个人。

但是,这种"老人老办法、新人新措施"的养老金制度在实际运行过程中必然产生"空账"问题。2000 年我国养老金"空账"还仅仅为 360 多亿元,到了 2005 年底,"空账"已经达到 8000 亿元。这 8000 亿的亏空还只是为了供养少部分加入养老保险的公民而造成的。2005 年全国参加基本养老保险的人数为 1.74 亿人,占总人口数的 13.38%,远远低于国际劳工组织规定的 20% 的最低线,广大农民及农民工仍然依靠自我保障。

伴随个人账户建立产生的是我们以前从未遇到过的问题:这笔目前年轻人为自己将来养老而储存的钱以公共基金方式存在,交给公共机构管理在当时是理所当然的事情。如何让管理机构实现基金的保值增值、以便让它真正起到缴纳者未来的老年保障？

曾经被隐去的利益冲突如今都暴露出来，我们不得不吞下由此造成的个人账户亏空和社会性养老金缺口的苦果。这个苦果要谁来偿还呢？到了我们老的的时刻，谁来养活我们？

现在，找工作都是一个难题。有一些单位根本就不与员工签订雇佣合同，养老保险等三险不给员工上交。单位不交，员工自己也不愿意交。还有一些人工作没有保障，收入过低，根本就没有钱交养老保险。

情况很严峻，我们不能不为自己的未来养老担忧。尤其是"70后"这一代人，属于我国正当青年和壮年的一代，但是遇到的问题确实比前几代人更加严峻。人口进入老龄化，我们的工作压力大，需要养房，养车子，养孩子，要养自己，养老人。这个"五养"需要在这最多四十年的工作年龄段做好，看来确实不容易。

3. 希望每个人可以收官胜利

养老是我们人生的作后阶段，人生的夕阳红，谁都希望人生的最后阶段不要出现差错。曾经创造了世界上最大企业通用公司的创建人格兰特，由于不会管理，在通用公司被人收购之后。虽然得到了大量的资产，但是由于不会理财，到了退休的年龄几乎全部损失，最后死在穷人院里，只有很少的人为这位曾经创造了世界最大的企业的人志哀，即使现在很多人也不知道他的名字。不会管理企业，创造了最大的企业也不行，不会管理变卖企业的钱，最终落得老来悲伤。

退休是一个人工作历史的结束，是进入老人阶段的开始。退休生活是人生的一个重要码头，我认为这不是终点码头，而是走向新生活的起点站、加油站。

对于一个在职人员，要想在退休以后过上与退休以前质量相当的生活，至少能够保障老年的基本生活，老有所养，他要在退休以前全面考虑退休以后的生活消费，包括日常生活消费、医疗、住房等各个方面。退休阶段是人生的收官之作，希望每个人可以收官胜利。

二、及早做一份退休养老计划

现代人每天奔走于家庭、职场之间，很少有时间来规划自己的生活，更别说理财规划了。然而我们要有一个重要的认知：退休后的生活品质是掌握在自己手里的。

1. 了解中国养老保障体系

国际上大多数国家的情况来看，国民退休资金的来源主要有三个层次：国家基本养老制度提供的国家退休金，企业、雇主提供的企业年金或团体年金，个人投资的商业性年金保险。筹集养老金的制度已经走向社会养老。

社会养老的主要特征即多元化:资金来源多元化、资金增值多元化和养老方式多元化。如今,世界各国都在致力于建立一个多元化的养老保障体系。但是现在养老问题已经成为全世界发达国家的社会问题,主要问题是养老资金的缺口、养老人口的持续增加和养老年龄的持续增加。

我国是一个发展中国家,经济还不发达。但是整个国家在面临着改革,原来的福利体系被打破,医疗是靠社保,不再是单位的事情,退休金也是靠社会保险,不是单位,我们的工作也不是铁饭碗,而是自主择业。

现在改革后我国的养老体制基本有下面几个方面组成:国家基本养老保险;企业补充养老保险(企业年金);个人储蓄养老保险;城市最低生活保障(没有参加养老保险计划的困难群体);农村过渡养老保险。

养老保险改革以来,根据1996年国家体改委、世界银行先后提出的《中国补充养老金保险和个人储蓄性养老保险方案设计研究报告》和《中国养老金体制改革》两份研究报告,我国养老保险改革的远景目标是在2010年前后建立起国际上通行的、规范的三层次结构的养老保险制度。

第一层次是政府举办的基本养老保险,采用现收现付、社会统筹的筹资模式,以征税或缴费方式征集,强制覆盖全社会,属于社会保险范畴,目的是要保障退休人员获得替代率为社会平均工资20% - 25%的基础养老金,以保障退休人员的最低生活需要。

第二层次是企业的义务性补充养老保险,政府予以一定的税收优惠,采用个人账户储存制的筹资模式,按基金会组织形式进入资本市场营运管理,养老金替代率设计为50% - 60%。

第三层次是个人储蓄性养老保险,由商业保险公司举办,个人自愿投保,政府也要给予适当的税收优惠。

第一、二层次的保险养老金之和主要保障退休人员的日常基本生活,第三层次则是改善退休人员的生活质量。

从目前来看,我国正在城镇各类企业中逐步建立以基本养老保险、企业补充养老保险和个人储蓄性保险为三个层次的养老保险体系。与远景目标或国际规范相比,我国当前用于保障退休人员基本生活需要的部分,即所谓的基本养老保险部分,其范围较宽,费率负担和替代率也比较高,实际上相当于国际上的第一和第二两个层次。

与之相对应,从筹资方式来看,当前的基本养老保险采取强制性收费的方式,实行的是现收现付式的社会统筹和基金积累式的个人账户相结合时部分积累制。总体说来,我国目前的基本养老保险仍然包得过多,而留给企业补充养老保险和个人储蓄性保险的空间则很小,与养老保险改革的远景目标相比,还有一定的距离。

在欧美等国,医疗,退休金都是个人自己去安排,国家一律不管,这些全部商业运作,而且在国外已经相当发达。国外工作者一般都会熟练运用,从而在年轻时就多买一些,到老了绝对有保障。

可以看到,单单依靠我们的国家基本养老保险,似乎难以维持我们今后退休的平静生活,企业年金虽然在我们开始实施,但是由于现在工作的流动性,年轻人换工作可能比换衣服还快,对大多数人来了说,只能是水中捞月。

所以,要维持我们退休之后的生活,还需要我们加大年轻时候的理财,还要灵活运用个人的一些养老储蓄、养老保险等理财方式。

2. 及早给自己做一份退休养老计划

养儿防老是中国人朴素的心理传统,然而,随着"421家庭"的潮涌,希冀子女养老越来越不现实。

从中等生活水平来看,即便今天的老人有自己的退休金和住房,有事业有成的儿女,他们还是会对养儿防老摇头。因为他们的退休金无法面对今天的物价,而在需要子女们资助医药费或其他大额开支,甚至日常生活的吃穿用度时,担心要看儿媳、女婿甚至儿女的脸色。对于家庭和个人而言,要及早给自己做一份退休养老计划。

首先,要确定自己退休后的生活品质、水准不要比现在大幅下降,一般是现在日常开支的80%左右。如果想要有其他精彩节目,如每年去旅游或者上老年大学,则要预算这笔开支。另外,要预留一定的老年护理费,不要指望子女病床前尽孝。

其次,要考虑通货膨胀和费用增长率。比如三十年后维持相当于现在5万元/年左右的退休生活,需要准备400万元。一是将目前储蓄中的一部分,用做养老准备;二是将每年收支节余做定期定额投资。要将养老储投与其他投资分开,用适度债券、平衡基金、保险等组合去实现。此外,社会保险和企业年金也有好处,一是强制性,二是有企业帮你出一部分钱。

所有的养老计划,都是平衡现在与未来的收入与支出,平衡这种支出还是那种支出。所以,要在每月消费之前,为养老做一些储蓄。由于子女教育和养老计划在目标时间上比较接近,家庭要在子女教育计划和养老计划中获得平衡,在为子女教育投资时,也要为自己养老投资。否则,三十年后谁养你呢?

第二节　未雨绸缪养老规划

现代人的负担与责任，真的很沉重。随着社会变迁，在少子化与老年化社会趋势愈益明显的今天，养儿防老似乎已经行不通，我们必须尽早考虑未来的退休问题，开始着手为自己的老年生活预作准备。

一、退休规划的四个阶段

无论是年轻人，中年人，还是即将退休的中老年人，都需要做退休规划。退休规划基本上分为四个阶段去进行。

1. 第一阶段：毕业走向社会

大学毕业后开始工作就应该有退休规划的概念了，要开始想到自己退休以后的生活。现在有的单位 50 岁就退休了，有的甚至 45 岁就退休了。退休以后的生活占人生整个生命周期的三分之一，而真正赚钱的时间只有不到三分之一。由于工作的不确定性，预期的不稳定性，应该尽早开始对退休进行一个未雨绸缪的计划。从小事做起，每个月的收入当中应该有计划性地拿出一二百块钱来建立养老基金。

年轻人在做养老规划方面要注意支出的优先分配。很多年轻人认为现在的首要问题是买房、买车、结婚，养孩子上学等等，这些现实的问题很急切，做事总得讲一个先后。即使这样，我们也有必要拿出一小部分钱来投资于自己的养老基金。利用货币的时间价值，让时间把少量的资金一点点的积累起来，为以后更好的未来计划。所以每个月拿出 200 块钱，减少一点娱乐的消费，应该是可以做到的。

2. 第二个阶段：年轻家庭

这是人生中压力最大的阶段。既要供房，又要养小孩，还要在事业上打拼，是单身族的延续。这个时期要继续增大在养老基金的支出，并学习建立投资的理念和投资的知识。

要适当尝试一些风险比较大的投资，例如股票型基金和单支股票。这么做不仅仅为了财富的增值，更重要的是投资经验的积累。另外，不论是单身还是年轻的家庭都要有保障意识，适当的购买一些商业保险，避免失业和人身意外。

3.第三个阶段：中年家庭

中年家庭到了财富积累的最高阶段，孩子可能已经上高中或大学了。这时候可以考虑建立一个全面的投资组合：不仅仅有刚提到的高风险、高收益的投资产品，还可以有基金、外汇投资、信托产品。

这个阶段子女教育问题是最重要的，孩子上大学，国内可能平均下来要10万元，出国留学可能要100万元以上，所以在家庭支出方面也要相对控制好一些。

4.最后阶段：空巢期

这个阶段即将要走入退休生活或者是已经走入退休生活的人群。这个时候精力和学习能力也相对降低，投资风险也应当相对降低。可以关注债券型产品，比如国债，还有企业债券，基金投资要更偏向于保守的指数型基金，债券型基金。在整个投资组合里，像股票这样的高风险投资产品要相对降低到15%以下。

鉴于以上分析，你现在处于哪个年龄阶段呢，对于退休规划，你又是怎么安排的？无论如何，未雨绸缪你的退休规划，从现在做起，让老年生活更加美满和有尊严。

二、不要轻视退休的理财储备

现在很多人心里有这样的想法，我单位给我交纳了养老保险，或者我现在还年轻，还不着急想到那里多，等几年在说把。或者很多人会说：养老是社会的事情，我不管。这种想法是非常错误的，年轻时不要轻视退休的理财储备。

1.心里要有一本账

我们来算算账。如果我们55岁退休，寿命80岁来计算，看看我们一个两口人的家庭需要的养老金。需要养老二十五年，这里不考虑利率和复利，不考虑通货膨胀，不考虑收入提高程度。

一般退休家庭有2口人组成，一般退休之后每月花费2000元，医药费我们按照每月花费的30%计算。我们的子女不用我们照顾，其他花费为零，我想这些也符合我国大多数老人的退休生活现状。一般支出的大头是日常消费，也就是非耐用消费品的花费。

维持退休生活需要花费：$2000 \times 12 \times 25 + 2000 \times 12 \times 25 \times 30\% = 780\,000$ 元，需要花费78万元，这些还是在一般的疾病上面，如果出现大病是无论如何不够的。

2007年的通货膨胀率到了6.9%，超过2004年通货膨胀的一倍，如果加入通货膨胀的因素，我们的退休开销需要在翻几倍。

虽然我们的工资一直在上涨，但是工资是没有物价上涨快的，是没有房价上涨快的。一旦我们退休,收入必然下降。也许大多数人只有社会保险,而社会保险只是我们的最低生活保障。那么我们怎么办?

2.尽早储备退休基金

虽然年轻时的收入不高,但每月定期定额投资占收入的比例反而比年长收入较高时还低,这是因为人的工作收入成长率会随着工资薪金收入水平的提高而降低,而理财收入成长率则会随着资产水平的提高而增加。我们要尽早储备退休基金,越早越轻松。

这里我告诉你一个最好的计算方法:

我们按照退休时光二十五年来计算,不计较其他因素,我们退休的资产,至少要达到年薪的15倍。那你每月应该储蓄多少?可以用你现在的年薪来乘15倍。之后看你每月需要攒多少。这样一算可以吓你一跳。

比如,每年年薪10万元,则退休应该储备150万元,我们退休二十五年,最晚应从40岁起,来积攒以还有二十年的工作收入储蓄来准备退休后二十五年的生活。每月应该积攒:150万÷25÷12＝5000元,说明从40岁之后,每月应该积攒5000元作为你的二十五年的养老金。否则即使你的每月投资已做最佳运用,剩下的时间已不够让退休基金累积到足供你晚年舒适悠闲的生活。

退休的理财储备越年轻越不能保守,越年龄大越要趋于保守。否则,一旦出现投资失误,不可挽回。年轻的时刻,投资失误,可以仗着年轻,可以在今后几年里面弥补。如果你在40～50岁开始投资股票,股市风险很大,这样一旦投资失败,我们本想用作养老的钱就不可挽回地打了水漂,造成老来辛苦。而这个时刻虽然定期存单利率扣掉通货膨胀率后,只能提供2%～3%的实质收益,若用定期存单累积退休金,存在贬值风险,需要更多工作收入来弥补。为了准备退休金必须大幅降低工作期的生活水平,所以必须增加收入。

在年轻时,可以运用投资基金投资一些投资基金,投资股票的投资报酬率均高的品种,以平均回报率20%计算,争取年轻时刻多一份养老收益,到40岁之后把投资变为保守的债券,储蓄等投资。

进行退休规划时,当然也不应该假设退休金报酬率能达到20%以上的超级报酬率,这会让自己应交付的储蓄偏低,且不易达到退休金的累积目标。

三、退休规划设计

一个完整的退休规划,包括工作生涯、退休后生活设计及自筹退休金部分的储蓄投资设计。由退休生活设计引导出退休后到底需要花费多少钱,由工作生活估算出可领多少退休金（企业年金和社会保险金），最后，退休后需要花费的资金和可领取的退休金之间的差额，就是应该自筹的退休资金。

自筹退休金的来源，一是运用过去的积蓄投资，一是运用现在到退休前的剩余工作生涯中的储蓄来累积。退休三项设计的最大影响因素分别是通货膨胀率、工作薪金收入成长率与投资报酬率，而退休年龄既是期望变数，也是影响以上三项设计的枢纽。

1. 退休生活的长远规划

有一个重要问题：退休之后你要过什么样的生活？除了我们的理财上面的安排，我们更需要对我们的退休生活做一个长远规划，我们的退休生活质量，退休之后要圆自己年轻时刻那些没有圆的梦？是否可以在退休之后完成？

在上海就有一对退休夫妇在退休之后花费 5 万元 3 个月周游了欧洲中部 6 个国家。这对夫妇一个 63 岁，一个 68 岁，他们还计划明年到北欧 5 国去旅游，来圆自己老年周游世界的计划。据说这对夫妇一句英语也不会说，但是凭借自己的执著和尽心准备做了让我们年轻人都没有做到的事情。

大部分退休之后的人士，退休之后，刚开始很多老人有失落感。而且身体状态很好，休闲时间很多，现在我们到北京的各个大公园，看到晨练、公园内唱歌、游园的大部分是老年人。还经常看到很多老人带着自己的孙子、外孙女等，为自己的儿女看孩子。

有些人参加社区的公益活动，参加居委会日常管理，发挥余热。有些人希望做志愿者，为社会公益事业做义工。我的父母退休之后，基本就是这样的生活，平时到公园去运动运动，之后参加社区的公益事业，做志愿者，养养花草，生活也过得有滋有味。

如果退休之后，没有合理安排自己生活，自然日子过得很无聊，觉得很孤独，这样的情况，不仅不能长寿，而且还容易生病。人有压力容易生病，人寂寞、情绪不稳定更容易生病，一旦生病，不仅多花费医药费，还要影响自己本来就紧张的退休费。所以退休生活，心里健康更重要。

生活越快乐，寿命越长；工作压力越大，生命越短。这个不用医学证明，很多人都明白这个道理。所以我们是愿意活得长寿，还是想因为不善于理财退休规划而多工作，最后令寿命减少？

2. 估算退休后的日常花费

退休之后，我们的花费也比年轻时候要少很多，消费在你的一生里面也是属于"正态分布"。我们先看看我们退休之后需要日常的支出和年轻时刻的变化，从中测算我们退休的日常花费。

我调查过很多退休老人，他们的日常支出则是必须支出的支出，能不支出的绝对不支出，消费已经很理性，而且趋于保守。

以我的父母退休生活的变化来分析：

退休之后的消费方式会改变。退休家庭消费方式的研究表明：退休家庭在食品、看病医疗的支出比例大于非退休家庭，而退休家庭不需要花费的消费内容在增加。

退休可以减少或节约下列开支：

上班的交通费用，不用上班了只有少量的去公园费用。

外出应酬开支：几乎很少，甚至没有，很多老年人退休之后，自己有自己的退休生活，有充分时间自己在家里做饭，所以很少到外面吃饭。

衣服开支：退休之后我的父母很少买衣服，基本很多衣服都是我们强迫给父母买的，大多数父母还是穿着以前衣服。

住房开支：只是需要交纳物业费，取暖费。老两口的取暖费是公家给报销，延续以前的制度。

其他的税款支出几乎没有，因为退休金不够缴税标准。其他的支出一般很少，但是医疗方面的支出增加了。我父母由于年龄关系，生病的概率加大，每年看病的时间和次数多了，医疗支出加大，而且很多时候，医疗费支出超过每月的所有其他支出。

其他的支出主要是一些旅游的花费，年轻时候很少有时间初期旅游，现在时间充足，可以旅游的时间增加，花费也多一些。

可能其他家庭还有一些保险支出增加，养孙子等的支出加大一些。我的父母每月根据这个支出情况，加总就可以算出自己一个月的大概花费。但是退休之后的每月消费不能平均计算，因为医疗呈现很多不确定因素，所以只能做参考。

还有一些不确定的支出无法体现预测。所以我一直建议父母留下一些可以随时变现的资金，做活期储蓄，这样可以不用动用定期存款，以免损失利息。

四、人生如何理财才可以夕阳红

老年人退休之后，收入来源于退休金，其他就要靠以前的一些积蓄了。但是理财也需要活到老理财到老。面对市场经济的变化和各项支出的不断增加，老年人同样也有"以钱生钱"的理财需要。我对老年人理财的忠告是：安全第一，保本第一，投资第二。

1. 不能把"保命钱"投入到风险渠道中

大家看这样的新闻：

某银行工作人员日前迎来了一位老年客户，只见这位长者鹤发童颜，精神矍铄,只是腿脚不太利索,只得在亲人的搀扶下来到柜台前。在简单咨询之后,老人递上了基金开户申请表和基金申购委托书,要购买几万元的某某股票型基金。

工作人员见老人有家人陪同,以为他已经对基金的风险有所了解,可在输入客户身份证信息时,工作人员吓了一大跳:老人的出生时间为1909年,也就是说老人今年已经98岁了!工作人员一时做不了主,便连忙向主任汇报,主任和工作人员经过一番商量之后,决定不接受老人买基金的申请。可他们在向老人详细解释基金有风险,不适合老年人投资的时候,老人却大为不悦:那条法律规定老年人不能买基金了?最后在工作人员的反复劝说之下,老人才悻悻而去。

自2006年以来,中国A股市场以及开放式基金的涨幅普遍达到100%以上,因此很多老年人禁不住赚钱的诱惑,纷纷加入到了买股票和买基金行列。其实,投资理财的规则是高收益必然伴随着高风险,并且高风险需要较好的心理承受能力,而老年人由于受思想观念、心理素质以及身体等方面因素影响,风险承受能力一般偏弱。

2007年5月30日深沪股市大跌时,某地曾有一位老年朋友承受不了快速下跌的压力,而在证券公司当场晕倒,幸亏及时抢救才脱离生命危险。其实这则报道已经详细地说明了风险,就是我们需要在这章里面要表达的意思,老年人投资,心理承受能力差,不能遭受损失,否则影响退休生活。

所以不能把"保命钱"投入到风险渠道中。如果老年朋友的积蓄不是太多,只够应付日常养老和医疗之用,则这时必须选择储蓄、国债等稳妥的投资渠道。如果自己的积蓄应付养老绰绰有余,自己想多给孩子多留点积蓄,并且个人对股市或基金等高风险投资有一定了解,这时也可以根据情况适当参与,但投资股票或股票型基金的比例最好不要超过总资产的20%。

2.心理承受能力差的人应谨慎投资

老年人在证券公司"晕倒"的现象并不少见,股市可以说瞬息万变,目前开放式基金也紧跟股市涨跌,并且当日涨幅或跌幅丝毫不亚于股市,而炒股或买基金不可能买上后便一路上涨,经历下跌甚至暴跌是很正常的,因此老年人如果没有很好的心理素质,经受不住亏损的打击,则很容易出问题。

目前银行的理财工作室都提供风险属性测试,其中有"对风险的认识"和"亏损承受能力"等测试项目,老年朋友们可以先自己测试一下,如果自己是保守型或稳健型投资者,则还是采取稳妥的投资方式为好。

老年家庭目前应坚持以存款、国债的利息收入为主要导向并且可以投资一些债券。将大部分的养老钱存入银行或用来购买国债、金融债券,尽管是一种较保守的投资,其利息收益也不算高,但却是从老年人理财的实际出发,其投资收益是稳妥且安全无风险的。

在存款、购买债券的投资活动中,应注意国家的投资政策导向和利率水平的变化因老年人的分析判断能力较强,从而可注意抓住重点投资品种,灵活运用投资策略。任何家庭投资都离不开国家的经济大背景。看清国家的长期利率政策,如果利率处于上涨周期,可以把资金尽量存短期的定期存款。如果国家经济处于扩张期,需要降低利率刺激投资,则可以把一部分不用的资金存在长期的定期存款。

3.炒股测试:你适合炒股吗

我主张老年人还是少买股票。现在去股市,基本看到很多炒股的人员中,白发族占很大比例。这个不是一个好事情,如果老年人一定要炒股,建议先做一个网络上很流行的炒股测试:

在日常的股票投资活动当中,每一位投资者多多少少都会犯上一些的各种各样的错误。以下的各种错误当中,有些是自己以前所犯的错误中总结出来的经验,有些则是从别的投资者身上所发现的。

(1)买入价本位思想。无论何时、何地、何种情况(市况),都是以自己的买入价作为卖出或是继续持有的标准和主要参考。"买入价本位思想"是一种非常低级的错误,但是它又偏偏是投资者存在的最常见和最普遍的现象。

(2)小亏不出,大亏认赔。主要的原因是缺乏行之有效的止损方法和原则。

(3)向下买入摊平。只能说这是一种很业余的水平或境界,甚至与第一种错误相比更低级。

(4)盘中临时作出买、卖决定。同样地,这是一种非常低级的、轻率的举动,也是很不专业的一种表现。

(5)喜欢便宜货而不敢买入高价股。这种错误经常发生在初入股市的新手身上。

(6)持股过于分散。这种做法,表面上看起来可以分散风险,但是对于一般的中小投资者来说,其实是一种极其分散精力的行为,归根到底是一种缺乏信心的表现。真正成功的投资者应该是把握一两只可以赚大钱的好股。

(7)买卖时喜欢限价交易,而非现价交易。有时候往往会因为一两分钱而因此误了大事。

(8)不能客观看待自己手中的股票。最常见的错误是永远只朝乐观和好的方面看待自己手中的股票,不利因素视而不见。

(9)小赚急于离场,死抱亏损的股票。这是导致绝大部分投资者最终亏损的最根本原因。此错不改,将意味投资最终失败。

(10)总想在最短的时间内,不费力气赚大钱。这种急功近利的思想,普遍存在于大多数投资者思维当中。而最终的结果往往是:越亏越多或者是赚十次不够一次赔。

(11)喜欢低市盈率和派息高的股票。这种人通常赚不了大钱。

(12)依据专家、传言、小道消息或者是媒体的建议作为买卖的标准。缺乏主见和自己的投资标准，只能永远停留在业余水平。

（13）（牛市中）不敢买正在创新高的股票，而喜欢买处于（长期）下跌趋势的股票。撑死胆大的，饿死胆小的。通常98%的人不会也不敢买那些正在创新高的股票。

（14）不知道什么时候卖出。"会买的是徒弟，会卖的是师傅"，这句话虽然不是全对，但至少"会卖出"也是投资成功的重要组成部分，缺乏"会卖出"充其量也只能算是跛腿，因此属业余水平。

（15）不敢赚大钱。"贪心"并不是导致亏损的根本原因，"不敢贪"或者是"不会贪"才是导致绝大多数投资者最终失败的最根本原因之一。

个人曾经作过一些统计，以上十五条错误当中只要超过三条以上，说明你的投资水平尚处于业余水平，更准确来讲：你的（股市）投资将以失败和亏损告终。

人总有犯错误的时候，重要的是我们应该懂得怎样在失败当中吸取教训，更重要的是不要让同样的错误多次地发生。"成功的方法在于发现和改正自己的问题，把自己的弱点变成长处。"按照这个原则，炒股还是大多数人容易亏损，老年人应该远离高风险的投资。

据说很多年轻人都考不过这个测试，我也经常用这个测试来劝阻我的父母炒股。因为我们这样的职业金融投资者都经常亏损，何况没有经过任何培训，任何股票知识都不懂的老年人？很多老年人连电脑都不会操作，如果行情下跌，波动剧烈，买卖都成问题。

我给老年人的理财忠告：是最好不去炒股，看到股市上涨，但是很多人还是亏损。可以适当做一些基金投资，但是必须占你退休资金的很少比例。不能全部投资，虽然基金是专家理财，亏损要小于自己买股票，但是如果基金遇到股市大跌，净值也一样缩水。

4. 老年人投资理财原则

老年人投资理财应把握三条原则，就是安全性、流动性、收益性原则。目前投资品种虽多，但各品种收益有高低，风险也有大小。一般投资收益高的，风险也大，此种投资并不适合老年人。退休后的老年人理财，可从以下几方面进行：

首先是选择适当的储蓄品种。老年人最好不要将退休金都存在活期储蓄账户上或是放置在家中，要通过适当的操作实现利息最大化。比如，通过零存整取的方式增加利息收益。

现在一年期零存整取的利率是1.71%，活期储蓄利率为0.72%，税后两者的收益相差0.79%。一般可以和银行约定每月自动将退休金划转到定期账户中，如果以退休金每月3000元计算，则一年后将取出本金36000元，而利息收益则比活期储蓄多284.4元。然后，再用这笔钱去购买国债或其他投资品种。

若有一笔较大的资金暂时闲置，但过不了多久就要派上用场，这时不妨去存个

"通知存款"。该存款取用较方便,且收益高于"定活两便"及半年期以下的定期存款;也可以去定存半年,哪怕是定存三个月,也总比活期存款利率要高些。

其次是选择货币市场基金。对个人投资者而言,货币市场基金无疑具有明显的吸引力。目前,货币市场基金主要投资于到期期限在一年以内的国债、金融债、央行票据、AAA级企业债和上市公司发行的可转换债券等,具有流通性好、投资风险低、收益率高于银行短期存款利率等优点。

货币市场基金的预期收益率稍高于银行存款利率,但空间并不大,投资者不能对其收益率期望过高。它的最大亮点是可以取代一年期以内的银行储蓄,收益率更高,同时流通性又强,有"准储蓄"的美誉。

和储蓄相比,货币市场基金具有一些特点。首先,我国的存款利息收入要缴纳5%的利息税,但持有货币市场基金所获得的收入可享受免税政策。其次,对于收益稍高的银行定期储蓄来说,储户急需用钱时往往不能及时取回,能随时存取款的活期储蓄税后利息又极低。而货币基金却可以在工作日随时申购、赎回,一般情况下,申请赎回的第二天就可取到钱,收益率一般也要大于一年期定期存款。

第三节 做好遗产规划

在国内正处于经济高增长的阶段,居民储蓄和居民的财富在积累的时刻,越来越富裕的人可能一生积累一笔丰厚的财富。这笔财富怎么花费? 谁来继承? 我们经常可以看到因为老人去世之后的遗产问题而打官司。所以遗产的继承就是我们一生理财的最后的句号。

一、遗产与遗产税

孩子是父母的愿景,把资产留给孩子,是大多数中国人对自己身后的安排。财富得来不易,若能规划妥当,在资产转移及遗产继承时可避免许多麻烦的税务问题。

1. 什么是遗产

说到死,中国人总是比较忌讳。实际上,忌讳可以理解,避讳就没有必要。死亡是所有人都要面对的问题,逃避不如正视它。对遗产进行合理规划,就是一种积极的态度。

遗产是公民死亡时遗留的个人合法财产,我国《继承法》规定:遗产包括:(1)公民的收入;(2)公民的房屋、储蓄和生活用品;(3)公民的林木、牲畜和家禽;(4)公民的文物、图书资料;(5)法律允许公民所有的生产资料;(6)公民的著作权、专利权中的财产权利;(7)公民的其他合法财产。此外,还包括个人承包的收益。

可见,不管是穷是富,每个人都会留下遗产的,只是多与少的差别。

2. 遗产税

现在社会传言可能以后要征收遗产税,这个遗产税对于我们来说,虽然提到日程上,但是要实施可能不太可能,因为美国和日本这些很多国家的遗产税都是资本主义很发达的时候,或者国民经济很庞大的时候来进行这种做法。

遗产税是否开征,专家学者们已经争论了几年。大家都说遗产可能以后按照20%比例征收,但这个只是一个设想,要实施可能还需要很长时间。但随着经济与法律的发展,征收遗产税已经是必然的事。

按照国际惯例,遗产税一般在40%以上,德国的遗产税率甚至高达50%。面对如此高比例的税收,我们理当未雨绸缪。如何对遗产进行规划,采用合理的方式避税,值得仔细地思考。

二、知识产权与遗产继承

很多人关心遗产的一些分配,包括房产、地产、字画、古玩、一些存折,还有一些现金,和一些无形资产和知识产权,是基于在科学技术和文学艺术领域里从事智力创造活动所产生的民事权利,包括著作权、专利权、商标权、发明权和其他科技成果权等。

房产等都好理解,无形资产比较难以理解,我来详细解释。知识产权具有双重性,它既有人身权的内容,又有财产权的内容。知识产权中的人身权不可让渡,不能列入遗产范围。可以作为遗产的知识产权中的财产权有:

1. 著作权中的财产权

著作权中的财产权是指因著作权的行使而获得的经济利益,如取得的报酬、稿酬的权利,可以作为遗产依法继承。一般来说,著作权中的人身权,如署名权、修改权和保护作品完整权只能由继承人来保护,不能作为遗产继承。在中国,发表权也属于人身权的一种,但如果死者生前未发表,但又未表示不发表的,则在作者死后五十年内,可由继承人行使发表权。

2. 专利权中的财产权

如果专利权人在专利权的有效期内死亡,则其权利由继承人继承。按照中国专利法的规定,专利权取得须经登记,继承人通过继承取得专利,要凭继承权证书到专利局办理专利权继承登记。

3. 商标权中的财产权

商标权包括专有使用权、许可使用权和转让权。商标注册人死后,商标专用权由继承人继承。在中国,同专利权一样,继承人继承商标专用权后,要凭继承权证书到国家商标局办理专用权继承登记。

4. 发现权、发明权和其他科技成果权中的财产权

在中国,自然人对自己的科学发现、创造发明和其他科技成果,如合理化建议和技术改进,有权申请领取荣誉证书、奖金或者其他奖励。在获得的奖励中,荣誉证书、奖章和奖状与自然人的人身不可分离,不得转让与继承。而奖金和其他物质奖励属于财产权利,可以继承。

5. 商业秘密权

商业秘密权是指不为公众所知悉,能为权利人带来经济利益,具实用性并经权利人采取保密措施的技术信息和经营信息,它具有一定的经济价值,具有可转让性,因此也可以继承。例如,在中国民间,有许多家传绝技、祖传秘方,可以由继承

人继承。

知识产权是一个开放的系统，随着社会的发展和科学的进步，知识产权的范围也在不断地扩大。从总体而育，凡属于知识产权范围的财产权利都可以继承。

三、提前做好遗产规划

大多数的中国人对遗产规划比较陌生。实际上，遗产规划就是在生前把准备留给子女及家属的资产安排好，让继承人日后少交相关税费，它不仅仅是单纯的遗嘱。人们在头脑清醒时把财产分配好，就可避免在失去自理能力时的无奈。遗产规划的好处很多，规划好的遗产可以避免法律纷争，利于家庭和睦；又能够保护隐私，防止遗产争夺的大战。

1. 遗产规划可以合理避税

很多国家都开征遗产税，而且很重。子女继承遗产之前，必须先筹一笔遗产税款把税款缴清。如果父母没有事先进行遗产规划，身故时又没有留下足够的现金和存款，庞大的遗产税时往往会成为孩子沉重的负担。所以，外国人都重视通过遗产规划来合理避税。

我认识一位王阿姨，50多岁，有房有车，孩子参加工作了，她和老伴也开始面临养老与遗产的问题。在经济条件允许的情况下，他们开始全面完善自己的医疗保险和养老保险，规划好退休后的生活，安享晚年。此时，对遗产的安排也要提上日程。

投资保险因而成为最佳的避税方式之一。按照我国现行法律，任何保险金所得都是免税的。子女作为保险金受益人，无须交纳个人所得税。选择适当的保险品种，有意识地用巨额资金购进投资型保险，以子女为保险受益人，身后就能留下一大笔不用缴税的遗产。

遗产避税可以选择两种保单，一种是养老金，另一种是万能寿险。追加一份养老保险，为退休后的生活提供进一步保障，另一方面，无论被保险人在或不在，养老保险都可以持续领二十年。只要将受益人的名字写成子女，就可以在身后规避遗产险。

万能寿险也是同样的道理，将受益人写孩子的名字。存第一次钱后，随时存，随时取。身故后所有的保险金都将属于受益人。

2. 遗产规划可以回避纠纷

前两年，传得沸沸扬扬的某著名艺术家病逝后，其长子和遗孀为争当遗产执行人打得不亦乐乎；而某集团董事长因晚期肠癌不幸逝世后，由于其提前聘请律师等专业人士进行了遗产规划,总资产35亿元的集团得到了平稳过渡,并继续发展壮大。可见,遗产规划,律师"把脉"好处多!

我再讲一个著名的遗产继承纠纷案例:因版权纠纷,末代皇帝溥仪的自传《我的前半生》被申请为无主财产。面对法院发出的认领公告,溥仪唯一在世亲弟溥任的代理人黎园宣布,溥任一定会在法定认领期内认领溥仪所著《我的前半生》。

1964年根据国家有关部门指示,溥仪所著《我的前半生》(定稿本)曾由群众出版社出版发行,在社会上引起过强烈反响和好评。1967年溥仪去世,该书著作权由溥仪的遗孀李淑贤女士继承。1997年李淑贤去世,她无儿无女,也没有其他继承人,去世时也没有遗嘱。群众出版社因此于2007年请求法院认定《我的前半生》为无主财产。2007年9月25日,北京市西城区人民法院发出认领公告,自公告之日起,一年内无人认领,该书将收归国有,以后收益归国家。

在清史专家、北京社科院研究员李宝臣看来,《我的前半生》(定稿本)有两个显著的特点:一是有溥仪十年日记(1956至1967),记录了一个失势的帝王变成了平民之后的心态以及时代变迁;二是新增附了朱家晋先生对本书部分史实的订正。

黎园表示,溥任先生此次特意将《我的前半生》(定稿本)版权独家授权给同心出版社,一方面是其家族为了纪念溥仪先生逝世四十周年,另一方面也是因为社会上一些单位和个人为经济利益,侵犯溥仪的著作权和隐私权,胡乱解密,严重伤害溥仪家属的感情。因此他还特别表示,该版一定要附上朱家晋先生的修订,保持原貌不能增减。

当受邀为该书写序时,溥任附上了这样一句话:"……辛亥革命以后,我的家族历史溶于民族历史之中,一并成为过去。……"

这个是一个典型的著作权的遗产纠纷,由于遗孀李淑贤女士去世,她无儿无女,也没有其他继承人,去世时也没有遗嘱,所以这个著作权就存在继承的纠纷。如果订立遗嘱,则可按照遗嘱来办理,不用由法院来判决。

3. 如何立遗嘱

一般用遗嘱来继承遗产都是这样,第一就是说口头遗嘱,比如这个说遗嘱的人,立遗嘱的人,在形势比较危急的时候,在场的有两个人作证,有些非关联性的,然后他可以立遗嘱,之后在清醒的时候,把遗嘱写成书面,然后他签字,然后在场的人签字,这个口头遗嘱是有效的。

还有一种就说是在最危急的时候,还有一个录音遗嘱,也是录完音之后,有两个人在场,做一个证明。

最不争议的遗嘱就是书面的遗嘱。举例:某人要去世的时候,他有两个孩子,有一套房子和150万现金,他写了一份遗嘱,我把我的房子给大儿子,我把我的现金给我的二儿子,立遗嘱后,他的两个孩子签字,这就是法律效力最高的遗嘱。

但是可能会出现这种情况,这个人"去世"是心脏病,造成假死,被医院抢救过来了，救过之后，他感觉大儿子非常好，一听我说心脏病，赶紧感到医院照顾，而二儿子听到之后，不仅没有到医院，而且想要他赶紧死，要得遗产。

这个老人非常不痛快，他又写了一份遗嘱：由于我在生病的时候，老大照顾好，老二照顾不好，在这种情况下，我决定把财产房子给大儿子，150万也给大儿子，二儿子一分钱不给，然后再签上日期。

公布遗嘱之后，大儿子可能愿意，二儿子就不愿意了，可能就要对簿公堂或者要打官司，根据法律遗嘱规定，就是最后一份遗嘱在清醒的情况下为准，那么第二份遗嘱就应该有法律效力，前面一个无效。按照最后一个执行。

第 七 章

黄金投资:财富时代的炼金术

在过去的2007年,黄金价格屡创新高,全年大涨31%,演绎近三十年来世界金融市场上久违的"王者归来"。黄金饰品因兼具保值功能、装饰功能、审美功能而重获青睐,黄金正在成为个人投资的热点。投资黄金,你准备好了吗?

第一节 乱世盛世皆黄金

通货膨胀时代的来临，钱越来越不值钱了！未来你拿什么来保护你的存款？未来你拿什么来投资？黄金是抵御通货膨胀的天然利器。尤其是在股市、债市持续低迷，房产投资前景又不明朗，人们急于寻觅更安全、更稳定的投资方式时，个人黄金投资开始悄然升温。

一、金燕飞入百姓家

黄金是稀有的贵金属。在人类五千年的历史上，黄金从发现、开采到冶炼，已经经历了人类文明的所有发展阶段。黄金的发展跟人类的文明发展，基本上是相辅相成的。

黄金最开始是垄断阶段，一般谁能使用金器呢？在中国古代的时候，皇室和贵族可以使用金器，老百姓想使，也使不起，因为太贵重了。生产力低下，开采量少，基本都被贵族垄断。

当时欧洲也是这样，只有贵族、皇家才能用得起，别人都用不起。随着社会经济的发展，资本主义的到来，出现了一种金本位。黄金做成货币了，在欧洲黄金被做成圆圆的金币。于是黄金变成了货币，充当了一般等价物。就是现在的纸币，最初也是金属货币的货币符号，储存量相等的黄金，才能印发等量纸货币。如果纸币出现了滥发，造成通货膨胀。黄金做成货币，是近代史的产物。

一个国家有多少黄金，就相当于国家有多少钱一样。金子可以作为最后兑换物，需求增加，而生产力达不到需求，就发行纸币，如果一个国家发行货币不被他国接受，可以用黄金支付，第二次世界大战期间，纳粹德国还掠夺很多国家的黄金，用来购买很多急需的战略物资，"二战"结束世界上还流传纳粹的黄金宝藏之谜，可见黄金作为最后偿付手段对国际支付的影响。

经历了第二次世界大战的洗礼，欧洲成了废墟，经济一片匮乏，为了解决战后欧洲的经济恢复，美国对欧洲进行经济复苏计划。1947年美国召集了西欧的国家，在布雷顿森林开了一个会，正是这个会把持了世界经济政治格局二十五年。

这就是历史上著名的布雷顿森林体系,把美元生生地跟黄金挂钩,1 盎司黄金等于 35 美元,1 美元就能换 1 克黄金,现在大家还经常说一个名词:美金,就是这样来的。

美国货币跟黄金挂钩,第一,确定了美元的霸主地位。第二,任何一个国家要求用美元兑换黄金,美国必须兑换,美元成为了世界货币。这个协议有明显的缺点,当时美国拥有世界四分之三的外汇储备,综合国力各个国家不能望其项背。但是一旦美国经济盛极而衰,这个体系必然崩溃。

上个世纪 60 年代,美国深陷越南战争泥潭,美国的综合国力不断下跌,美元不断贬值。1972 年,尼克松总统宣布美国不保证用美元可以直接换成黄金了,美元跟黄金的比例不再固定,而是进行自由买卖。布雷顿森林体系完结。

"昔日王谢堂前燕,飞入寻常百姓家",黄金现在成了市场中自由买卖的商品。虽然在国家外汇储备中,储存黄金。比如说在国家打仗的时候,这时候国家货币贬值,可以拿黄金去买战略物资,但是它的地位,已经远远不及金本位和垄断时期,这就是国际市场上黄金的一个发展。

二、黄金投资:热情还要理性

2006 年 12 月,上海黄金交易所正式公布了《个人实物黄金交易试行办法》,正式面向个人投资者敞开了黄金投资大门。个人投资者可通过该所部分会员(如银行)代理开户,并通过这些会员,自主报价参与实物黄金投资,并可提取实物黄金。

2007 年 1 月 9 日,黄金期货上市,吸引了万千投资者的"眼球",当天六个品种均以涨停或接近涨停开盘,受追捧可见一斑。

我们如何看待黄金投资这种理财方式? 对于普通老百姓投资黄金,有什么好的建议? 各个国家都鼓励藏金于民,作为普通老百姓,作一定的个人黄金储备还是有必要的。作为个人资产的一部分去搞黄金收藏,对于以后,规避自己经济风险有帮助。不管买黄金还是首饰,把它变成自己资产的一部分,长期持有。当自己的经济发生危机的时候,拿出来变现,补充自己经济上的不足。

作为老百姓投资黄金来讲,首先应该认识到在投资组合中加入黄金的必要性。每个国家黄金储备不是用来盈利的,更多的是用来避险的。做任何投资的时候首先想到的是保本,其次才是赚钱。第一步叫化解风险,第二步叫寻求增值。黄金是非信用的投资品,可以化解掉信用投资体系中的信用风险。这是老百姓投资黄金的根本点。化解风险不是化解价格风险,而是化解信用风险。

第二,要看大市。金价归根到底是由供求关系决定的,所以更多的要看黄金的基本面,要看供求。

第三,要学习一点黄金市场投资的专业知识。投资一个市场,不能盲目,必须去研究、学习、分析它。

第四,黄金价格短期来讲,受各种因素影响很大。如果投资黄金的话,还要掌握世界政治经济金融各方面的信息。从最近一两年来看,黄金市场一个非常重要的特点就是,2005 年以来,黄金市场进入第二阶段,投资驱动代替了美元下跌这一因素成为市场的动力,国际上各种基金进入黄金市场倾向非常明显。因此,要更多地关注资金在黄金市场及其它相关市场的进出运行情况。

当前,世界黄金价格一路猛涨,世界黄金需求量也保持着持续增长的趋势。从黄金价格看,国际黄金市场价格已连续二十六年攀升,至 2008 年初,上海黄金交易所金价已全线突破每克 200 元,而国际金价最高也升至 900 美元/盎司,均创历史新高。

世界黄金市场的高调表现,令个人黄金投资热潮高涨。而黄金价格影响因素复杂,黄金保值的机会成本高,以及投资渠道有限等原因,个人投资黄金存在着较大的风险。本文认为,对时下黄金投资热潮,个人投资者应保持足够的理性。

三、黄金投资渠道

现在,大众也可以接触黄金了。如何投资黄金? 让黄金成为我们在理财中的一个重要的投资手段? 现在的黄金市场,只要我们有一定闲钱,就可以买入金首饰,进行黄金现货交易,中国金融交易所逐步推出黄金期货交易,现在的黄金市场出现最好的发展时期。

我认为应该有 7～8 种黄金的投资方式。黄金投资方式将多元化。

1. 投资金条

投资金条,旧社会很多人喜欢把它叫做"小黄鱼",有 50 克、100 克,200 克、500克等标准。中国中金公司发行的金条,也是按照这样的标准制作,这样的金条,可以买,买完之后回家储存。中金公司把金条做严密的包装,如果你希望等黄金价格高的时刻卖出金条,最好不要拆封,这样一旦你想出手,直接可以向中金公司回收。

纪念金条,比如奥运会主办。还有一些历史事件,会发行一些投资的金条。例如 3 月 12 日是植树节,可能专为植树节发行一个金条。这些金条的成色、质地要比投资金条要精美一些,它的价钱要高于普通金条。因为它是限量发行的,具有一定的收藏价值,所以这样投资金条,是远远高于普通金条的价格。人们重视后市的升值潜力。

2. 投资金币

前一段时间,我看了一个报道,有一个人花100元买到了清朝的一个金币,他也不知道收藏,就在一个古董摊上加上10元钱给卖了,获利10元。现在这样的金币升值100倍左右,他后悔不已。投资金币需要一定的收藏知识,中国的金币出现在是清末光绪年间,当时就非常稀有,现在存市场更少。

投资金币,也是收藏的一个重要的投资。现在可能还会出现一些纪念金币,比如说毛泽东诞辰100周年、朱德诞辰100周年、周恩来诞辰100周年,这种金币,第一,做工非常精美,第二,数量非常少,极具投资价值,几年之后,就会有一个升值的空间。

3. 黄金装饰品收藏

黄金由于稀少,属于贵重商品,一般存在升值空间。但是投资时间可能很长。黄金京城首饰第一家,叫菜百,前几年金价是88元/克,现在200元/克,金饰品就升值了,在菜百或者是一些黄金企业可以回收,首饰戴旧了,样式不好了,花点钱可以再加工。可以把金首饰以折现的价格出售。如果设想几年前你用88元/克买的,现在200元/克卖,中间除去一些收购公司的价格,这也是一个保值的渠道。

4. 投资黄金凭证

在国外的一些公司,可以去买卖一些黄金的凭证。你在公司买了1000克黄金,公司给你一个1000克买入凭证。在几个月之后,金价上涨了,你再把这个凭证卖给公司,公司扣除一定的手续费之后,类似于国内的纸黄金交易,作为买黄金的凭证,国际上是重要的一个投资黄金渠道。

5. 做黄金期货交易

其实跟个人投资来说,黄金期货还是比较陌生的。基本上是一些机构,一些交易所成员进行黄金期货交易。如果某企业买入了黄金一笔,但是怕黄金价格下跌,所以这个企业买入看跌的黄金期货。现在国内的个人也可以做黄金期货交易了,一手黄金期货的交易是5000元。我想也会慢慢地普及到个人的。

6. 做黄金期权交易

现在中行开了黄金期权交易,以小搏大。有买入看涨的,也有买入看跌的黄金期权。期权费在3%左右,甚至有的时候更低,我们可以利用期权的交易特性,锁定风险,而理论上收益可以无限。近期黄金价格大涨,如果做买入看涨期权,收益在260%以上,如果买了看跌期权,我们选择不执行,也只是亏损3%的期权费。投资黄金期权是黄金投资的一条新出路。

7. 纸黄金买卖

纸黄金是国内交易黄金的主渠道。在1993年的时候,中国银行上海分行首先开办了类似于外汇实盘买卖的纸黄金的交易,当时规定买卖点差1元,可以买进,然后再获利卖出。如果买100克黄金,需要买100克黄金等值的人民币。

纸黄金的好处是，交易之后不用把黄金实物交割，例如，交易了1万克黄金，见不到实物，银行只给一个纸上黄金交易凭证，或者在银行打出一个交易记录，只是把黄金当作交易主体，不进行实物交割。所以叫做纸黄金。150元/克买的黄金，现在黄金涨到160元/克了，每克赚10块钱。相反，160元/克买的，跌到150元/克，亏损10元，银行作为交易中介赚取一些点差。纸黄金，或叫做黄金实盘买卖，可以通过柜台、网上银行、电话进行24小时的交易。中行、建行、工行等银行都开办了这种黄金买卖业务。

如何读懂报价？在国内黄金报价听到的是克，例如，今天金价是200元，就是说1克黄金价格200元人民币，但是国际报价经常会听到今天的金价795美元。这是怎么怎么回事？美国和西方国家的一种计量单位，叫盎司。一盎司等于31.1035克。国际上黄金报价用美元计价，这个没有商量。黄金报价650美元/盎司，是西方的报价。如果换算成人民币的克如何计算？

假定1美元等于7.600元人民币。国际黄金现价是650美元/盎司，用650美元除以31.1035，然后再乘以7.6，得到158.82元。就是我们换算成人民币，158.82元/克黄金的报价。中国银行现在纸黄金既可以人民币交易，也可以美元交易。

8.购买黄金生产企业的股票

别人在讲黄金的时候，很少这么讲。我把它单提出来写成一段，因为购买黄金企业股票获利不少。黄金价格一直上涨，国际投资大师罗杰斯看好黄金价格到1000美元，如果真是这样，生产黄金的企业势必存在巨大的投资价值。

当时在2006年时候，我就看准了山东黄金这支股票，因为我当时判断，黄金要大涨。既然黄金会上涨，生产黄金这支"老母鸡"，身价肯定倍增。当时就买入了山东黄金这支股票，我是40~44元建仓成本，山东黄金最高达到200元。这样的话，它的收益远远比买卖黄金其他渠道的收益要高。

第二节　黄金投资技巧

现在黄金投资很热,很多人原来是炒股票的,听说做黄金好做,就加入炒金的队伍中。黄金投资对于老百姓来说才刚刚开始,民众投资黄金的知识技巧非常有限。投资黄金的知识技巧不足将是投资者面临的最大的风险,赢家往往是那些熟练掌握黄金投资技巧、善于利用价格波动进行高抛低吸的投资者。

一、影响黄金价格的因素

我们在投资中,有一个关键的因素需要了解。黄金的价格凭什么在变化? 影响黄金价格的因素有什么?

1. 供求关系

黄金价格受到供求关系影响,当全世界对黄金趋之若鹜,黄金需求大增情况下,黄金会上涨。例如,中国人、印度人,都特别喜欢买黄金。黄金现在的开采成本是 260~280 美元/盎司,和售价相差很多,每年 9 月份的时候,黄金的价格会大涨。因为印度有佛教的仪式,需要黄金来装饰,很多佛教徒也买黄金。中国人在十一期间黄金消费会增加,所以金戒指、金首饰的需求会大增,包括奥运金条的销售,都令黄金供求紧张。

2. 官方储备量

由于黄金有国际储备功能,因此黄金被当作具有长期储备价值的资产被广泛应用于公共以及私人资产的储备中。其中黄金的官方储备占有相当大的比例,例如:目前全球已经开采出来的黄金约 15 万吨,各国央行的储备金就约有 4 万吨,个人储备的有 3 万多吨。因此,国际上黄金官方储备量的变化将会直接影响国际黄金价格的变动。如果各个国家的央行减少黄金储备,则黄金下跌。如果央行增加黄金储备,可能会造成黄金价格的剧烈波动,黄金价格上涨。

3. 美元汇率

黄金用美元表示价格,美元汇率的走势,是决定黄金价格的一个重要的因素。我认为从 2001 年以来,美元兑世界主要货币,特别是欧洲货币,欧元和英镑,基本上处于一个贬值的势态。美元贬值的时候,黄金的价值就会上涨,美元升值的时候,往往伴随着黄金价格的下跌。这是一对负相关,也就是说美元涨,黄金跌,美元跌,黄金涨,所以美元汇率的影响,也对黄金市场将产生巨大的影响。

4. 战争和动乱

如果一个国家发生动乱,或者一个地区发生动乱,黄金的价格就会涨。为什么？因为在一个国家出现动乱的时候,这个国家的货币可能就受到极大的冲击,该国法定的货币出现了问题,不能当为国家的主要货币了,人们就会用黄金替代用纸币,黄金就会出现在这种情况下,充当一般等价物,对经济稳定起到作用。黄金的需求就会增加,所以黄金就会上涨。

二、黄金期货投资和黄金期权投资

黄金期货和黄金期权都是标准化场内衍生交易产品。前者指按一定成交价,在指定时间、地点交割的标准化合约,后者是一种在特点时间以约定价格购买或出售黄金的权力的买卖。两者都能对冲风险又可投资获利,为黄金交易投资者提供了更加灵活的投资避险和获利工具。

1. 黄金期货投资

作为期货的一种,黄金期货出现的比较晚,期货是人类商品发达的必然产物,黄金期货,黄金期货跟其他的农产品期货一样,按照成交价格,在指定的时间交割,并且它作为一个合约,也是一个非常标准的合约。

表 7 – 1 是上海期货交易所黄金期货标准合约。

表 7 – 1　上海期货交易所黄金期货标准合约

交易品种	黄金
交易单位	300 克/手
报价单位	元(人民币)/克
最小变动价位	0.01 元/克
每日价格最大波动限制	不超过上一交易日结算价 ±5%
合约交割月份	1 – 12 月
交易时间	上午 9:00—11:30
下午 1:30—3:00	
最后交易日	合约交割月份的 15 日(遇法定假日顺延)
交割日期	最后交易日后连续五个工作日
交割品级	符合国标 GB/T4134 – 2003 规定,金含量不低于 99.95% 的金锭。
交割地点	交易所指定交割仓库
最低交易保证金	合约价值的 7%
交易手续费	不高于成交金额的万分之二(含风险准备金)
交割方式	实物交割
交易代码	AU
上市交易所	上海期货交易所

每手的交易是 300 克,每克价格 200 元,则一手价值 60 000 元,按照最低保证金交易是 7%,需要 4200 元,如果黄金每波动一元,就是盈利 300 元或者亏损 300 元。

国际黄金期货市场是用美元报价,交易单位是盎司,一盎司 =31.1035 克。

表 7 - 2　芝加哥期货交易所(CBOT)黄金期货标准合约

交易单位	100 金衡盎司
报价	美元/盎司
最小价格波动	0.1 美元/盎司
每日价格限幅	50 美元/盎司
合同月份	2,4,6,8,10,12 月
交易时间	7:20—13:40
交割方式	以金库发行的黄金凭证在 CBOT 认可的芝加哥或纽约的金库交割。
交割等级	纯度不低于 99.5% 的精炼黄金,规格为一条 100 盎司或 3 条千克金条,总重量与 100 金盎司不得有 5% 的误差。
最后交易日	交易月份的倒数第三营业日。

这些合约都是各交易所制定的,黄金期货交易都是按照标准合约,说是买多还是卖空这样的合约多少张就可以了。

举例:某黄金生产企业,需要做期货交易来控制黄金价格波动而带来的不确定损失。在金价上涨到 320 美元/盎司的时候,这个企业卖出一笔黄金,现货卖出。同样,又用相同的价格,又买了一笔看涨的黄金期货的合约,觉得以后黄金价格还会上涨。所以合约的期限定了 3 个月,3 个月之后,如果黄金涨到了 350 美元/盎司。

我们来看结果。现货黄金 320 美元卖出,现在行情上涨到 350 美元,少赚了 30 美元。买入了 320 的看涨期货,在 350 美元的时候,执行看涨的合约,形成了现货少赚,而期货多赚,整体把握了黄金价格波动带来的损失。

这样的操作这个企业就会保值。现在黄金上涨到 800 美元的时候,英国央行前行长受到了大众的责难。他在十年前,在 250 美元/盎司价格,把英国黄金储备大量地抛出,结果十年以后,这笔交易英国央行——英格兰银行亏损 20 多亿英镑。英格兰银行因此受到了英国公众责难。如果当时做一笔黄金的期货交易,能达到保值的目的。

黄金期货刚开始对老百姓开放,许多人由于没有期货方面的知识,很容易投资亏损。所以,在做黄金期货之前,一定要正确认识黄金期货。通常新手对黄金期货存在三大理解误区:

入市前的认识误区一:黄金期货收益稳定,肯定赚钱。

正确的观点:期货交易是一种高风险、高收益的投资工具,既有可能获得高利润,也有可能遭受高损失。

入市前的认识误区二:黄金期货合约可以一直持有。

正确的观点:期货合约不能一直持有。主要风险为:如果保证金不足,将被强行平仓;如果合约到期,则实物交割。

入市前的认识误区三:做黄金期货 = 买金条。

正确的观点:个人投资者不能进行实物交割;机构投资者交割数量也会受到交易所规定的限制。

企业套期保值头寸的申请需要经上海期货交易所批准,套期保值头寸数量也是交易所根据实际情况最终核定。

2. 黄金期权

什么叫期权?期是日期;权,就是权利。期权是指在未来一定时期可以买卖的权力,是买方向卖方支付一定数量的金额(指权利金)后拥有的在未来一段时间内(指美式期权)或未来某一特定日期(指欧式期权)以事先规定好的价格(指履约价格)向卖方购买(指看涨期权)或出售(指看跌期权)一定数量的特定标的物的权力,但不负有必须买进或卖出的义务。黄金期权就是以黄金为载体做这种期权。

在国内,中行首家推出了黄金期权交易,其他的银行业也会陆续开办。国内居民投资理财有多了一个交易工具。

如何用黄金期权来获利或者避险?举一个例子:李先生预计国际金价会下跌,他花 1200 美元买入 100 盎司面值一月的 A 款黄金看跌期权(执行价 650 美元/盎司,假设期权费 1 盎司 12 美元)。假设国际金价像李先生预期的一样持续下跌至 615 美元/盎司时平仓,则李先生的收益为(650 - 615)×100 = 3500 美元,扣掉 1200 美元的期权费,净收益为 2300 美元。如果金价不跌反涨至 700 美元,投资者可放弃行权,损失 1200 美元期权费。

这就是期权的好处。风险可以锁定,而名义上获利可以无限。期权投资是以小博大,可以用很少的钱,只要看对了远期的方向,就可以获利,如果看错了方向,无非就是不执行,损失期权费。

在国内投资黄金中,如果纸黄金投资和期权做一个双保险挂钩的投资,就可以避免纸黄金单边下跌被套牢。因为纸黄金只能是买多,不能买空。如果在行情下跌的时候,买入纸黄金被套,又不愿意割肉,可以做一笔看跌的期权。

纸黄金去买多,被套住了,是黄金下跌。在买入纸黄金时刻,同时再做一个相反的卖出期权,例如 320 美元买入纸黄金,同时做一笔看跌期权,当黄金价格跌到 260 美元,纸黄金价格就亏损,但是在看跌期权补回来,我执行。看跌期权是获利,而纸黄金是亏损,整体可能是平衡,或者还略有盈利。

这个就是把纸黄金和黄金期权联合在一起进行交易的好处。

黄金的价格基本上从几年前 250 美元/盎司附近,现在持续涨高到 800 美元/盎司。国际的金融投资大师罗杰斯、索罗斯,一直看好黄金的走势,他们认为,黄金处于一个上涨阶段。我们在做投资的时候,黄金是可以中长期的持有品种,黄金中长期投资,会收益大一些。如果在黄金大牛市的时候,我们做黄金的短线有时候是得不偿失的。

三、多种投资组合降低风险

黄金投资有各种形式,不同的形式适合不同的对象。业余选手或性格保守的投资者可以选择购买实金或纸黄金,职业选手或激进的投资者可以选择期货投资。

最稳健的投资策略就是多种投资组合。多种投资组合的优点有很多,第一位就是保本,第二位就是增值。我们在黄金投资中也可以把投资黄金的一些工具组合起来,这样可以避免一些风险。

我举一个例子:小张准备投资 10 万元,进行黄金投资,他可以全部投资纸黄金,也可以投资实物,像金条、金币,做一下黄金期权,也可以做组合投资。

10 万元作投资,很多投资者全部投资一种投资渠道,因为不会投资组合。全部买入金条、金币、纸黄金,更少投资者关注黄金期权,如果把这些投资渠道做组合投资,会让我们在市场中避免很多单一投资的风险。首先达到保本。

如果买了金条和金币,卖的时候基本上很长时间才能变现,变现的时刻需要交纳一定的费用,保管也需要一定的费用。我们可以做纸黄金,买黄金期权,买黄金的股票。做这样一个黄金投资组合安全系数就相对大。

小张第一种选择是单一做纸黄金交易。在网上,在柜台都可以交易,投资 10 万元人民币,买入 625 克,价格 160 元/克。

小张第二种选择可以作纸黄金和黄金期权组合投资。用 9.8 万,买入 612 克纸黄金,价格 160 元/克,如果黄金价格下跌,则买入的黄金被套,风险比较大。于是在买入同时做一笔看跌期权。花费期权费 2000 块,行权期一个月,价格是 155 元/克的看跌期权。

我们假设一个月以后,黄金价格到达了 165 元/克,看小张作单一投资和组合投资的获利和风险比较。

单一投资中小张抛出纸黄金,625 克获利 3125 元,一个月赚 3125 元,10 万块钱的投资,月收益率 3.1%。

组合投资中小张同样抛出纸黄金,获利 3060 元,3060 块钱。买了 2000 块钱的期权,小张无法行权。小张买的是看跌期权,只有行情低于 155 元/克才获利,如果执行肯定蒙受损失,所以小张选择不执行,损失期权费。3060 元减去 2000 元期权

费,小张盈利1060元,月收益率1.06%

总结:黄金上涨,纸黄金做买入,之后做一笔看跌期权来锁定风险,盈利要直接投资纸黄金收益小。

由于国际局势影响,假设一个月之后,黄金的价格出现下跌,155元/克。单一投资中小张买入的纸黄金被套,浮动亏损3125元。组合投资中小张买入的纸黄金被套,浮动亏损3060元。但是看跌期权获利,它可以执行,看跌期权我们花费了2000元,假设期权费是1%,盈利6250元。整体6250-2000-3060=1190元,整体盈利。

我们在假设行情到了155元/克的时候,行情又继续下跌,,小张投资10万块钱,625克黄金也被深套,浮动亏损6250元。

如果采用组合投资,行情下跌到155元/克,纸黄金投资亏损6120元,,看跌期权就必须执行,因为看跌期权只用了2000块钱,所以还可以获利12500元,12500-2000-6120=4380元。所以越下跌,采用组合投资反而盈利更大。

总结:如果在黄金大跌的时候做这种看跌期权和纸黄金组合,盈利机会很大。

四、哪种炒金方式适合你

目前市场上的黄金交易品种主要是实物黄金、纸黄金、黄金期权和黄金期货4种投资品种。纸黄金没有杠杆作用,投资风险较低,投资门槛也只需要1900元,适合普通投资者;黄金期货和黄金期权属于高风险品种,适合专业人士;实物黄金适合收藏,需要坚持长期投资策略。

1. 实物黄金

实物黄金则种类繁多,包括钱币公司销售的金币、贺岁金条、奥运金条等,建行和工行分别推出了自有品牌的龙鼎金和如意金,中行也有代销奥运系列产品。

从权威性来看,人民银行发行的金银币最权威(币类标有"元"),是国家法定货币。市民目前对金条比较热衷,仍未完全注意到金银币的升值潜力。热门金银币主要有奥运题材的金银币和纪念币、生肖金银币、熊猫金银币,以及红楼梦系列、京剧艺术系列和西游记系列金银币。

题材好的实物金升值潜力更大。去年上市的奥运金第三组已由发售价188元/克涨到了260元/克。而已连续发行六年的贺岁金条升值仍主要取决于金价上涨,六年前的原料金价是每克95元,羊年贺岁金条发行价为110元左右,如今原料金价临近200元,羊年贺岁金条的回购价不到190元。不过,题材好的实物黄金的发行溢价也较多,不适合短线投资。

实物金也是不错选择。目前兴业银行和工行推出了个人实物黄金交易业务，这是一种全新的炒金模式，个人买卖的是上海黄金交易所的黄金，金交所过去只针对企业会员提供黄金买卖业务。实物金的购买起点是 100 克，投资门槛将近两万元，比纸黄金更高，但手续费较低。投资者在兴业可提取实物黄金，如果不提取，个人实物黄金交易业务就可以像纸黄金那样操作。

投资者要区分两种实物金条，投资型的实物金条和工艺品式的金条。

实物金条报价是国际黄金现货价格为基准的，加的手续费、加工费很少。投资型金条在同一时间报出的买入价和卖出价越接近，则黄金投资者所投资的投资型金条的交易成本就越低。只有投资型金条才是投资实物黄金的最好选择。

工艺品式的金条，溢价很高，比如说同是四条九的黄金投资型黄金报价是 50 多，它可能要报 80 多甚至 100（有加工费在里面）。我在一家商店看到周大福金条报 280 元/克，比一般的价格高很多，这已经不是纯黄金了，而是工艺品了。

真正投资黄金，要买投资型的黄金制品，比如说含金量是 AU9999 的，不能是三个 9 的。目前国内很多厂家都推出了，除了高赛尔金条之外，还推出了很多黄金制品。投资黄金应该投资这个。

2. 纸黄金

中行、建行和工行都已推出"纸黄金"业务。纸黄金仅通过账面记录黄金买卖状况的一种买卖方式，就像炒股一样。本币金用"人民币/克"标价，以人民币资金投资。中行和工行还有推出"外币金"，以"美元/盎司"标价，投资者只能用美元购买。

交易纸黄金也不需向银行交纳管理费用，更适合普通投资者。纸黄金的交易门槛是 10 克。按目前每克 190 元左右的国内金价，1900 元就可以炒金，门槛不到2000 元。投资者可先用两三千元试盘。

买卖纸黄金只需到银行柜台开立活期账户，并开通电话银行和网上银行，存入资金，低买高卖赚取差价。开户成本是办理银行卡的成本费 5 元。纸黄金的交易渠道包括柜台交易、自助银行交易、电话银行交易和网上银行交易四种。

与股票不同的是，纸黄金一天之内可交易多次（T + 0 交易），卖出即可提现。兴业银行一天内可交易多次，实行 T + 0 交易，T + 1 清算。

此外，纸黄金的交易时段是周一 7:30 至周六凌晨 4:00（每天 4:00 至 7:30，交易系统关闭）。兴业个人实物黄金的交易时间较少，为每周一到周五的上午 10 时到 11 时 30 分，下午 1 时 30 分到 3 时 30 分，同时，周一至周四增加晚上 9 时到凌晨 2 时 30 分的交易时间。

纸黄金的手续费体现在买卖差价上，比如单边手续费是 0.5 元/克，金价是 190元/克，投资 10 克需要 1900 元，但是如果当场卖掉，只能按 189 元卖——被减掉的一元就是手续费，银行不再收别的费用。

虽然手续费不高,投资者如果还习惯于投资股票的快进快出的方式。想通过频繁操作来赚取买卖价差是不可取的,投资黄金应着眼于资产的稳定性和保值增值功能。

3. 黄金期货

黄金期货和黄金期权具有杠杆作用,能做多做空双向交易,金价下跌也能赚钱,满足市场参与主体对黄金保值、套利及投机等方面的需求。

从目前测试的黄金期货合约来看,交易单位从原来的每手300克提高到了1000克,最小变动价位为0.01元/克,最小交割单位为3000克。期货公司认为,这可能是黄金期货合约最后的交易模式。

以国内现货金价200元/克粗略估算,黄金期货每手合约价值约从6万元上升到了20万元,按照最低交易保证金为合约价值的7%来计算,每手合约至少需要缴纳保证金1.4万元,合约即将到期,黄金期货保证金率提高到20%,每手的保证金将增至4万元。如果从仓位管理的角度计算,以后做一手黄金差不多需要5万元左右。

如果投资者看多黄金,某一月份合约价格对应的是每克190元,此时卖入需要缴纳的保证金是1.33万元,如果金价涨到了210元,投资者获利退出,可获利2万元(1000克×20元/克),投资收益为150%(2÷1.33);但是如果金价下跌,投资者需要不断追加保证金,一旦没有资金追加,投资就会被强制平仓,比如金价跌到了180元/克,投资损失为1万元,亏损率高达75.188%。黄金期货风险较大,普通投资者参与要谨慎。

黄金期货推出后,投资者可到期货公司买卖。期货开户只需要带上身份证和银行卡就可以办理,与证券开户类似,只是将"银证对应"换成了"银期对应",一个期货账户还可以同时对应多个银行账户。

4. 黄金期权

目前推出黄金期权的是中行,该品种也有杠杆作用,金价下跌,投资者也有赚钱机会,期权期限有一周、两周、一个月、三个月和六个月五种,每份期权最少交易量为10盎司。客户需先到中行网点签订黄金期权交易协议后才可投资,目前该业务只能在工作日期间在柜台进行交易。

据了解,支付相应的期权费(根据期权时间长短和金价变动情况而不同)后,投资者就能得到一个权利,即有权在期权到期日执行该期权(买入或卖出对应数量的黄金)或放弃执行(放弃买入或卖出)。

尽管在国际黄金市场中,黄金期货的交易量已占总交易量的97%以上,但我国众多的投资者对于"黄金期货"仍缺乏了解。黄金期货投资中,我们必须注意一些投资技巧。如果不了解投资的技巧,在黄金期货交易中,存在投资风险。

一、入场之前做好各种准备

和普通商品期货相比,黄金期货有一定的特殊性。由于风险较大,因此黄金期货更加适合机构投资者,个人投资者进入前,必须审视其中的风险。

相对来说,商品期货远月合约因流动性不足容易产生暴涨暴跌,个人投资者经常会面临爆仓风险。而国际经验显示,黄金期货近月、远月合约都比较活跃,因此,以对抗通胀为目的的投资者若非用足杠杆交易,即便购入远月合约也不会轻易爆仓。也就是说,黄金期货具有长线投资价值。因而,个人炒金需做好如下准备。

1. 目标准备

一般而言,投资黄金从时间上可分为短期投资、中期投资和长期投资;从获利要求上可分为保值和增值两种;从操作手法上可分为投资和投机两种。上述因素再结合黄金价格波动、家庭可供使用的资金、个人对黄金价格和黄金品种的熟悉程度、个人投资的风格等,可基本确定黄金投资的目标。

2. 组合准备

作为综合投资理财的组成部分,黄金是家庭不同投资标的中的一种。我国经济发展快速,能获取较高投资回报的投资工具不少,这决定了家庭投资黄金的比例不宜过高,以免错失其他良好的投资机会。对于普通家庭而言,黄金占整个家庭资产的比例最好不要超过10%。

3. 品种准备

炒金的标的分为实物黄金和"纸黄金"。实物黄金,买卖时与货币资金直接交割,具有较好的保值和变现能力,但交易过程中鉴别等成本费用比"纸黄金"要大得多。反之,"纸黄金"交易方式灵活,成本低,投资收益往往大于实物黄金。一般而言,实物黄金比较适合中老年投资者参与,也适合个人收藏或馈赠亲友,而纸黄金是个人炒金者首选的炒金工具。

4. 风险准备

个人投资黄金期货,需要严格控制市场风险。投资黄金期货时需要克服赌性,个人投资者为对其货币进行保值,通常采用买入的方式。如果在期货交易中投资者进行卖出操作,其行为就不是对货币进行保值,而是对黄金价格进行投机交易。当然,投机交易在黄金期货中也是允许的,关键是看个人的风险承受能力。

个人投资黄金时,还需注意合约期限。根据上海期货交易所规定,黄金期货合约每个月都有合约到期交割。比如,投资者买入 10 月份到期的合约时,在交割日之前必须卖出平仓(除非他希望进行实物交割);在卖出平仓的同时,若需要继续投资则买入 10 月份以后或者更远期的合约,这在期货交易中称为移仓。当然,移仓会损失一些手续费(如交易所每手收取成交金额万分之二的手续费)。以保值为目的的黄金期货投资者,需牢牢把握上述要点。

为帮助投资者控制风险,上海期货交易所在合约设计和规则制定时始终把风险管理放在第一位。根据在铜、铝等期货交易风险监控方面的成功经验以及黄金期货的特性,上期所在黄金期货的风险控制措施的设计方面有较严格的规定。主要有:

保证金收取标准。黄金期货合约的最低交易保证金比例为合约价值的 7%。由于黄金价格波动较大,设定了相对较高的保证金水平。

涨跌停板制度。每日价格最大波动限制不超过上一交易日结算价 ±5%。根据国际黄金价格波动率,设定了相对较宽的涨跌幅度。

限仓制度。黄金期货合约在不同时期分别规定了较为严格的限仓比例和持仓限额规定。

二、黄金期货投资原则

黄金期货作为一个期货品种,同样遵循期货交易基本原则。目前有关期货方面的投资书籍中,基本上都提到了一些基本交易原则,下面对这些基本交易原则进行归纳整理。

1. 多种投资组合,做到风险最低

我们在投资中,首先需要保本、保值,然后才能做到增值。黄金期货的交易策略可分为套期保值、套利和投机三种基本类型。三者都是黄金投资的有效手段,必须依据对黄金价格走势的判断来确定交易方向,本质上没有优劣之分,主要区别是投资者的交易目的和承担风险不同。套期保值的目的是回避现货市场价格风险,投资者承担的风险最小;套利是获取较为稳定的价差收益,投资者承担的风险较小;投机的目的是赚取风险利润,承担的风险最大。

套利:适合稳健投资人群。套利指的是在买入或卖出某种期货合约的同时,卖出或买入相关的另一种合约,并在某个时间同时将两种合约平仓的交易方式。

套利与单纯的投机有明显区别。一是,普通投机交易只是利用单一期货合约价格的上下波动赚取利润,而套利交易是从不同的两个期货合约彼此之间的相对价格差异套取利润;二是普通投机交易在一段时间内只作买和卖,而套利交易则是在同一时间买入并卖出期货合约。

黄金套利交易,主要是通过研究黄金现货价与期货价之间、不同到期日合约价格之间的价差变化,进行交易组合获利,适合风险偏好孝大资金量的稳健投资者。

套期保值:适合机构投资。套期保值指在期货市场上买入(或卖出)与现货市场交易方向相反、数量相等的同种商品的期货合约,进而无论现货供应市场价格怎样波动,最终都能取得在一个市场上亏损的同时在另一个市场盈利的结果,并且亏损额与盈利额大致相等,从而达到规避风险的目的。这主要针对的是产金、用金的机构投资者。

对于个人投资者而言,由于黄金价格与通过膨胀的高度相关性,黄金期货可以为普通投资者的货币性资产进行保值。在通胀的影响下,由于利率低于物价上涨速度,使投资者货币的实际购买力下降,导致投资者利益损失,买入黄金期货,就可以通过通胀情况下金价上涨的经济规律,从期货市场弥补损失,达到套期保值效果。但保值量超过正常的产量或消费量就是投机。

2. 看清趋势顺势而为

黄金期货和其他期货一样,在黄金市场上进行风险投资最好是顺势而为,在市场趋势上涨时做多,在市场趋势下跌时做空。而期货市场上的主趋势一般都能维持很长的时间,少则二三年,多则一二十年,如果能按照市场前进方向去做,可以大大增加盈利机会。

在黄金市场上做风险投资一定要密切关注国际外汇市场,美元汇率是影响金价的首要因素。在未来若干年内,美元下跌和金价上涨都是不可避免的,认清这个趋势对于投资者在黄金市场中取得主动权至关重要。

3. 利用概率及时止损

要在风险市场中让每笔投资都正确是不可能的,无论投资者水平多高,也难免有出错的时候,这时候最要紧的是及时止损出局,避免更大损失。在上涨趋势中,我们也做好合理的止损。

止损的依据就是根据概率理论,只要胜多负少,算总账就仍有希望获胜。做金融投资肯定有亏损的时候,也有赚钱的时候,我们要做到大赚小亏,在市场中就能永远生存下去。投资大师巴菲特、索罗斯,他们也有赔钱的时候,这个市场中,作为大师或普通交易者区别就在这里。普通投资者最终亏损都是小赢大亏。而投资大师，基本上都是小亏大赚。

做多者买入看涨期货合同后，希望金价上涨，但同时假定金价走势和原先的预期相反，就要实行止损操作。具体做法是：在金价下跌超过一定幅度时，即将多头仓位全部平仓，避免金价继续下跌遭受更大的损失。

这里的关键在于，一旦金价达到了止损位就坚决执行，即使过后发现错了也不要后悔。因为假如不止损就可能遭受更大的损失，那时后悔就来不及了。

4. 控制投资仓位合理炒金

在风险投资中正确分配资金十分重要，在什么时候应该加仓，什么时候减仓，什么时候如何控制仓位，都关系到盈亏。

首先，在投资时不要一次把资金全部投入，而应当分批分期投入。例如，把全部资金分成三份，在第一份投入并获利后再投入第二份，一旦出错则及时止损，这样可以避免损失过大。

在期货交易中还要留有足够的保证金。因为如果方向做反，因亏损而招致的追加保证金数量过大，很可能导致被迫平仓，这是最危险的。尤其在期货市场中，大资金拥有者往往会单方向拉抬，迫使对手平仓，将其排挤出局。要避免这一点，一是不可以满仓，二是及时止损出局。

5. 做不同趋势的波段投资

其实，黄金投资就一个秘诀，按照趋势做不同做不同趋势的波段投资。在外汇市场是趋势投资是我们制胜的法宝，也适用于黄金市场。

如果要是在大牛市中，黄金价格逐步上涨，几个月价格上一个台阶，这是大牛市典型的特征，可以长期持有黄金。在大牛市中，应该长期地持有投资品种。在牛市结束之后，变成了慢慢的熊市，在熊市的时候，持有现金观望是最好选择。在盘整市的时候，我们要做到多看，少动，尽量地减少操作。

很多人有这样的情况，在牛市中赚不到钱，在熊市中更是损失惨重。在盘整市中，一着急就卖掉了，其实明明可以赚到金块，结果就捡了两个铜板。

这样的情况，可以用一个投资组合的来抵御。在任何投资中，你没有投资组合的概念和资金管理，还会吃大亏的。

进行黄金投资可以作为很好的理财手段，但是如果不严守投资纪律，可能还会出现亏损。在黄金交易中一定要严守交易纪律。

三、黄金期货投资赢利实例

2007年1月9日,黄金期货上市。我的一个朋友决定用10万元的资金参与。朋友在期货市场中拼搏了5个年头。从2007年9月12日看到上海期货交易所将要推出黄金期货起,他就非常关注国际和国内黄金现货价格走势,以及导致这些价格变化的相关因素。

朋友认为:目前,黄金市场绝对处于牛市当中,地缘政治不稳定、美国次贷危机影响未消退、全球通胀压力巨大、黄金投资需求异常旺盛,这些都是支持黄金价格持续走好的因素。不过,这是从长线的角度来分析的。如果要参与国内黄金期货上市首日的交易,这些因素显得太遥远,朋友只看一个指标,就是黄金期货上市的基准价和开盘价与国际黄金期货价格的价差。

从2007年9月以来,他跟踪国内外黄金现货价格,发现两者之间的价差折合成美元计价不会超过20美元/盎司,考虑到黄金期货是新上市的品种,可能有资金会非理性做多,因此如果国内黄金期货上市的基准价和开盘价与国际黄金期货价差大于40美元/盎司,可以大胆参与进去。

由于国际黄金价格再创新高,朋友开始判断国内黄金期货上市首日将大幅上涨,因此他决定做多黄金期货。国际市场太强了,明天国内黄金期货应该会涨吧。朋友与我交流时说道。

不过,当天晚上当他得知黄金期货各合约上市基准价为209.99元/克的时候,他的做多欲望顿时减弱许多。他与我沟通时略显信心不足地说:"或许明天是做空黄金期货的好时机。不过如果要做空的话,还需要大幅高开配合。"于是,他拟定了三种交易策略。

策略一:如果黄金期货各合约期价平开或者小幅低开,那么就尽量不要参与。因为国内黄金期货的基准价折合成美元计价为897美元/盎司,而当天国际黄金期货6月合约期价已经涨到885美元/盎司,两者之间的差价为12美元/盎司,他认为这个价差在合理的范围内,做多上升空间不大,做空反而有些危险。

策略二:如果黄金期货高开3%-5%,期价开盘在216~220元/克之间,那么可以短线参与做多,之后快速反空。他认为,高开幅度在这个范围内说明市场对于新的品种有强烈的参与热情,虽然黄金期价高开3%-5%之后,国内外价差扩大至40美元/盎司,但是在强烈的看涨氛围中,国内黄金期货有加速冲高的可能。因此先跟进做多,止损位设在211.5元/克。当期价涨到227元/克上方,他就会快速反手做空,因为这个价位使得国内外期金价差达到60美元/盎司以上,做空的风险相对较小，当然他也预设了做空的止损点：230 元/克。

策略三：开盘价涨幅超过 7%，那么他会坚决抛空，这也是他第二个策略的延续。

其实，还应该有一种策略，就是黄金期货上市首日会低开应该怎么办。我的朋友没有想过黄金期货上市首日会低开，他认为在投资者如此关注的情况下，低开是不可能的。如果低开，那么他的分析就错误了，他也不会交易。

在拟定好上面三个策略后，朋友静待国内黄金期货的登场。

1 月 9 日：卖在涨停板。当很多人在为黄金期货开盘后快速涨停欢呼的时候，朋友果断地抛出了。8 点 59 分，当交易所集合竞价显示黄金期货 0806 合约开盘价为 230.95 元/克时，朋友在 8 点 59 分 50 秒在涨停板价位上挂了 3 手空单，开盘后 25 秒 3 手成交了。刚成交期价快速下跌了 5 元，两分钟内他获利了 15 000 元。

朋友还没有来得及欢呼，期价又直奔涨停而去。9 点 9 分瞬间触及涨停板后就掉头向下了。最后他在 222.73 元/克平掉了 3 手空单，除去手续费，共获利 24 600 多元。

做空黄金，纯粹是短期的投机行为，在国际黄金市场仍处于强势的时候，朋友还不敢隔夜持有黄金空单，就算明天跳空低开，平掉空单最多让他少赚一点，却可以避免明天高开所带来的损失。

1 月 10 日：加码杀跌。第二天，国内黄金期货跳空低开，0806 合约期价跳空 0.8 元/克开盘，在小幅涨至 223.7 元/克后快速下跌至 220 元/克，然后在 220 ～ 221 元/克之间波动。朋友在 9 点 45 分加码卖出了 4 手空单，成交价为 220.85 元/克。

其实，从保证金的角度来看，小李这 4 手空单与前一个交易日的 3 手相差不大，都是 10 万元左右。他之所以敢在比前一个交易日更低的价格卖出，那是因为当天开盘后国内走势明显弱于国际市场，市场做空动能较强，他做空不过是顺势为之。

的确，就 10 日的行情而言，上期所黄金期货开盘即下跌了 3 元/克，一直到 10 点 15 分，也没有像样的反弹，而在这段时间内，国际黄金期价则上涨了 5 美元/盎司。

朋友认为，国内黄金期价被高估了，220 元/克的黄金折合 940 美元/盎司，而国际黄金期价只有 890 美元/盎司，50 美元/盎司的价差依然存在套利机会，国内黄金期货还会有一波下跌行情。如果判断失误，那么上一交易日收盘价就是止损价。

在朋友建好空单半小时后，缺乏反弹动力的上期所黄金期货开始下跌，而这波跌势异常汹涌，到下午交易时段，黄金 0806 合约最多跌了 4.9%（5% 跌停），而远月合约更是一度跌停。

朋友也在这波下跌中牢牢地握住空单不放，直到价格下跌至他认为的合理价格，才平掉空单。他所谓的合理价格就是国内期价与国际期价相差 30 ～ 40 美元/盎司。而他在下午 2 点 32 分的平仓价格 214.18 元/克折合美元计价与当时国际黄金期价 892 美元/盎司的价差为 30 美元/盎司。

　　盘点当日操作,朋友共获利 26 700 元。头一天获利 2.4 万余元,第二天收获 2.6 万余元,小李投入 10 万元的资金在两天内收益率超过了 50%,这就是期货市场的魅力。不过反过来看看小李的交易,思路清晰、交易计划充分、投资依据连贯是其成功的基础,更为重要的就是他对每笔交易都预先设定一个止损位置,这让他在交易中心态更平稳。

　　对于每个希望在商品期货市场交易的投资者而言,除了看到巨大的收益外,也应该充分认识其风险,试想如果小李是做多,而非做空,那么结果就是两天内损失 50%。

　　1 月 11 日:拒绝交易冲动。第三天,国内黄金期货受国际金价再创新高影响,高开之后大幅震荡,不过小李却没有参与当天的交易。朋友事后说,他确实有参与到市场中的冲动,不过他最终还是忍住了。因为按照他前两天的交易理念,昨日上期所黄金期货价格与国际黄金期价之间的价差已经回到了正常的水平当中,而在这种情况下,他是坚决不做空的。而由于昨日黄金期货跳空高开近 2%,这个高开幅度在朋友看来已经基本封杀了进一步上涨的空间,另外他觉得做多黄金是一个长线的操作策略。目前国内国际金价已经处于一个相对较高的位置,参与长线做多黄金所面临的短期调整风险巨大,一个大回调或许就会导致 40% 的本金被侵蚀,他觉得还是谨慎点好。

第四节

用技术分析来赚黄金

在我们交易中,如何在投资黄金中赚到钱?《孙子兵法》有一句话叫做"知彼知己,才能百战不殆",黄金是什么?怎么交易?我都不清楚。那么我能在黄金投资中赚钱吗?必须了解黄金这些交易必备知识之后,需要我们掌握一定分析能力,不能人云亦云,这样的话,才是一个独立操作的投资者。

一、黄金有自己独立的交易特点

黄金一旦确立了趋势之后,按照趋势就进入运行周期,这个周期通常是五年,甚至十年,如果要是出现熊市,它的下跌周期也是五年,甚至十年。黄金适合在牛市中做中长线的长期投资,不适合短炒。在熊市中不适合投资,熊市适合做看跌黄金期货和期权。如果仅仅投资实物和纸黄金,在熊市中就需要持有现金。黄金投资价值就比较低。

二、黄金每年都有极好的入场位置

我通过多年的观察,每年6－7月份的时候是黄金一年内非常低的价格,是我们应该可以入场买入的好机会。

每年六七月份的时候,是黄金的低点,每年10月和12月份的时候,黄金出现高点的概率比较大,10月11月,12月,这三个月,还要包括每年的2月和3月的时候,黄金出现高点的时候比较多,受到需求关系影响。

我在本章第二节中讲到:每年10月到12月的时候,印度和中国整个东南亚和南亚的人,对黄金的需求是非常大的,中国是"十一"节日黄金消费激增,中国很多人喜欢买金银首饰,促进了黄金的消费,每年的10月到11月是印度的一些佛教或者其他宗教的一些节日,印度人的宗教节日有黄金需求,做一些黄金的佛像,黄金的礼品献给佛,造成黄金的大幅的需求,每年 6、7 月份的时候,黄金可能是一年的低点。

在 2007 年的 6 月份,黄金基本上走到一个低点 641 美元每盎司之后,再次证明,6、7 月份基本上是黄金盘整见底时候,10 月份到 12 月份黄金价格继续上涨。

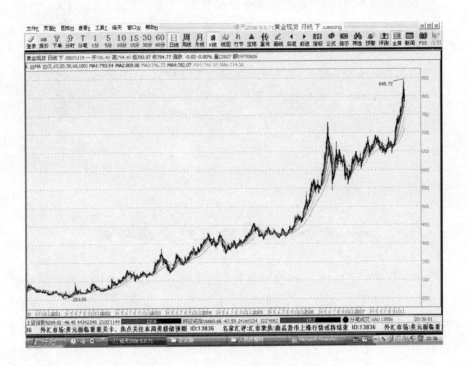

图 7-1　2007 年黄金走势图

三、做好黄金一定要观察欧元和美元的走势

如果欧元上涨的话,黄金势必上涨,可以看到黄金先涨,而后欧元追随黄金上涨,如果欧元上涨的没有结束,黄金的上涨应该是依然持续。黄金的走势和欧元的走势是一致的,黄金涨,欧元涨,黄金跌,欧元跌。大多数的情况都是这样,有时也有时间的先后。2007 年以来,欧元兑美元走势一持续上涨,并且创造了五年新高。

图7－2 汇市与金市的联动

四、必须要学会止损

黄金价格也有波动，没有永远上涨的黄金，也没有永远下跌的黄金，在上涨中，无非就是卖出，只是赚多赚少的问题，如果在黄金下跌的时候，那怎么办？必须要学会止损。

投资纸黄金和投资实物黄金的时候，也需要有一个止损。一定要根据不同的黄金走势做不同的操作组合。

五、不同趋势中的投资技巧

1. 大牛市中的中级调整

从图7－3黄金走势周线图，基本上我们可以看到，黄金价格上涨过371美元之后，黄金的价格出现了大幅上涨。在上涨的时候应该赚钱，可是有很多人还是赚不到钱，为什么？

黄金的位置从371美元/盎司，从371美元上涨到730美元，没有跌破251元/

盘司,之后一直调整到580美元/盎司,很多交易者可能从730美元下跌途中位置买入,当时他认为行情已经见底,630美元买入,结果行情又继续下跌并且跌破600美元,这个时刻是考验交易者的最后的承受力的时刻,经过这样的大跌,很多人的心脏都要加速负荷,很多人在600美元下方亏损卖出。在金融市场中,经常有交易者买一个最高价,卖一个最低价。成为亏损高手。

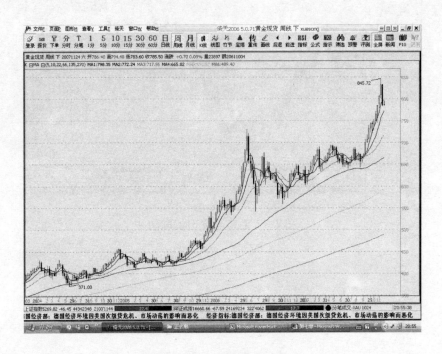

图7-3 黄金走势周线图

很多的朋友可能在730美元的时候,会买进,然后在590美元止损,所以在这样的话肯定赚不到钱,

一定要确定趋势,行情肯定在上涨的趋势中,并且没有结束,可以继续持有。一旦趋势发生变化,则需要立刻止损,越快越好。如果我们在交易中,不能把握上涨行情中的一个小调整的话,会让我们蒙受损失,即使在大牛市,这就是很多人在牛市中赚不到钱的原因。

2.谨防在上涨中踏空

什么时候会防止踏空,首先现在是6、7月份,这个时间段一定要特别关注黄金的走势,它有可能是今年行情调整之后我们入场的好机会。

刚才已经给大家论述了,因为黄金的需求,当黄金到达一个低点之后就应该是赶紧买入的时候。黄金走势非常有规律,基本上就是说,上涨之后沿着一个上涨通道上涨,下跌的时候,也是这样。黄金的价格也是一浪升,一浪跌,一浪升,一浪跌,但是逐步上涨。所以每一个下跌的低点都是买入的机会。

3.一定是先看势,再看价

一定要先看势,再看价,这是任何投资的一个黄金律条。

举一个例子:黄金的价格在 2006 年的时候到达了 730 美元/盎司,在 2007 年年中的时候达到了 580 美元/盎司。但是在几年前的时候从 251 美元/盎司之后重新回到了 660 美元/盎司。如果在去年达到 730 美元/盎司,跌到 580 美元/盎司的时候,交易者在 660 美元/盎司买入,是会什么情况? 被套牢。如果在现在黄金出现上涨的时候,在 660 美元/盎司买入黄金是什么情况? 是盈利,因为行情从 660 美元一直上涨到 700 美元之上。

为什么在相同的点位就会出现截然不同的两种情况? 一种赚钱,一种被套,因为时间不同,但是价格是一样,那就是不同时间段所处的趋势不一样。

从 730 美元/盎司到 580 美元/盎司的时候,黄金是在一个下跌的趋势中,所以在 660 美元/盎司买入的时候,是在下跌的中途,会损失惨重。2007 年,在 660 美元/盎司买入的时候,黄金的价格一直上涨到 730 美元/盎司,是买在了上升的途中,肯定赚钱。虽然是一样的价格,却产生两样的结果,就是这个道理,我们在黄金的交易中,或者任何的投资市场交易中,一定要先重视势,再重视价。

一定记住这十二个字:先看势,不重价,看好势,再看价。

六、投资黄金公司股票

下面讲述的是我附加的,书本上也找不到,是在实际操作中得到的经验。黄金值钱我把它叫金蛋,如果能下金蛋的母鸡是不是比这个金蛋更值钱了,我们投资下金蛋的母鸡,势必可以获得不菲的收益。

我们看到黄金市场中的大涨,中国 A 股市场又出现大涨,则有色金属板块的黄金板块就存在机会。

中国经济和国际接轨还需要漫长的路要走,国际上的各种原材料或贵金属价格的上涨会影响到国内的相应品种的价格,但是国内时间可能有些滞后,在这种情况下我们完全可以根据走势的差价,来做一个时间差的投资,A 股票市场上市公司中有两支黄金企业的股票,一个是中金黄金,还有一个是山东黄金。

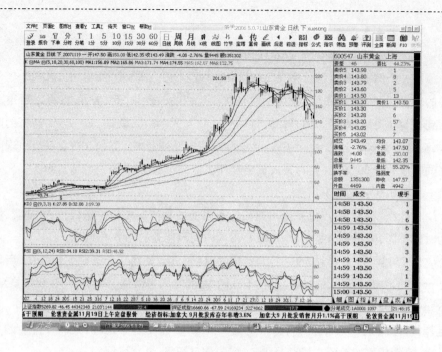

图 7－4 东黄金的走势图

山东黄金的走势图，我们在 2005 年和 2006 年时候，基本上操作这支股票。首先我看到了国际市场上的金价在涨，根据刚才的归类，一般国际市场的金价在涨，国内的市场总有一个滞后性的增长，所以我在想，纸黄金投资月收益率 3% －5%，但是如果我投资这只"母鸡"，会下鸡蛋，收益应该高于纸黄金。

当时国际黄金价格已经当时黄金的价格从 250 美元已经涨到六七百美元，价格涨了 3 倍。

在 2006 年的时候，山东黄金股票基本上是在 20 元 左右徘徊，，而我看到中金黄金的价格从 5 元多涨到 20 多元钱，也涨了三四倍，并且一直在出现一个盘整。可是 A 股的大盘指数却上涨的相当快，指数已经上涨了两三倍，所以我发现了股票投资的价值洼地。

在 22 元，我们重仓买入山东黄金股票，这个股票一直涨到了 60 元钱，尤其 5 月 30 号行情大跌的时候，这只股票由 60 元钱左右跌落到了 44 元。

我们 60 元抛，之后在 49 元重新买入，最后一直持有到 180 元，经过"5.30"大跌，这个股票绝对是拥有投资价值的好股票，在"5.30"大跌的时候，很多股票被腰斩，而它跌的比较少，在结束大跌展开上涨行情中，迅速创出新高，这样的股票就是价值投资的好股票，适合长期持有。

我们一个投资理念，各个市场的联动，又再次的印证了，各个投资市场是不能割裂来看的，我们直接投资下金蛋的母鸡，是不是比投资纸黄金赚得更多？

第	八	章

基金投资：稳健投资，便捷理财

现在基金越来越受广大老百姓的青睐。买基金一般叫投资基金，起点为数百元，几乎是每个人都可投资。基金作为一种组合投资产品，其产品优势的发挥体现需要一定时间，因此优选具有综合比较优势的基金成为中长期投资永恒的话题。

　　随着中国股市的火爆，越来越多的投资者买了基金，成为基民。很多基民在 2006～2007 年行情中普遍都赚了 170%～180%，甚至 200%。投资基金虽然相对比投资股票稳健一些，但是，也并非没有风险，也需要一定的投资技巧，基金的入门知识还是要掌握的。

一、什么是基金

　　邻居王阿姨在 2007 年 8 月有一次问我："我很多朋友炒股都赚钱了，他们都鼓励我炒股。可我不会呀，赔了怎么办？可是，这么好的牛市，我不参与进去，心也不甘呀。你是炒股专家，你说我可以炒股吗？"

　　听了王阿姨的话，我略作思考，回答："你要有时间，可以去炒，但不要投入太多资金。先练练手。你要是想多挣一些钱，我建议你把钱都交给一个高手，由他来替你炒股票，赚钱之后给你分红，他只收取管理费。"

　　王阿姨有一点疑惑，说："这个人可靠吗？如果卷钱跑了怎么办？"

　　我说："可靠，你可以跟银行签合同，把钱交给银行，或者交给一个证券公司来托管。这个人拿不到钱，只能操作，你赚了钱再给分给他。你还不放心吗？"

　　王阿姨说："这个人是谁呀？你朋友吗？"

　　我笑着说："这个人就是基金。"

　　王阿姨也笑了，说："你绕了这么大一个弯子。行，我先用一部分钱买基金。"

　　我国《证券法》明确规定，个人不能做从事证券服务，但是国家可以做。国家可以成立基金公司，由基金公司来进行股票的投资。基金公司本身没有资金，这个钱从哪儿来呢？还是从个人投资者那里募集。大家把钱交给基金公司，这个时候叫募集期。基金公司募集之后，基金公司的操盘手——基金经理登场了，他负责运作大家募集在一起的资金。基金经理都受到过专业培训，基金公司还有一个分析研发团队。负责对整个市场的研判。

　　基金公司成立了，资金募集起来了，基金公司的盈利模式是什么？收一定比例管理费和托管费，这就是基金公司的盈利模式。募集是社会公众的钱，风险共担,把大家的钱放在一起,进行集中投资。基金是专业人士理财,普通的需要理财的民众,相当于雇佣专业理财人士给自己资金打理,大众在家坐享其成就行了。

基金应该是非专业投资者的最佳选择。在美国发达的资本市场,几乎有一半以上的家庭,都是持有基金,交给专业人士去打理。美国股民很少,都是专业机构的博弈,不像中国股市,很多人喜欢自己试试。我们处于资本市场发展的一个初级阶段。在资本市场发展到一定的阶段,基金是非专业人士投资的一个最佳选择。

证券市场的发展和资本市场的完善,必然产生基金。美国在19世纪六、七十年代出现了基金,基金的发展基本上有一百多年了。现在世界上的基金有1万多支,基本占到全球所有的股票交易的20%～30%左右。

二、投资基金

投资基金是一种利益共享、风险共担的集合投资制度。证券投资基金就是通过向社会公开发行的一种凭证筹集资金,筹集的资金用来股票投资。基金叫基金券,或叫基金份额,或叫基金单位。举个例子:某人买了1万元钱的基金,申购了华安创新,华安创新价格是2元,1万元可以买了5000份额(这里忽视基金申购和赎回的费用),这5000份额基金份额,叫做基金券,或者叫做基金单位。买了基金,就享受资产的所有权,买了5000份华安创新,就享有5000份额的资产所有权。如果盈利了,享有收益有分配权,剩余财产,有处置权。这就是我们投资基金享有的权利,并承担相应义务。投资基金是集中不确定的众多投资者的零散资金,交由专门的投资机构进行投资而投资收益由原有出资者按出资比例分享的一种投资工具。其中作为基金管理者的投资机构,收取一定的服务费用。

这种基金投资,风险要小于股市,专业理财。中国证监会于1992年的时候,发行了第一支封闭式基金,叫淄博基金。当时只募集了1亿元人民币,从创建到1993年的8月发行,几乎花费了9个月,才挂牌上市了。现在要发行一支基金,要募集500亿元,一周时间就募集齐了。

第一支基金出现的时候,市场还是持不认可态度。随后中国的基金业出现了一个蓬勃的发展时期,在1997年的时候,中国证监会颁发了《证券投资基金暂行办法》,基金被用法律型固定下来,国家有法可依。基金到2007年经历了十六年慢慢地成长起来,封闭基金发展快速期在2001年8月份的时候股市暴涨。出现两个比较有名的基金,基金开元和基金金泰。这两个基金的募集资金只有20亿元,20个亿要是跟现在华夏基金管理公司管理的1301个亿元相比,那真是小巫见大巫了。

在2001年的时候,北京申办奥运会成功,有利于中国资本市场的利好不断出现,中国的经济开始崛起,证监会管理层在2001年9月,发行开放式基金。这对基金业是具有一个划时代的意义,开放式基金诞生了。

1. 基金有风险,操作请谨慎

记得我第一次买基金的时候非常有意思。有人问我:听说你很懂基金,你告诉我基金是国家发行的吗?我听懂了言外之意,他们想问基金保本吗?

很多人想,我把钱存在国家银行,不管国家银行资产负债率如何,那我也存在那儿,因为它有国家信誉在担保,这个银行是国家的。基金是机构,是国家批准设立的,是不是也是也保本?我回答说:基金是不保本的,当然有极少保本基金除外。

投资者把钱交基金操作,基金不保证一定盈利。我给大家提醒的是,基金有风险,操作请谨慎。任何市场的投资都有风险的,基金也是一样的,不能认为2006年、2007年基金涨得这么好,它就能永远的好下去。虽然基金是国家或者一些国家机构批准发行的,但是它依然有投资的风险。

2. 买基金,投资资金安全吗?

除非这支基金操作失误,由1元面值一下跌到0分钱之外,你的资金是非常安全的。不用怕卷钱逃跑的事情发生。

从图8-1可以看出,基金基本上由投资者ABCDEF,通过银行投资买了基金的份额,基金通过收集投资者的资金就组成了基金资产,基金由基金管理者来进行管理,但是资金不放在基金手上,而是由基金头托管人来进行管理,基金托管人一般是国家银监会或央行批准的专业金融机构,包括银行,是完全有资金管理保证的。就基金有托管,托管就是第三方,第三方在管,基本上基金负责操作但不保管钱,拿钱的不操作。这就是三方监管。

基金募集了一笔资金之后,基金就买了股票A,股票B,股票C。这相当于什么?相当于所有的投资者ABCDEF,他们把钱交给专业人士来管理,得到了一大堆股票。但是这些股票是什么股票?投资者也不知道,专业的基金经理会给你来做。

读者又有疑问了,我花了这么多钱买这么多股票,基金买的什么股票我都不知道,这投资还有谱吗?基金公司为了打消大家的顾虑,基金公司会在每天在一定的媒体、网站、银行代销机构、证券公司代销机构公布基金净值。每日的基金份额的净值,投资者就知道了。例如:2块钱买的华安红利,由于股市上涨,涨到2.1元。买了5000份额,这样一算知道赚多少,投资者投资的所有问题就打消了。

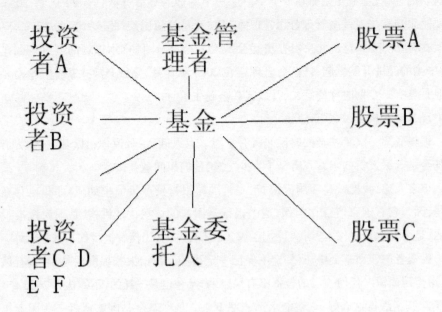

图 8-1　投资者与基金关系图

很多人自己做投资,那就是一个小散户。散户如果投资在股票市场是市场的弱者,资金少;如果把众多小舢板绑在一起,用很多小舢板绑成一个航空母舰,力量变得强大。

很多人自己做股票,中国股票涨那么好,很多人却赚了指数却赔了钱,整体算下来还不如买基金赚得多呢,由股民变成了基民。所以在这种情况下,如果把众多小舢板绑成一个航空母舰,肯定会变得强大。基金的优点就是集合理财,专业管理。

基金这个航空母舰战斗力非常强大,攻守兼备,它会进行组合投资。如果买了第一个股票赔钱了,但是买的第二个股票涨两倍,综合下来,整体盈利。基金会把大家所有的钱拿去进行组合投资,这样的话,在非系统性风险下就基本分散了风险。

如果我们散户在做股票投资的时候,信息不对称,可能得到消息,总是滞后于很多机构,造成信息不对称,炒股有时候会遭受很多损失。

基金具有强大的攻击力和防守能力。在市场上涨的时候,很多股票投资者都是第一次入市,很多人都不懂投资技巧,可能涨一点就卖出,结果在行情更高的时候再买,卖了涨,涨了买,涨了再卖,然后再接着涨,收益并不如基金。股票大涨的时候,搏傻阶段,股票投资者能赚到钱。如果股票在盘整的时候投资股票,那可能收益会低于基金。

举个例子:在"5. 30"行情大跌的时候,基本上很多股票下跌30% - 50%。基金整体下跌的幅度相对不大,大盘指数下跌25%,很多基金的跌幅有10% - 12%,有的甚至跌幅5% - 9%,明显低于大盘的跌幅。这说明在下跌的时候,基金整体的下跌比个人投资买股票的风险要小,而且市场上涨的时候,收益也比较高。基金可攻可守。

投资基金,首先要做明白的基金投资者。基金分哪几类?投资哪类基金好? 这些你心里要清楚。投资者需要有一个明确的、可操作的, 类似于索引、指南的东西, 以便在众多的基金中选择适合自己收益风险偏好的基金。

一、公司型基金和契约型基金

公司型基金主要是美国比较流行,包括索罗斯的量子基金,基本上都是公司型的,私募的基金。

契约型基金主要是指签一个契约,由信托公司来委托,来进行投资,这样就组成了公司型和契约型,它的主体不同。

二、封闭式基金和开放式基金

基金按照可赎回和不可赎回分封闭式基金和开放式基金。

1. 封闭式基金

封闭式基金是事先确定发行总额,在封闭期内基金份额总数不变,发行结束后可以上市交易,投资者可通过证券商买卖基金份额。例如:基金开元,发行 20 个亿,那整体就是 20 个亿份,就不再增发,假如买的人多,也不会再增发 10 个亿,变成 30 个亿,它就是 20 个亿。封闭期就是十五年,或者是固定一个时期,封闭期结束之后,是封闭的再转开放的,还是继续续约,封闭结束之后有明确答复。

封闭式基金不可赎回,投资者买如何赚钱? 第一,它可以分红;第二,它可以在证券市场进行买卖,就跟股票一样。比如说,2 元钱买的基金,涨到 2.1 元了,那可以在股票市场上把它卖掉。这样的话,封闭式基金交易类似于股票,在第一次买封闭式基金的时候,投资者跟基金公司接触,从基金公司申购。基金公司封闭期结束了,最后一次,投资者要跟基金公司进行结算,分配剩余资产,或者转成开放式基金。第一次和最后一次跟封闭式基金公司进行接触,其他的时间就跟股票一样进行买卖,分红,跟股票交易非常相似,因为它不可赎回。封闭型基金适合在股票市场不发达时发行,便于管理。像基金开元(184688)、基金金泰(500001)、基金裕隆(184692)、基金鸿飞(184700)、基金银丰(500058),这些就属于封闭式基金。

2. 开放式基金

现在很多人买的基金基本上都是开放式基金。开放式基金是什么?在募集期内不规定限额,募集100个亿,还是200个亿,这主要看市场。如果能募集到100亿,股市的行情非常好,可能能募集到160亿,需要时可以再募集200个亿。所以开放式没有份额的具体限制,募集完了以后,也没有一个时间限制,原则上只要基金公司在经营,一代一代地传下去,可以永续地发展,这是开放式基金的特性。

开放式基金适合在成熟的股市中发行。封闭式基金的价格由市场竞价决定,可能高于或低于基金单位资产净值;而开放式基金的交易价格由基金经理人依据基金单位资产净值而确定,基本上是连续公布的。像天治财富增长(494301)、广发稳健增长(493602)、工银精选(495602)、兴业趋势投资(494202)、交银稳健(495802),这些属于开放式基金。

3. 开放式基金和封闭型基金比较

第一,开放式基金和封闭式基金的买卖方式不同。因为一提到买基金,大家想到的是指开放式基金。其实封闭式基金也有很多特点,可以像股票一样买卖。还有就是说,它的交易收手续费也是比较低的,也有很多特性。

封闭型基金,一般是保险公司,一些机构的合格的境外投资者,他们持有的封闭型基金很多,所以封闭型基金大涨;封闭式基金大跌的时候,往往可能代表着一个市场的转向,对封闭式基金会有一个影响。

如果我们要买开放式基金,一支基金发行了,没定发行上限,结果一下子发行了几百个亿,一抢而空。所以这个在市场非常好的时候,开放式基金可以不约定份额,所以开放式基金的份额比较大,或者是可以扩大的。而封闭型基金,例如基金开元,基金金泰,它在一诞生的时候,就是20个亿。过了这么多年,它的份额还是这个数,它不能变的,变化的只是基金的净值。

所以,这样的话就出现一个问题:基金的份额是多好?还是少好?

根据我的判断是这样的:不能说基金的份额少就好,现在比如说嘉实基金,还有很多南方基金,都成了基金航空母舰,超过1300个亿,而且这样的基金又非常有名,管理又非常好,而且都是五星的名牌基金,大家能说不好吗?

基金并非是越大越好,而取决于它的管理。不管是封闭也好,还是开放也好,取决于基金管理的水平。封闭型基金份额比较小,便于管理。如果在国家监管部门管理下,封闭式基金发行 20 个亿,如果想发行 50 个亿,需要监管部门审批。开放式基金发行资金量大,发行份额只有上限,不确定因素多,不利于宏观调控。

第二,基金的期限和溢价、折价。我们在做封闭型基金的时候,基金都有一个年限,到了年限,基金就要撤销了。怎么办? 是封转开,还是撤销,最后清算,这个都是在合同里有一个明确的明示。比如某封闭式基金期限是十年,到明年就解散了,如果它的溢价很低的话,这个封闭基金的投资价值可能很大。如果它的溢价很高的话,那么他的投资价值就很小,只能看分红了。有时候封转开的基金,投资价值会很好。封闭式基金和开放式基金,并不是绝对的,封闭基金它也可以转成开放式基金。

开放式基金没有期限的,这个老百姓心理上比较认可。封闭式基金如果十年以后要清算了,投资者心里有一个阴影。开放式基金可以无限期的延续下去的,永续的延续下去,因为它没有一个成立之后的运转周期,它没有一个基金的期限,就可以无限期地运转下去,这样就有很多人喜欢买开放式基金,我觉得这是一个优点。

第三,基金经理的责任。基金经理的责任是开放型基金和封闭型基金最大的比较。封闭式基金,基金每年收一点的基金经理费,之后他不承担基金经营的风险,基金经营好了坏了与他的责任不是很挂钩。封闭型基金都买一些重仓股、龙头股,一些保险和一些其他外资机构来持有。基金经理如果他的责任心不是很强,但是又不需要承担很大负责任,不管做好做坏,不需要承担很大的风险。在这种情况下,基金的操作水平基金管理水平就很难体现。封闭基金收取基金管理费,这笔收入是固定的,风险和收益是不成比例的。所以管理上,封闭型基金肯定会比开放式基金要逊色很多。

开放式基金就不一样了,开放式基金数量比封闭型基金多,以前就几十支,今天发行新的,明天来进行拆分,可能这些基金的数量增加很快,投资者选择就会更多。如果你买的一个基金才赚 10% ,买的第二个基金赚 100% 了。你肯定把这个10% 的基金赎回,拿这个钱去买赚 100% 的基金了。

开放基金经理存在业绩问题。你做得业绩不好,投资者就不买你的基金了,会买收益高的基金了。这样对基金经理就形成了很大的压力,业绩跟基金经理挂钩。基金经理承担的压力、责任和风险,肯定成一个正比例,风险大,承担的责任也大。开放式基金经理,以追求业绩和稳健为第一位。

第四个是交易方式。投资者买基金的时候,开放式基金可以到银行去申购;可以到开户的证券交易所,这里代销所有的基金,你还可以到基金公司来买。

封闭型基金,交易方式跟股票一样,在证券交易所中买卖,除了封闭式基金清盘的时候,基金持有人才会跟它来进行清算。

由于开放式基金持有很多股票,大家买基金就是买了一大堆股票,基金经理承担着很多风险,肩膀上压了两座大山,一个是业绩,一个投资者资产的安全。基金经理肯定不敢把所有的钱都买一支股票,基金经理可能就地产股买一些,金融股买一些,各行业的龙头股买一些,有色金属板块买一些,钢铁买一些,煤炭板块买一些。

基金经理把这些股票组合起来,之后每天股票收盘价格的市值,扣除管理的费用,再除以每天的份额,这就是基金每天的净值。所以在收盘之后,你并不知道它的净值,大概在下午,有的基金公司比较快,或者有的到了第二天的时候,就会出现今天的净值。

买开放式基金的时候,当天交易时无法知道交易价格,第二天才可以知道。封闭式基金的价格基本上就跟股票价格一样波动,你可以当时看到,当时可以买到,交易手续费的成本是低于我们股票交易的成本。

三、成长型基金和收益型基金

根据投资风险与收益的不同,可分为成长型、收入型和平衡型基金。

1. 成长型基金

在股市中,投资者追求什么? 基金公司和我们的一些机构投资者,追求一个成长型,这个股票有投资价值,希望今天买的股票等着它慢慢成长起来。这种基金可能不重视一时的收益,但是它重视很长时间,一段时间的一个平均的收益,今年挣这么多,明年挣这么多,后年还挣这么多,一个平稳的,成长式的发展。这叫做成长型的基金,适合长期投资。像博时新兴成长(050009)、易方达策略成长(110002)、融通蓝筹成长(161605)、大成创新成长(160910)、基金南方绩优成长(202003),这些属于成长型的基金。

2. 收益型基金

很多投资者希望我今天买这个基金,明天就涨 2 分,后天涨 5 分,再后天涨 8 分,一下子三天挣个 10%。也有这种类型的基金,叫收益型基金。收益性基金在一定时段里,强调的这段时间的收益,风险也高于成长型。收益型基金,它为了追求非常大的收益,那就肯定有风险。收益性基金会拿出很大比例资金买股票,在行情大涨的时候,投资比例可能就倾向于风险大的。它可能收益也大,风险相对避成长型也大。像宝盈鸿利收益(203001)、中银收益(163804)、海富收益(519003)、普天收益(160603),这些属于收益型基金。

四、股票型基金、债券基金和货币型基金

基金资产可以投资于股票、债券和货币市场工具,因此,基金有分为股票型基金、债券基金和货币型基金。从风险系数来看,由高至低排列为:股票型基金、债券基金、货币市场基金;从收益率来看,股票型基金高于债券基金,债券基金略高于货币市场基金。

1. 股票型基金

股票型基金是60%以上的基金资产投资于股票的基金。这样的基金属于风险比较高,收益也高,随着股票市场的波动而波动的收益。还有一些偏股型的基金,什么叫偏股? 占资金总数比较大的比例都投资在股市中,股票市场投资比较多,所以叫偏股型。当然还有偏债型基金,是偏好于投资债券比例比较大,而投资股票比例少。像华夏大盘精选(491304)、易方达积极成长(491704)、中邮创业核心优选(496401)、华宝兴业先进成长(493107)、嘉实理财增长(492302),这些属于股票型基金。

2. 债券型基金

债券型基金是80%以上的基金资产投资于债券的基金。根据投资股票的比例不同,债券型基金又可分为纯债券型基金与偏债券型基金。两者的区别在于,纯债型基金不投资股票。像银河银泰理财分红(150103)、国投瑞银融华债券(121001)、南方避险增值(202201)、南方宝元债券(202101)、招商安泰债券 A(217003),这些属于债券型基金。

债券基金的投资主要有三类,第一个是国债,第二是一些政府企业建设债券,第三个投资是一些企业的债券。投资债券主要看的是一个信用风险,国债信用最高,国家的信用来担保,政府大型项目债券次之。

基金投资企业债券,如果这些企业的信用程度不高,在买企业债券的时候,就会出现一个问题。国家的和一些大型的公益型的国债,投资风险是比较小的,但是收益比起股票来可能不是太多,当然风险收益都是成正比的。如果投资企业债券,这个风险就很大。这个企业突然倒闭了,或者经营不善。就会有投资风险。但是很多债券基金,尤其是偏债的基金,涨势有的甚至超过偏股型和股票型,这是因为很多企业既发行股票,又发行债券。看到股市很好,通过证监会批准把债券变成股票,发行可转股的债券。债转股之后,债券基金持有了很多债券,一下变成股票,结果上市交易收益相当好。很多债券基金,尤其是偏债型基金,反而收益要高于偏股

型基金,就是这个道理。

债券型基金投资的对象就是三个债券,国债、金融和企业。它的特点是到期还本,风险低于股票。影响债券基金业绩因素:

第一个就是利率风险,如果央行持续加息,债券基金,它的利率固定不变,债券收益可能比存银行要低。这个就是它的利率风险。例如债券约定一年以后,企业的债券是5%的利息,结果一年中,央行的利率从3%涨到6%了,我们买这个债券基金就有利率风险。

第二个是信用风险,这个企业信用不好,结果亏损了,信用等级下降,则投资债券基金就有风险。

3. 货币市场基金

货币市场基金是用货币市场工具为投资对象的基金,主要投资有短期国债,中央银行票据,商业汇票,银行承兑汇票,银行定存和大额转账的存单。像鹏华货币A(160606)、博时现金收益(050003)、景顺长城货币(260102)、上投摩根货币市场B(370011)、招商现金增值(217004)、易方达货币基金A(110006)、华夏现金增利(003003),这些属于货币市场基金。

货币市场基金是怎么运作的呢? 货币市场基金面值永远是1元。面值永远是1元,怎么计算盈利呢? 主要体现的是分红和收益率。货币市场基金,只要存一天钱,货币基金会给你一天的利息,所以它就是每天计息,每月都会分红,当然有的是按天分红,按月分红,还有的可能是更长一点时间的分红,主要是看每个货币基金的特点。

货币市场基金免除利息税。如果我们到银行存款,获得利息要交纳5%的利息税,而货币市场基金免除5%的利息税。

货币市场基金免收申购回费用。货币市场基金在申购和赎回的时候,是免收这些费用的。它只是收一些托管费、管理费和销售费用。在千分之三到千分之五以下,这个费用很低。它的优点是适合替代储蓄。它的收益是高于银行储蓄的,比较安全。特别是在股市出现大熊市的时候,货币基金就可以替代偏股型和股票型基金,近似于保本。因为还有一些不确定的因素,例如CPI,通货膨胀加大,如果货币基金收益5%,现在通货膨胀为6%,这样看似保本,也是带来一定的损失,因为购买力小了,出现通货膨胀可能就不保本,所以我把它叫做近似保本。

读者可能会说:谁买它呀,货币市场基金涨得那么慢,股票型基金多好啊,获利比货币型基金多几倍。但是如果是前几年,记得我2005年开户的时候,有一个老人,说自己买了一支股票型基金,1元买的,变成0.55元了,亏了45%。在熊市中买入股票型基金亏损风险很大,更不好说获利了,如果在熊市买了货币市场基金,不仅有收益,收益还要高于的银行存款。

货币市场基金适合股市大熊市中持有,中国股市从 2500 点跌到 998 点的时候,持有货币基金的收益是高于股票的收益。股票基金当时从 1 块钱跌到 0.65 元,甚至有的跌到 0.5 元,所以这种时候,货币基金持有收益高于股票基金。

四、主动型基金和被动型基金

根据股票基金投资理念的不同,基金可以分为主动型基金和被动型基金。一般主动型基金以寻求取得超越市场的业绩表现为目标;被动型基金一般选取特定的指数成份股作为投资的对象,不主动寻求超越市场的表现,而是试图复制指数的表现。

1. 主动性基金

主动性基金就是哪个板块赚钱,基金买那个板块,可以主动地去选择股票的配置。股票型基金,偏股型基金,偏债型基金,都是主动性基金。

2. 被动型的基金

被动型的基金也叫做指数型基金,以每个指数为模仿对象,基金就买这些成份指数,如沪深 300,上证 50,深证 100,融通深证 100 基金,就买深市这 100 支成分股,基金把这些股票全买了,可以不看它的收益了,只要股指涨多少,它就基本上涨多少。

3. 指数基金和主动型基金比较

如何评价指数基金和主动型基金的优劣呢? 换句话说,买哪种基金好呢?

我们可以根据著名的机构评级来判断。在国际上有一个惯例,美国星辰公司是一个标准评级机构,这个公司对于基金来进行评级,分成五个星,星越多越好。国内现在搞了类似的评级,银河证券作类似的评级,根据银河证券和美国星辰公司的评级历史来看,基本上指数基金的收益都要高于主动型基金。

这是为什么? 首先费用非常低廉,因为指数型基金,主要投资的是指标股,换手率都比较低;它投资比较固定,一般是跟着大盘走势波动;管理费用也一般低于主动型基金。

根据银河证券 2007 年前 3 季度排名前 5 名的基金,指数型基金占了 4 个席位,只有一只主动型基金入选。易方达上证 50,嘉实沪深 300,融通深证 100,这些指数金的表现都非常好。一般来讲,我们在交易中,也需要资金配置,至少在大盘上涨的时候,你持有一支指数型基金,它的收益可能要高于你选择的持股的股票型基金。

五、ETF 和 LOF

我们从股票软件上看到 ETF 和 LOF 也属于基金,这两种是什么类型的基金呢?

1. ETF

ETF(Exchange Traded Fund)中文翻译成"交易型开放式指数基金",又称"交易所交易基金",是像股票一样能在证券交易所交易的指数基金。这种基金不仅具有股票基金和指数基金的特点,同时还有开放式和封闭型基金的特点。

ETF 结合了封闭式基金和开放式基金的特点。投资者一方面可以向基金管理公司申购或者赎回基金份额。同时,又可以像封闭式基金一样在证券市场上按市场价格买卖 ETF 份额。不同的是,它的申购是用一揽子股票换取 ETF 份额,赎回时也是还回一揽子股票而不是现金。由于同时存在证券市场交易和申购赎回机制,投资者可以在 ETF 市场价格与基金单位净值之间存在差价时进行套利交易。由于套利市场机制存在,也使得 ETF 避免了封闭式基金普遍存在的折价问题。

我国的第一只 ETF 基金是华夏基金管理公司在 2004 年 12 月 30 日以上证 50 指数为模板募集设立,即"上证 50 交易型开放式指数证券投资基金,简称"上证 50ETF",并于 2005 年 2 月 23 日在上海证券交易所上市交易。

目前,市场上的 ETF 有易方达深证 100ETF、友邦华泰上证红利 ETF、华夏中小板股票 ETF、华安上证 180ETF 和华夏上证 50ETF,5 只 ETF 分别跟踪不同的指数。

2. LOF

LOF(Listed Open-Ended Fund)中文翻译成"上市型开放式基金",指基金发行结束之后,投资者既可以在指定网点申购与赎回基金份额,也可以在交易所买卖的基金。

LOF 打破了封闭型基金和开放型基金的鸿沟,改变了目前封闭型基金只能在二级市场交易,开放型基金只能在一级市场赎回的局面。其带来的套利机制使 LOF 在二级市场上的价格和基金净值非常接近,不仅弥补了封闭型基金大幅折价的缺憾,同时解决了开放型基金销售成本高的问题。LOF 主要是面对中小投资者,在股票行情看好的时刻,投资者可以利用其更快的交割制度,从基金投资转到股票投资,提高资金使用效率了;在行情难以把握的情况下,投资者可以退而投资基金。

LOF 有很多,如南方高增(160106)、嘉实 300(160706)、荷银效率(162207)、万家公用(161903)、融通巨潮(161607)、广发小盘(162703)、南方积配(160105)、中银收益(163804)、中银增长(163803)、鹏华价值(160607)、招商成长(161706)、博

时主题(160505)、兴业趋势(163402)、景顺资源(162607)等。

投资者如果是在指定网点申购的基金份额,要想在网上抛出,须办理转托管手续,同样,如果是在交易所网上买进的基金份额,想要在网点赎回,也要办理一定的托管手续。LOF申购和赎回均以现金方式进行。

六、基金交易起点和销售渠道

基金交易起点很低,适合大众投资。它不像一些银行的理财产品,有门槛限制,低于5万元不能购买理财产品。现在一些银行,200元就可以去买基金了,多了不限。

基金还适合于定投业务,定投业务相当于银行的零存整取。退休职工,每个月有3000元钱的退休费,每个固定的时间,拿出1000元钱进行投资,每个月是1000元,一年就是12000元。基金定投更是上班族的首选,每月从工资里拿出一部分钱投入基金即可。

基金天天的净值在变,如果这个月定投1000元买某基金,基金净值1.50元,下个月可能1.6元,投资成本按照每月投资时间不同而不同,投资成本可以不断地降低,可以积累小钱成了大钱。在这种情况下,我们的基金定投,适合有持续收入,每个月都有工资,但是积蓄又不多的人,这也是基金投资的一个优点。

目前基金销售主要有三个渠道,即基金公司直销中心、银行代销网点、证券公司代销网点。各个渠道认购基金的优缺点:

基金公司直销中心:优点是可以通过网上交易实现开户、认(申)购、赎回等手续办理,享受交易手续费优惠,不受时间地点的限制;缺点是客户需要购买多家基金公司产品的时候需要在多家基金公司办理相关手续,投资管理比较复杂。另外,需要投资者有相应设备和上网条件,具备较强网络知识和运用能力。

银行网点代销:优点是银行网点众多,投资者存取款方便;缺点是每个银行网点代销的基金公司产品有限,一般以新基金为主;投资者办理手续需要往返网点。

证券公司代销:优点是证券公司一般都代销大多数基金公司产品,可选择面较广泛,证券公司客户经理具备专业投资能力,能够提供良好分析建议,通过证券公司网上交易、电话委托可以实现基金的各种交易手续;资金存取通过银证转账进行,可以将证券、基金等多种产品结合在一个账户管理;缺点是证券公司网点较银行网点少,首次办理业务需要到证券公司网点。

如何选择适合自己的渠道去购买基金?

对于有较强专业能力（能对基金产品分析、能上网办理业务）的投资者来说，选择基金公司直销是比较好的选择，只要自己精力足够，可以通过产品分析比较以及网上交易自己进行基金的投资管理。

对于年纪稍大的中老年基金投资者来说，比较适合银行网点及身边的证券公司网点，利用银行网点众多的便利性完成基金投资，或者依靠证券公司客户经理的建议通过柜台等方式选择合适的基金购买。

对于工薪阶层或年轻白领来说，更加适合通过证券公司网点实现一站式管理，通过一个账户实现多重投资产品的管理，利用网上交易或者电话委托进行操作，辅助以证券公司的专业化建议来提高基金投资收益水平。

到基金公司和银行网点及证券公司网点办理基金开户或者购买的流程基本一致：到网点柜台填写《开放式基金账户申请表》→填妥的表格和有效证件提交柜台业务人员→客户自行设置交易密码和查询密码→柜台人员回复《开户受理回执》→客户于 T＋2 日可通过电话、网上、或者前往代销网点查询申请确认结果；柜台开户需要提供的资料。

第三节　基金申购和赎回

2005 年以来,随着中国股票市场的牛气冲天,基金收益可观,基金一下子成了香饽饽,成为了投资者投资的热点。一批批一无所知的投资者涌入基金市场,好像买了基金就抱住了金元宝。这样的思路是错误的,基金投资也是有风险的。下面就介绍基金买卖中的技巧。

一、基金买卖如何计算盈亏

基金买卖,基金专业术语叫申购和赎回。如果所买的基金净值增长,并且扣除申购、赎回费用和认申购金额后大于 0,就说明账面盈利了。

1. 基金净值的计算

单位基金资产净值,即每一基金单位代表的基金资产的净值,也是我们投资者申购或者赎回时的价格。单位基金资产净值计算的公式为:单位基金资产净值 =（总资产 - 总负债)/基金单位总数

封闭式基金的交易价格是买卖行为发生时已确知的市场价格;与此不同;开放式基金的基金单位交易价格则取决于申购、赎回行为发生时尚未确知(但当日收市后即可计算并于下一交易日公告)的单位基金资产净值。

申购的基金单位数量、赎回金额计算方法如下:

A、认购价格 = 基金单位面值 + 认购费用;

B、申购价格 = 单位基金净值 ×（1 + 申购费率);

申购单位数 = 申购金额/申购价格;

C、赎回价格 = 单位基金净值 ×（1 - 赎回费率);

赎回金额 = 赎回单位数 × 赎回价格。

例如:投资人 100 元用来申购开放式基金,假定申购的费率为 1.5%,单位基金净值为 1.2 元。

申购价格 = 1.2 元 ×（1 + 1.5%）= 1.2180 元

申购单位数 = 100/1.2180 = 82.10 基金单位

一个月之后,基金每日净值上涨到 1.5 元,投资者要赎回基金单位,假定赎回的

费率为 0.5%，我们来计算这位投资者的盈亏情况。

赎回价格 = 1.5 元 × (1 - 0.5%) = 1.4925 元

赎回金额 = 82.1 × 1.4925 = 122.53 元

这样投资者获利 22.53 元，盈利率 22%。

2. 基金累计净值

基金累计净值是指基金最新净值与成立以来的分红业绩之和，体现了基金从成立以来所取得的累计收益。基金累计净值可以比较直观和全面地反映基金的在运作期间的历史表现，结合基金的运作时间，则可以更准确地体现基金的 真实业绩水平。

一般说来，累计净值越高，基金业绩越好。最新净值应该说主要是提供一种即时的交易价格参考，投资者选择基金时不能只看最新净值的高低，切忌"贪便宜"；分红可以从一定程度上反映基金的赢利情况，但主要体现的还是基金的收益实现能力，分红业绩实际上是可以通过累计净值得到反映的。因此，从投资者进行基金业绩比较的角度来说，基金累计净值应该是比最新净值和分红更重要的指标。

3. 前端收费和后端收费

基金发行时就收取认购费的方式叫前端收费；后端收费是指认购新基金时暂不收费，而在赎回时补交费用的发行方式。后端收费的补交费用会随着持有基金时间的延长而减少。以某基金为例，如果投资者选择前端收费，认购费率为 1.5%，而选择了后端收费，只要投资者持有时间超过一年以上，赎回时补交的认购费率只有 0.8%；持有三年以上认购费率只有 0.4%，并且赎回费全免；如果持有期超过五年，则认购费和赎回费全免。投资者可以根据持有时间长短来选择收费方式。

二、投资技巧 ABC

前面我介绍了基金的一些基础知识，包括基金的特点和分类。下面我们再来谈谈应该如何投资基金，投资的时候又有哪些小技巧。

1. 买新基金还是老新基金

你是喜欢买新发行基金还是喜欢买老基金？很多人会回答：新基金。我跟父母聊天的时候他们也喜欢买新发行的基金。有一天打电话给他们，他们说在银行新基金认购呢，银行人山人海的像个超市。我父母说：看到别人都在买新基金，就盲目从众了。

很多投资者有这样的申购误区：新基金认购便宜，才 1 元钱，稍微上涨一点，就可以赚钱。所以才出现新基金发行火暴的场面，但是认购的基金有一个认购期，或者叫筹集期。基金认购是在发行期内的基金,认购的发行期内是不能卖出的。基金认购期限需要一定时间,之后基金将要积极建仓,我们认购的基金才有可能升值。

如果行情出现单边上涨的时候,认购新基金,要比老基金要吃亏。2007 年 2－3 月份,行情突破了 3000 点的时候,是基金公司发行新基金的高峰期。在这样的背景下,认购的新基金,净值增长要明显的低于老基金,因为它建仓的成本会高于老基金。

2. 新基金的配售

初始认购基金,是最低的认购金额加上你交易的级差,交易级差的手续费是不一样的,不能高于认购金额,所以这样再加上认购的金额,就会得到我们最后认购的金额。表 8－1 是某银行代销基金的费率情况。

表 8－1　某银行代销基金费率

费率类型	费率详情
认购费率	M<100 万,1.0%;100 万≤M<500 万,0.5%;M≥500 万,1000 元/笔
申购费率	M<100 万,1.5%;100 万≤M<500 万,0.7%;M≥500 万,1000 元/笔
最大申购费率	1.5%。
赎回费率	0.5%

举例:一个投资者投资 10 万元认购基金,今年的基金发行一场火热,10 万元钱去认购基金,不能得到价值 10 万元的基金份额,认购结果可能只分回了 3 万多基金单位,也就是说最后认购完了,只认购了 3 万多股,剩下钱钱就给你退回卡里面。

我的理财观点:在行情单边上涨的时刻,行情一天上一个台阶,买新基金的认购期可能会错过好行情。

行情正在快速拉升的时候,老基金会比认购的新基金涨得好。

什么时候买申购的基金好,什么时候买老基金好? 应该是按照不同市场的一个运行阶段,因为在不同的市场运行阶段,行情的波动是不一样的。

3. 如何节省认购和赎回费率

某人用 1 万元在某银行认购某基金,银行要收认购费。认购费是认购金额的 1.5%,是把 1.5% 的认购费率先扣除出来,才是认购的基金份额,1 万元钱的 1.5% 是 150 元,银行收取,只有 9850 份的基金份额。资金 500 万元以上,银行按笔收,就是 1000 元一笔,在 200 万元到 500 万元之间,是千分之六申购费。

在认购之后,持有一段时间,赚了钱,投资者要把基金赎回,锁定利润。赎回费基金公司是这样规定的:如果持有基金在一年之内,0.5% 的赎回费,如果基金持有一到两年减半,两年上以上免除了赎回费。一般的基金公司都这样规定。

为什么赎回费一年之内是 0.5%,而两年是 0.25% 呢? 两年以上就免除赎回费? 因为基金公司和基金经理都希望投资者长期持有这个基金,便于基金经理资金的运作,遵循价值投资和长期投资的理念。如果要遇到大额的赎回,基金经理被迫卖掉手里的股票来应对大额赎回。如果一个基金出现大规模赎回,可能引发整个基金的连锁效应,从而引起市场恐慌。所以如果股市趋势不变,长期持有是比较好的选择。

投资者都希望稳定投资,基金是一个长期投资的过程。赎回引出一个问题,一次买卖,总体要花费2%的交易成本,(实际上由于基金净值上涨,交易成本要大于2%),手续费要交给基金公司,所以不要频繁申购和赎回基金。要知道每年10次申购和赎回基金,就要花费本金20%的费用,不算不知道,一算吓一跳。

基金申购这种费率也是一个不小的负担,这种负担怎么能减少到最小呢?

例如:投资者A看好后市行情,于是2007年初申购某个基金,基金净值增长不少,但是5月份行情有大调整,投资者不能长期持有的时候,这种前端的收费就是合适的,投资者选择前端收费投资者是合适的。买入时机不是最好的时机,涨幅时间低于一年。采用前端收费的方式就比较合适。

投资者B,有专业投资知识,2005年就在牛市起点申购基金,希望持有三年以上,基于这种判断,后端收费才会比较好。后端收费是指基金公司先不收取申购费,等最后赎回的时候一块算。这个费用,如果是基金涨得很高,基金公司它收的费用可能更高。但是你持有的时间年限长,投资者B就持有两年以上,赎回费用免除,节省大批手续费。

同样的基金,不同的销售渠道去买,银行、基金公司、证券公司不同,申购成本是不一样的,在证券公司、银行和在基金公司,能差1%左右。所以要尽量选择交易费低廉的市场去买卖基金。

4. 基金赎回的时间限制

投资开放式基金,我喜欢把它叫做半自动步枪。半自动步枪打一发子弹,需要把弹壳退出来了,打一枪还得拉枪栓,才能把弹壳退出来。开放式基金赎回也有时间限制。某人的基金挣50%了,选择赎回,今天做了赎回,肯定当天是得不到赎回的现金。至少在5个交易日以后,才能把资金回到账户上,这样投资就会出现踏空问题。

2007年2月份的时候,行情有一次大跌,很多投资者在2007年2月27日大跌当天,把所有的基金都赎回,第二天,A股并没有延上续下跌反而持续上涨。涨上去之后,当时我的一个朋友想再次申购回来,他结果不行,钱还在基金公司,需要3-5个交易日才能回来,丧失最好的投资机会。为什么很多人说长期持有,就是这个道理。

5. 应对赎回时间限制的方法

看好的趋势就需要长期持有,不能因为短期波动而迷失长期方向,作出错误决策。投资大师罗杰斯说过:我投资的时刻喜欢长期持有,做短线我的成绩更糟。

　　赎回基金之后,投资者想当时拿到钱,来进行投资。那有办法,有一些银行推出基金的快速赎回通道,就是当时赎回基金,当时就把钱拿走,以投资者基金来做质押,投资者需要支付当天日贷款的利息,国内工商银行已经开办这种业务。

　　如果当天看到基金赎回错了,赎回错误的标志是如果大盘下跌,刚下跌之后,突然就拉起,拉起之后,成交量非常大,行情继续上涨。在这种情况下,可以做银行快速赎回通道,交纳的贷款利息费远远低于基金上涨的盈利。

第四节
投资基金组合策略

基金的走势和中国 A 股市场密切相关，如股市出现大幅调整，基金也不能独善其身，虽然风险要小于股市，但是还有风险。我们经常听说，基金有风险，投资需要谨慎。市场既然有风险，我们就要在不同市场中采取基金投资组合，这样可以规避一些风险。

一、优化投资基金组合

我们投资基金，为了避免风险，不应该把所有鸡蛋放在一个篮子里面，要作一个基金投资组合来避免风险。投资者买入基金是买入了一个投资组合，这样可以避免非系统性风险。

但是投资基金如果盲目组合也不行，不同时期的需要不同基金组合。不同时期的基金组可以使我们避免风险，赚取利润。

市场可以分下面几种形态：

第一种是漫漫熊市。从 2001 年到 2005 年 9 月之前中国股市就经历了漫长的熊市。

第二种是长期大牛市。2005－2007 年，就是一个跨年度的牛市，还会延续到 2008 年以后。2005 年 9 月股改了之后，到 2006 年中期的时候，10 月份以前之后，是个慢慢地长牛市。长牛市是什么？虽然中间有很大的波动，比如一千点，两千点的波动，但是牛市的基础稳定，牛市可以持续五年、十年的繁荣，称作一个长牛市。

第三种是盘整行情。盘整行情是行情在一定的时期内，围绕着一个狭窄区间内波动，波动区间很小。盘整想赚到钱，也有不同投资基金的组合。

第四种是中级调整。最难把握就是长牛市中的中级调整。什么是中级调整？有两个层次的概念，一是中级调整的时间可能比较长，二是调整就是点位比较大，不好把握。在中级调整之后，市场会出现两种情况。第一，中级调整完了要继续走大牛市，应该持有；第二，中级调整结束之后，可能还要下跌，这个时候需要观望。熊市的中级调整，就是难得的反弹机会，反弹之后行情会继续走熊市，所以操作起来，是博取反弹为主。

既然市场有多种形态，我们投资基金，一定要做不同的投资组合，才能规避风险达到利润最大化。最先必须判断行情是熊市、牛市、还是长熊市、长牛市,之后根据市场不同作不同市场基金组合。

二、采取不同策略应对市场格局

市场有多种形态,我们投资基金要以理性投资应对市场不确定性。投资者可采取不同的策略应对市场的变化。

1. 慢慢熊市来临了怎么办

熊市的时候,市场交易清淡,门可罗雀,成交量明显减少。熊市中投资组合应该本着避免风险,保证本金安全来组合。

因为任何逆势行为,都是相当危险的。行情在下跌,入场抢反弹,往往90%都是亏损的。应该做这样的组合,持有货币债券基金的比例在90%以上。在漫漫熊市中,偏股型的、指数型的、和那个股票型的配置型的基金的净值都是跌破面值的。

债券型基金包括一些保本基金,收益虽然很低,但是在熊市投资中却有优势。债券基金投资国债,投资政府债券,投资一些企业债券,比较安全。在熊市中持有货币和债券型基金,是我们最好的选择。

在漫漫熊市,有一些的反弹,可以持有10%的股票型的基金,或者指数型基金,来进行抢反弹操作。为什么要持有10%,在逆势操作中90%要亏损,只能持有最少的资金,最少仓位去做一做,你持有股票基金跌破10%的时候,适当止损,不会亏损太多。

慢慢熊市中我们投资基金组合应该是保本为主,持有货币和债券基金为主。本金可以保住,还有超过银行存款的一些收益。何乐而不为呢?

2. 长期大牛市中如何投资组合

大盘牛市的时候买四只基金足够,买多了虽然分散风险,但是收益也不会太大。

投资组合第一只基金,一定要买被动型基金。因为被动型基金,它是模仿指数,指数如果在上涨,指数型基金就会模仿大盘运动,我们可以猜到今天这个基金的净值多少。上证50,深圳100,沪深300,基金名字中有这些字的基金都是指数基金。往往在大盘牛市的时候,指数基金的上涨的幅度,要超过很多股票型的开放型基金。

第二只基金,成长型基金需要配置。成长型基金是追求一个长期稳定的收益,选择的股票是长期持有的潜力股,基金买中国平安,中国人寿,工商银行,这些都是大盘股蓝筹股票,市值稳定,可以慢慢持有追求长期投资收益。像这种成长型基金的，也是我们必挑的一只基金。成长形基金中可以选择股票型基金，或者偏股型的基金。

第三只基金需配置中小盘基金。深圳股票市场有一个中小板，股票代码都是002打头。何为中小板？就是企业规模小，规模可能没有超过5000万股本，8000万股本在中小板就算大的。但是股价并不低，例如，苏宁电器，股价一直在60元之上，中小盘企业有一个高成长性。中小企业虽小，但是往往一些技术在行业中处于领先地位。中小盘基金涨势势在牛市中也非常好，尤其是在中国慢慢的牛市揭开大幕的时候，也就是说在这种形势下，包括美国，股市的成长的时候，都是由占绝对多数的，但是很多中小企业支撑美国的繁荣。所以中小盘基金也是我们应该必须持有的。

第四只基金需要配置债券形基金。为什么要给大家推荐债券型基金呢？因为市场难料。比如说"5.30"大跌，就令市场措手不及。甚至基金都被套。例如市场预期加息，要打压股市。股市可能大跌，出现一个中级调整，持有一些债券型基金会令我们减少风险。在去年交易中，很多债券型基金整体收益并不低于成长型基金和偏股型基金，大家观察过吗？我观察细节，债券型基金收益可以在股票大牛市中超过股票型基金。

持有这4只基金，优点明显。分析基金收益情况，指数基金收益高，可能明年基金投资追求成长性，成长型基金收益更高。在调整时刻，持有债券型基金一部分，可以令整体收益不会调整过多。这样的组合是非常的安全的。

长牛市投资组合的资金比例，例如：10万元钱投资基金，长牛市中指数基金的成本低，涨幅应该超过一般主动型基金，所以指数型基金的投资比例应该在40%左右。股票型基金（成长型）配置20%～25%之间，偏股型基金（平衡型基金）在20%～25%之间，买的债券型基金投资比例在10%～15%之间波动。选购以上四只基金，可以是很好的投资组合。

3. 盘整行情来临该如何组合

如果到了行情盘整的时候，我们怎么做？行情波动很小。在这种情况下，应该是持有基金做防御性配置为主。应该是观望为主，尽量少去操作，盘整的行情是考验耐性，波动的幅度也不会很大。这种情况呢，应该买一些大盘蓝筹基金和买一些货币型基金，尽量少买指数型基金。

在行情盘整的时候，基金走势跟股市的走势相一致，股市中，收到政策面的影响，很多没有投资价值的垃圾股票都下跌50%。在这种盘整势中很多蓝筹股，却在逆势而上，创造新高。买一些大盘蓝筹基金，因为基金在投资选择市值被低估的股票或者有成长性的股票，如果基金持有这样的股票比较集中，往往这些股票基金下跌幅度小。这就是在盘整市场行情中，买基金的一个组合策略。

4. 中级调整时基金组合策略

行情出现牛市中级调整的时候，最难判断行情究竟要调整多久，调整到什么点位。慢涨快跌,是大牛市的特征。

在牛市中级调整的时候,行情从大幅上涨变成大幅下跌,成交量萎缩,股票基金也不能独善其身,净值也会缩水。

在大盘牛市中级调整的时候,股票基金走势跟股市的走势,中级调整的特征是,蓝筹股票也会出现一定的下跌,如果持有蓝筹股票,可能下跌40%,损失惨重。市场需要挤压泡沫,这个时刻基金也会持有大量现金,观望为主,市场缺乏交易量。

大盘牛市中级调整的时候,可以持有一些货币型基金和债券型基金,这种投资组合出于避险考虑,因为大牛市的中级调整也是很可怕的。股市调整,指数型基金会和股市同向运动,下跌幅度和股市跌幅基本一致。股票型基金也是一样,所以最好不配置。

在熊市的中级调整中,和牛市的中级调整正好相反,可能有一轮上涨行情,但是这样的上涨仅仅限于反弹,可能昙花一现,所以投资中还是以债券和货币基金为主。因为在熊市中,虽然可以把握行情的波动,但是操作中可能就存在困难,比如反弹时间很短,基金操作有时间迟缓性。反弹是火中取栗,一旦博取反弹错误,反而能引起更大损失,如果博取反弹,买股票型基金可以,但是配置比例不能超过30%。这就是在大牛市的中级调整市场行情中,我们买基金的一个组合型策略。

三、专业化操作是市场赢利的唯一途径

基金投资也需要一定的专业知识,虽然专家理财,但是没有一定的基金投资知识也是不行。如果没有专业知识,可以借助销售基金的理财人员的一些建议。

我的邻居赵大爷退休了,不再工作了,赵大爷心里觉得有些失落。一天,赵大爷到银行查询退休金情况,银行客户经理的推荐买基金,赵大爷买入了一只基金。当时赵大爷缺乏基金知识,认为这只基金刚刚发行,面值1元,比较便宜。

2004年行情大跌,赵大爷就一路跌一路追买,赵大爷买了10只基金,全部被套。赵大爷的基金也缩水40%,被深深套牢。赵大爷格外着急,每天到银行查询基金净值,认识了李阿姨,张大哥等基民。

书到用时方恨少,赵大爷看到亏损,到市场上买了很多基金股票书,天天仔细学习。通过学习,赵大爷这才知道,自己买的10个基金全部是股票型基金,或者是偏股型基金,在中国股市出现系统性风险之后,这些基金也不能幸免。

李阿姨买的基金中有一些货币和债券基金,收益比较稳定,而且风险较小。但

是股票型也亏损 50%，但是由于投资分散，债券基金占大多数，亏损整体小于赵大爷。

基民张大哥是下岗人员，老实巴交，谨慎保守，可能和他的境遇相似，很谨慎，不愿意承担任何风险，于是基本资金都买入了保本型的基金。资金基本没有亏损，而且略微高于银行存款。

银行的客户经理一直要求赵大爷继续长期持有，告诉他基金投资需要长期持有。

2005 年 9 月，股市回升，赵大爷的基金不仅不亏损了，还赚了 5%。赵大爷果断的赎回 10 只基金，感叹两年时间，获利 5%，总算没有亏损。

随着 2005 年大牛市的起航，基金净值节节攀升，赵大爷有着急了，把所有资金再次追买基金，基本上赚个 10% 就赎回。几次折腾，2006 年底下来，赵大爷赚了40%，明显低于基金平均一年持有的收益水平。

再看李阿姨，不看书，只是盲目听银行客户经理的建议，长期持有自己的基金，并且没有过多赎回，结果收益高于赵大爷，但是明显低于基金当年平均水平，因为持有货币基金过多。

张大哥继续持有他的货币基金，少量买了些债券基金，保本是保本了，收益大家可以想象。

2007 年 10 月，股市从 6000 多点一路震荡下行，让很多高位进场的新基民一出手，即被套，这个时刻这三位的境遇如何呢？

赵大爷持续持有基金，变换了投资组合，增加了债券基金投资比例，从 2007 年年初一直持有，虽然行情现在下跌，赵大爷还是浮动盈利不少，赵大爷看好未来行情，准备一直持有。

李阿姨在 5500 点位听从专业理财人士建议及时赎回，现在持有现金，躲过这次下跌，并且获利 100% 以上，年底李阿姨准备锁定利润，等待来年在战。

张大哥看到很多人养"基"都赚了钱，也心头发热。在 6000 点之后果断出手，买入大量的股票型基金，结果现在被套，不仅货币基金的盈利全部亏损光，还损失了本金，现在一直在被套，没有离场。

我们看了 3 位的境遇，就属张大哥最差，真是应了那句话："狐狸专咬病鸭子"。张大哥下岗生活窘迫，希望通过理财改变境遇，但是错误了看反了市场的走势，没有按照我们的不同市场的划分而合理投资基金的投资组合，在大牛市起点的时刻，买入全部货币和债券基金，投资组合不对，在牛市出现调整时刻，全部买入股票基金，加大风险，导致亏损严重，而且不懂止损，深度套牢。

李阿姨虽然不懂，但是得到了专业人士的理财建议，在工作市场细分的现在，不懂的领域可以交给专业人士理财。李阿姨基本按照专业人士的思路，躲过大跌。所以对于专业理财，可以适当的选择比较好的理财专家的建议，可以避免风险。

　　赵大爷收益一般,整体没有亏损,还有浮动盈利。赵大爷过度频繁的申购和赎回,加大了交易成本。殊不知,每次基金申购和赎回,都要牺牲本金的一些损失,每次2%,赵大爷如果10次交易,则可以损失本金的20%。所以,基金投资需要按照不同市场来进行长期持有,短期交易会加大投资成本。

第 九 章

股票投资:轻松炒股,开心赚钱

2007 年被许多经济学家称为"全民炒股年",炒股热席卷了全国,开户炒股的人们成倍地增加,媒体称"老太太把养老钱都投进了股市"。市场有风险,投资需谨慎。进入股市,不但要掌握炒股票的基本方式、知识和技巧,还运用自如。这样,股票理财才能做得有声有色。

　　基本功扎实是一个人做事成功的根本因素。投资者要想在股市中轻松炒股开心赚钱，必须对股票的基础知识了然于胸，做一个成熟的股民，然后才能成为一个成功的投资者。初入股市的投资者要掌握股票的种类、开户与交易、认购新股、股票获利、分析指标等知识。

一、股票的种类

　　人们常说：知己知彼，百战不殆。你要炒股，不了解股票的种类，如何能够赢利呢？

　　股票种类很多，可谓五花八门、形形色色。这些股票名称不同，形成和权益各异。股票的分类方法因此也是多种多样的。

　　股票分两种，普通股和优先股。普通股是什么，投资者在股票市场上购买的股票即普通股，参与经营权。红利可以分享，股权有优先的认购权。如果公司破产有剩余资产分配权，上市公司首先要偿还债务，补缴税款，之后才能进行分配剩余资产。

　　优先股是公司在筹集资金时刻，给予一些投资者某些优先权的股票。第一优先是有固定股息，第二主要是公司破产清算时优于普通股股东要求权。

　　在我国，普通股又分了几种：递延股、蓝筹股、成长股、收益股、垃圾股等。

　　递延股就是所谓的"干股"，是指股份公司无偿赠送给发起人的一种股票，或者是以奖励等目的赠送给公司员工的一种股票这个就叫递延股。

　　我们经常提到专家说，买股票就要买蓝筹股。蓝筹股是好股票，为什么叫蓝筹股？其实是这样。在西方的赌场，赌博的时候赢了就给你蓝筹码，输了钱，就给别的颜色的筹码。赢了钱可以用蓝色筹码来兑换现金。蓝筹股指的是市场业绩比较好，或者核心技术强大，这样的股票容易被投资者追捧，慢慢地会升值。

　　成长股是指这个股票的公司，具有非常好的成长性。以后的业绩是逐年的增长的。这样的股票基本上叫做成长股，也是属于一种有价值投资，可以长期持有的股票。

收益股,上市公司可以支付较高收益的股票。有些投资者都喜欢投资一定时期收益率非常高的股票。

通常情况下,人们谁也不愿意买到垃圾股。垃圾股经营业绩不好,产业结构链比较差。企业没有核心技术,这样的股票叫做垃圾股。它的可投资性,明显的低于蓝筹、成长、和收益股。垃圾股在我们投资中要尽量远离的对象。

二、我国股票分类特色

我们的股市和国外有所不同,有中国特色。

国有股:即国家以国有资产折算的股份和国家进行投资所拥有的股份。全民所有制企业进行股份制改革后,国有股占有该企业所有股票比重最大。

法人股:即单位用自有资金收购的股份或原集体企业的资产重估价折算成股的股份。

上面两类股票以前是非流通股,股改后逐渐能够上市流通。

个人持有的股票,一开始就是流通股。它是公民投资认购的股票。它包括股票发行公司、参股单位内部的职工或居民持有的股票,或港、澳、台同胞和华侨所持有的股票,它主要是公司向公众发行的股票。

现在的深市和沪市的市场,有 A 股也有 B 股。这也是中国特色。用人民币进行标价的叫做 A 股。B 股是指用外币来标价,沪市用美元结算,深市用港币结算。这个在国外证券史上,也是绝无仅有的。还有一些企业既有 A 股,也有 B 股。比如说万科 A,万科 B 股,中电 A 股,中电 B 股。

香港股票被称作 H 股,现在很多国内企业既有 A 股,又有 H 股,比如中国铝业。

三、开户与交易

投资证券市场首先要进行开户,建立自己的账户。很多想进入股市的新人,都挺关心股票如何开户的。下面我就讲讲如何开户与交易,希望对大家有用。

1. 入市的准备

如果你要开户,只要有身份证或者其他证件和买卖股票的资金。我们就可以驰骋股市。

首先办理深、沪证券账户卡。个人持身份证,到所在地的证券公司办理深圳、上海证券账户卡。法人持营业执照、法人委托书和经办人身份证办理。

开设证券卡同时，需要持有可以交易的银行卡或者存折，详细开户前可以咨询证券公司。建议投入股市之前进行必要的股票知识学习。

2. 股票的买卖

买卖股票不能直接进场讨价还价，而需要委托证券商代理买卖。找一家信得过的证券商，开户之后，熟悉股票操作系统的操作程序，熟悉使用电话委托，有条件的可以从网络下载证券商提供的网络交易系统，在网上交易。

3. 证券账户的挂失

每个投资者在沪市和深市只能开立一个证券账户，并仅限于本人使用。如果投资者的证券账户不慎丢失，应及时挂失并办理重新开户手续。

账户卡遗失：股民持身份证到所在地证券登记机构申请补发。

身份证、账户卡同时遗失：股民持派出所出示的身份证遗失证明（说明股民身份证号码、遗失原因、加贴股民照片并加盖派出所公章）、户口簿及其复印件，到所在地证券登记机构更换新的账户卡。

为保证你所持有的股份和资金的安全，若委托他人代办挂失、换卡，需公证委托。

4. 成交撮合制度

无论你身在何处，无论你是大户还是小户，你的委托指令都会在第一时间被输入证交所的电脑撮合系统进行成交配对。证交所的唯一的原则是：价格优先、时间优先。

5. 交易费用

要想赚钱，始终是要先付出一点的。股票交易费用是指投资者在委托买卖证券时应支付的各种税收和费用的总和，常包括印花税、佣金、过户费、其他费用等几个方面的内容。

表 9-1 沪市交易费用表

一、A 股		
委托手续费	不收	投资者交证券商
佣金	成交金额的 0.3% 上限 起点：5.00 元	投资者交证券商
印花税	成交金额 0.3%	投资者交税务机关
过户费	成交面额 0.1% 最低 1 元	投资者交证券商
交易手续费	成交金额 0.015%	证券商交上交所
二、B 股		
佣金	成交金额 6‰，起点 20.00 元	投资者交券商
印花税	成交金额 3‰	投资者交税务机关
过户费	成交面额的 1‰（以 5.5RMB/USD 转换成美元）起点 1.00 元	券商交登记公司

（续表）

结算交收费	每一单委托若分成几笔成交，则上海中央登记结算公司将对每笔收取 1 美元的交收费，但每一单委托收费不超过 24 美元。	券商交上交所
注：B 股业务按美元计价		
三、债 券（国债/企业债券/金融债券）		
委托手续费	上海 1 元	投资者交证券商
债券佣金	成交金额 3‰，起点 5.00 元	投资者交证券商
交易经手费	成交金额 0.01%	证券商交上交所
四、基 金		
委托手续费	上海 1 元	投资者交证券商
佣 金	成交金额 0.35%	投资者交证券商
过户费	成交面额 0.1%　成交面额 0.05%	投资者交证券商　证券商交上交所
交易经手费	成交金额 0.015%	证券商交上交所

表 9 - 2　深市证券交易费用一览表

一：A 股、企债、基金收费标准	
开户费	个人：本地 40 元；异地 50 元　机构：本地 300 元；异地 500 元
A 股交易手续费	成交金额比例的 3.5‰ 起点：人民币 5.00 元
企债交易手续费	成交金额比例的 2‰
国债交易手续费	成交金额比例的 2‰
基金交易手续费	新基金：成交金额比例的 2.5‰ 老基金：成交金额的 0.3%
印花税	A 股：成交金额比例的 4‰；其它免交
转托管费	每户每次收人民币 30 元
二：B 股收费标准	
开户费	个人：港币 120 元；基金/机构：港币 580 元
结算费	成交金额的 0.05%（上限：港币 500 元）
账户修改、删除	港币 10.00 元/户
挂失	HKD50.00/户
经纪佣金	成交金额的 0.43%
交易规费	成交金额的 0.0341%
印花税	成交金额的 0.3%
转托管费	境内券商互转：港币 100.00 元/次 境内外券商互转：转入方和转出方每只股票各收取港币 50 元
汇款费	汇入：免费 汇出：CHATS 汇款 港币 35.00/笔 电汇 港币 160.00/笔

6. 委托交易

投资者进行证券交易时，首先要进行委托，可以使用电话网络等交易，在投资者所办理的证券买卖委托中，应详细说明以下内容：投资者的姓名及股东卡号；投资者买卖的是上海还是深圳的证券；买入还是卖出；证券的名称及代码；买卖证券的价格及数量；委托的有效期限。

交易所主机电脑撮合系统在接受由券商申报的投资者的委托时，首先要确认该笔委托是否有效，如果是有效委托，则进入系统进行撮合；如果是无效的，则将被电脑主机所拒绝，作为无效委托处理，不能进行正常的撮合成交。

根据上海、深圳证券交易所的交易规则和制度，以下几种情况将被视为无效委托：

超过涨跌幅限制的委托。除首日上市证券外，其委托价格不能超过上一交易日收盘价的 ±10%，ST 股票为 ±5%。

深圳证券交易所新股首日上市时，集合竞价成交涨跌幅不能超过 15 元，如果超过则在集合竞价中被视为无效委托。

因刊登公告、股东大会或其他情况被停牌的股票，在停牌期间进行委托买入或卖出该股票的委托。

交易所对无效委托的处理方法是：

超过涨跌幅限制的无效委托，交易所主机自动作场内撤单处理。

对深市新股上市集合竞价超过发行价 15 元的无效委托，交易所主机在集合竞价时作无效委托处理，不参与集合竞价，但不影响其进入连续竞价。

对停牌股票进行的委托被视为无效委托，而且该笔委托当日不能进行撤单。即使该股当日下午复牌，该委托也仍然无效，且不能撤单。全日收盘后，该委托失效，造成冻结的资金和股票将在第二天返回投资者的账户中。

四、如何认购新股

由于申购新股在中国股市历史上，向来就有"不败"之说，几乎可以被认为是类似于银行储蓄的无风险暴利。无论是机构，还是个人，都热衷于打新股。2007 年，打新股的投资者获利丰厚。那么，如何认购新股呢？

开户之后，我们可以在一级市场认购新股，沪市新股申购的证券账户卡必须办理好指定交易，并在开户的证券部营业部存入足额的资金用以申购。

1. 关于申购数量的规定

交易所对申购新股的每个账户申购数量是有限制的。首先，申报下限是 1000

股(中小盘股是 500 股),认购必须是 1000 股或者其整数倍;其次申购有上限,具体在发行公告中有规定,委托时不能低于下限,也不能超过上限,否则被视为无效委托。

2.关于重复申购

新股申购只能申购一次,并且不能撤单,重复申购除第一次有效外,其他均无效。而且如果投资者误操作而导致新股重复申购,券商会重复冻结新股申购款,重复申购部分无效而且不能撤单,这样会造成投资者资金当天不能使用,只有等到当天收盘后,交易所将其作为无效委托处理,资金第二天回到投资者账户内,投资者才能使用。

3.新股申购配号的确认

投资者在办理完新股申购手续后得到的合同号不是配号,第二天交割单上的成交编号也不是配号,只有在新股发行后的第三个交易日(T+3 日)办理交割手续时交割单上的成交编号才是新股配号。投资者要查询新股配号,可以在 T+3 日到券商处打印交割单,券商也会在该日将所有投资者的新股配号打印出来张贴在营业部的大厅内,投资者可以进行查对。还可以到证券网络上查询新股配号。

4.申购新股资金冻结时间

根据新股申购的有关规定,投资者的申购款于 T+4 日返还其资金账户,也就是说,投资者可于申购新股后的第四个交易日使用该笔资金。

5.如何确认自己是否中签

投资者在 T+3 日得到自己的配号之后,可以在 T+4 日查询证监会指定报刊上由主承销商刊登的中签号码,如果自己配号的后几位与中签号码相同,则为中签,不同则未中,每一个中签号码可以认购 1000 股新股。另外,投资者的申购资金在 T+4 日解冻,投资者也可以在该日直接查询自己账户内的解冻后的资金是否有减少或者查询股份余额是否有所申购的新股,以此来确定自己是否中签。

6.证券代码的变更

沪市新股申购的申购代码是 730XXX,申购确认后,T+1 日开始投资者在账户内查到的是申购款 740XXX,新股的配号是 741XXX,如果中签,T+4 日后投资者账户内会有中签的新股 730XXX,该股上市交易的当天,证券代码变更为 600XXX。深市新股申购代码为 0XXX,其申购款、配号、中签新股直至上市后代码均不变。

7.新股申购不收手续费

根据两个交易所的规定,申购新股不收取手续费、印花税、过户费等费用,但可以酌情收取委托手续费,上海、深圳本地收 1 元,异地收 5 元,大多数券商出于竞争的考虑,不收取这项费用。

8.如何提高新股申购中签率

随着新股申购的资金不断增多,个人投资者打新股变得越来越困难,中签新股的概率大大降低。除了运气、资金以外，还要讲究一些技巧。

当同时出现两只以上新股同时上网发行时，首先应优先考虑冷门股。当然不是基本面欠佳个股，此举很可能会有出奇制胜的效果。正是因为冷门，常常会受到机构投资者和一般投资者的冷落，所以中签率往往较高，而且上市后的涨幅也许并不亚于同一天上网发行的热门股。

选择申购时间相对较晚的品种。例如，本周一周二都有新股上网申购，由于大家一般都会把钱放在周一新股的申购上，而申购的资金必须要周五才能够回来，所以本周二的申购资金就有可能减少，相应的申购中签率就有可能提高。

全仓出击一只新股。例如，本周同时发行 3 只新股，那么，我们就选准一只全仓进行申购，以提高中签率。

选择合理下单时间。根据历史经验，刚开盘或快收盘时下单申购，中签的概率小，最好可以选择中间时间段来申购，如选择上午 10：00 － 11：00 和下午 13：30 － 14：30 之间下单。

当然，为了提高新股申购的中签机会，投资者也可以将资金集中在一起结成"新股申购联盟"，联起手来申购新股。过去，很多券商都开展了这项业务。估计，今后只要是管理层默认，肯定又会重新搞起来。

贵在坚持。不要因为连续几次没有中到，就放弃了。过去别人的高收益率除了大环境之外，全部都是建立在持之以恒"摇新专业户"的基础上。申一次，不申一次，效果将大打折扣。

大家一定要注意，新股申购也存在风险。伴随着市场走向成熟，在全流通发行的前提下，由于先有机构的询价，所以对新股的定价是更趋市场化，发行价与上市首日开盘价格间的差价可能会大大缩小，投资申购风险也必定会有所加大。特别是遇上行情低迷之时，或者碰到基本面欠佳，发行市盈率又高的个股上市，一上市就会跌破发行价的可能性都存在。

所以，在全流通时代，"摇新股"不仅要碰运气，更要作分析。对于基本面欠佳，发行市盈率又高的个股应尽量予以规避，以化解申购风险。即便投资者申购中签了，其收益率的下降也是一种必然。最后我要说的是：不论你申购中签与否，都要保持一颗平常心。

五、如何用股票来获利

为什么很多人去趋之若鹜地去投资股票？一切皆为利而来。股票市场和商品市场有相同的一面，商品市场中买主购买商品是为了消费，不存在逐利动机。股市兼具投资和投机的双重功能,股票市场买主购买股票是为了获利。

获利可以是从股票的分红派息、送股赠股等形式中取得的投资收益,也可以是从股票价格上涨的差价中取得投机收益。风险和利益并存、股价的起伏波动、获利和被套的现象时时刻刻都在发生,这使得股市成为充满机会的动态过程,使股市有吸引力。

1. 股东有股息

每隔半年或一年,根据公司的经营情况从其利润中拿出一部分,按股份比例分给股东。如果公司经营情况不错,每股的分红可能多达一元以上,而如果公司经营情况一般,可能每股几分钱。和股票的票面价值相比,所分得的红利可能比银行利息高出了很多,这也是股票吸引投资者的原因。

有时候可以送股。例如,有的公司的送股方案是 10 送 10,每 10 股送 10 股红股,投资者原来持有 10000 股该公司的股票,送股以后该投资者手上就有了 20000股,这表明股东的持股数增加了。通过送红股使投资者持有的股份增加,公司将它的利润用在了扩大再生产上,投资者拥有的公司资产增加了。这样一个公司的股票越来越多,股份越来越大,说明这个公司有持续成长性。

有时候可以配股。配股是增加一部分公司的股份,将其用比较优惠的价格出售给它的股东。例如,万科股票在股市上要 34 元钱才能买到,而享有配股权的股东却只有 30 元钱就可以买到。如果该公司的配股方案是 10 配 4,即每持有 10 股该股的股票就有权按配股价买进 4 股。如果投资者原来已拥有 1000 股该公司的股票,那么在配股时,投资者就可以有权买进 400 股该公司的股票,这样只要向证券公司交 12000 元以后,就可以拥有该公司 400 股的股票。这样,和市价的差价就是我们的利润。但是配股价格高于市场价,投资者就可以放弃配股。

2. 资本利得

我们买了股票,10 元钱买入,股票升到了 12 元卖出,其中差价 2 元就是我的资本利得。有了资本利得,股票市场才有了灵魂。

六、股市常用的分析指标

每个人买入某只股票,一定有他的理由,觉得能从中获利。那么,买入股票的依据是什么呢?无非是运用一些分析指标而已。

1. 市盈率

市盈率是用来判断股价的高低,表明投资者希望用盈利的多少倍的资产来购买这种股票,是市场对该股票的评价。市盈率是市价和每股收益的比率,又称本益

比。即:

市盈率=股票价格/每股盈利;

股票价格=该股票每股收益×该股票市盈率;

股票价值=该股票每股收益×行业平均市盈率。

例如:某水泥股票股价 70 元,每股收益 2 元,行业平均市盈率是 40 倍,该股票的股价是否过高?

股票市盈率=70/2=35 倍;

股票价值=2×40=80 元。股票实际价值 80 元,而现在股票价格是 70 元,明显低于股票价值,有投资价值,可以买。

市盈率是衡量股票是否具备投资价值的重要指标。一般来说,市盈率越低,越有投资价值;市盈率越高,收回本钱的年限越长,股票的投资价值就越低。

但我们投资中会经常发现:一些个股业绩良好、市盈率低,但股价并不涨,而一些业绩平平、市盈率高企、甚至亏损的个股反而大涨。这些"反常"现象的原因在于,上述的市盈率只反映过去的业绩,反映的是静态市盈率,不代表未来的公司经营水平。有些公司由于正处在行业景气的高点,业绩大增,此时的市盈率虽然低,但一旦增长高峰期过去,业绩很快会下降,市盈率又会抬高,个别的甚至变成亏损,这样的低市盈率个股并无投资价值。

例如夏新电子,历史上该股曾在 2001 年每股亏损 0.21 元,2002 年每股收益又变成正的 1.69 元,在高市盈率(或是亏损)时股价反而处在低位,当股价升至高点、市盈率最低、看似"最具投资价值"时,股价却开始掉头向下。

而行业景气度正从低位回升的公司,虽然此时市盈率较高,但业绩一旦上涨,市盈率会迅速下降。例如:2001 年长安汽车每股收益为 0.13 元,相对于当时 7 元左右的平均价来说,市盈率达到 60 倍,并无投资价值,但随后该股一路走高,到 2003 年汽车行业出现爆炸性增长,股价升到 20 元以上,市盈率反而降低到不足 20 倍(2003 年每股收益为 1.18 元),此时股价却开始见顶回落。

可见,判断某股是否适合买入,最关键是要有"先见之明",能够成功预测那些行业正"见底回升",哪些行业正"见顶回落"。在行业低迷期,业绩很差,市盈率很高,但只要股价处在低位,反而是介入良机;一旦行业增长的高峰期已过,业绩虽然优良、市盈率也低,但未来的业绩极可能下降,此时反而应该卖出。

高市盈率+高成长+低股价,可作为买入机会。例如:江南重工(600072),现在更名为中船股份。2003 年每股收益仅 0.02 元,但相对于目前 7 元左右的市盈率来说,市盈率高达 350 倍,但世界航运业的复苏,对船舶需求剧增,未来业绩有大幅增长可能。2007 年 10 月,该股最高价为 63.80 元。四年时间翻了 8 倍,成功属于有眼光的人,而且还有有耐心,长线持有。

低市盈率+低成长+高股价,可作为卖出机会。当然,你手上没有这类股票,最好也不要买入。

2. 市净率

这个评价指标投资者也是经常使用的。市净率指的是市价与每股净资产之间的比值,比值越低意味着风险越低。即:

市净率 = 股票市价/每股净资产。

净资产的多少是由股份公司经营状况决定的,股份公司的经营业绩越好,其资产增值越快,股票净值就越高,因此股东所拥有的权益也越多。

一般来说市净率较低的股票,投资价值较高;相反,则投资价值较低。但在判断投资价值时还要考虑当时的市场环境以及公司经营情况、盈利能力等因素。

不同的行业对市净率的要求差异很大。比如钢铁行业是资本、技术双密集行业,市净率就不宜太高。不少钢铁公司的市净率小于1,就凸现出投资价值来。机械、电子等行业的市净率相对低一些,但也不能高得离谱。

事实上,有些非常优秀、堪称"赚钱机器"的公司继续发展,往往遇到净资产瓶颈。作为投资者,此时就要关注它能否以股权配置到优质资源。同一行业公司之间比较市净率,稳健型的投资者还是优先选择市净率较低的。

现代证券投资分析理论的开山祖师格雷厄姆,他的价值理论就是以市净率为核心的。即认为买股票,就是买资产。因此,市净率低就是最佳的选择。

但我们也要注意风险,极低的市净率,很可能意味着公司的持续经营出了问题,面临破产清盘的可能性较大。格雷厄姆投资实践失败了,就有这个因素,他的运气也太差(上世纪五六十年代),结果可能就成了俗人眼中的"眼高手低"的代表。

但是,大家仍然公认格雷厄姆是价值理论和证券分析理论的创始人,而且他的学生芭菲特在他的理论基础上,成就了投资伟业。不过芭菲特是发展了他老师的价值理论的,他并不以净资产为核心构造价值理论。

股票交易，买的是股票，面对上千只股票，到底该用什么标准去筛选呢？该选什么样的股票？选什么样的公司呢？有人采访美国著名的房地产大亨特朗普，问："你经营房地产的诀窍是什么？"特朗普说："好地段，好地段，好地段。"那么投资者买股票应该遵循的原则也是三句话："好企业，好企业，好企业！"

一、选择有盈利的上市公司

买股票就是要看企业，买好企业的股票。那么，到底什么样的企业才算是好企业？股票看的是上市公司的经营状况，盈利能力。如果我们想选择可以盈利的股票，首先要学会选择有盈利的上市公司。

我们关注一个上市公司，用预测每股收益（EPS）来判断上市公司盈利能力。但是预测企业盈利不是简单的数字可以粗略衡量的。我们要了解其他的情况：

1. 企业管理者的素质

企业的竞争其实就是人才的竞争，企业的发展，管理水平十分重要，特别是在企业迅速增长的时候，企业规模的急剧扩张，需要有高素质的管理者和良好的管理制度来掌好企业发展的舵。管理者素质不够，企业管理水平跟不上企业发展的需要时，企业经营很容易偏离发展的轨道而陷入泥潭。

同样条件下，同样的企业，有一个优秀的管理团队的企业可以使企业发展更快，利润增长更多。优秀的管理者和管理团队不仅让企业眼前发展迅速，也会创造企业文化，提高企业的竞争力，并且从战略高度为企业未来发展指引方向，我们买股票，就是买上市公司的未来。一个优秀的管理团队势必带出一个高成长性的上市公司。

我们这些投资者可以从网络，报纸和一些财经周刊上了解某公司的管理者的情况，定期参加一些企业的访谈节目，或者从电视等媒体收看企业老总访谈。从他们访谈中了解这个企业的经营，领导者的素质。有能力最好实地考察这个企业的人事制度，决策机构。

2. 企业产品周期和新产品情况

了解一个企业的产品的销售情况，研发支出和投入的比例，和同行业的销售比较,新产品的开发程度和核心竞争力,日后产品的价格,这个产品的市场垄断程度。

　　还要关注行业的生存分析。因为一项新的技术发明所推出的新产品可能成为现有产品的替代品,而淘汰现有产品,进而使生产这类产品的行业或其中企业的生存受到威胁。例如,当市场引入 CD 机后,这一新的产品会使愈来愈多的人放弃使用录音机,而使录音机行业逐步畏缩。又例如,无线通讯技术的快速发展和移动电话的普及,使传呼机生产和经营及无线传呼行业日益萎缩。

　　技术因素的另一面就是它能增强某一行业的竞争力和扩展发展空间。例如生物技术领域的一些成果在农作物育种方面的应用,就可以直接提高农作物的产量和加工的增值幅度,进而提高整个农业的产出效率。民用航空技术就可促进(旅客)运输业的繁荣,进而带动旅游业收入的增加。

　　好股票的特点:未来业绩连续高成长,资源垄断,技术垄断,市场垄断,价格垄断,没有竞争对手。

　　例如,贵州茅台(600519),茅台酒只有贵州茅台镇这一小块地方能够生产。由于地理环境的独特性,茅台酒具有不可复制性,这大大抬高了它的身价。另外,茅台酒独特的酿造工艺,也造就了其独特品质。因此,茅台酒在定价上具有自主权,而其产量又极为有限,再加上茅台酒近年来大打健康牌的营销策略,茅台酒供不应求,茅台镇经常住满全国各地前来批酒的经销商。对于这样一个自己可以说涨价就涨价,而产品根本不愁销的公司。

　　巴菲特说:做投资必须坚持三条准则:第一条是投资的品种要能够使你本金先保值再能够增值,第二条也是投资的品种要能够使你本金先保值再能够增值,第三条是牢牢记住前面两条。茅台就是这种品种。

　　贵州茅台 2001 年上市成功。2006 年股价在三四十元之间波动。股改通过后,贵州茅台股价随即蹿升至 60 多元,并于 2007 年 1 月 15 日突破百元,成为中国股市近五年来首次突破百元大关的股票,贵州茅台成为基金纷纷重仓的股票。2007 年 12 月 28 日,本年最后一个交易日,贵州茅台(600519)价格 230 元,创历史新高。

　　3. 企业的财务报表分析

　　企业的财务报表是我们得到上市公司信息的主要来源,很多股票投资者喜欢听一些小道消息,或者专家推荐的股票,而不去自己研究上市公司,其实我们读懂上市公司的财务报表,其中的利润,资产,负债表是投资者决策的重要依据。我们看企业财务表,其实只是需要了解几个关键的分析数据就可以了。

　　上市公司的财务报表是公司的财务状况、经营业绩和发展趋势的综合反映,是投资者了解公司、决定投资行为的最全面、最可靠的第一手资料。

　　了解股份公司在对一个公司进行投资之前,首先要了解该公司的下列情况:公司所属行业及其所处的位置、经营范围、产品及市场前景;公司股本结构和流通股的数量;公司的经营状况,尤其是每股的市盈率和净资产;公司股票的历史及目前价格的横向、纵向比较情况等等。财务报表各项指标分析如下：

（1）盈利能力比率指标分析

盈利公司经营的主要目的，盈利比率是对投资者最为重要的指标。检验盈利能力的指标主要有：

A. 资产报酬率：也叫投资盈利率，表明公司资产总额中平均每百元所能获得的纯利润，可用以衡量投资资源所获得的经营成效，原则上比率越大越好。即：

资产报酬率 =（税后利润 ÷ 平均资产总额）× 100%；

平均资产总额 =（期初资产总额 + 期末资产总额）÷ 2。

B. 股本报酬率：指公司税后利润与其股本的比率，表明公司股本总额中平均每百元股本所获得的纯利润。即：

股本报酬率 =（税后利润 ÷ 股本）× 100%。

公式中股本指公司光盘按面值计算的总金额，股本报酬率能够体现公司股本盈利能力的大小。原则上数值越大越好。

C. 股东权益报酬率：又称为净值报酬率，指普通股投资者获得的投资报酬率。即：

股东权益报酬率 =（税后利润 – 优先股股息）÷（股东权益）× 100%。

股东权益或股票净值、资本净值，是公司股本、公积金、留存收益等的总和。股东权益报酬率表明普通股投资者委托公司管理人员应用其资金所获得的投资报酬，所以数值越大越好。

D. 每股盈利：指扣除优先股股息后的税后利润与普通股股数的比率。即：

每股盈利 =（税后利润 – 优先股股息）÷（普通股总股数）。

这个指标表明公司获利能力和每股普通股投资的回报水平，数值当然越大越好。

E. 每股净资产额：也称为每股账面价值，计算公式如下：

每股净资产额 =（股东权益）÷（股本总数）。

这个指标放映每一普通股所含的资产价值，即股票市价中有实物作为的部分。一般经营业绩较好的公司的股票，每股净资产额必然高于其票面价值。

F. 营业利润率：指公司税后利润与营业收入的比值，表明每百元营业收入获得的收益。即：

营业利润率 =（税后利润 ÷ 营业收入）× 100%。

数值越大，说明公司获利的能力越强。

（2）偿还能力比率指标分析

对于投资者来说，公司的偿还能力指标是判定投资安全性的重要依据。

A. 短期债务清偿能力比率：短期债务清偿能力比率又称为流动性比率，主要有下面几种：

流动比率＝（流动资产总额）÷（流动负债总额）。

流动比率表明公司每一元流动负债有多少流动资产作为偿付保证，比率较大，说明公司对短期债务的偿付能力越较强。

速动比率＝（速度资产）÷（流动负债）。

速动比率也是衡量公司短期债务清偿能力的数据。速动资产是指那些可以立即转换为现金来偿付流动负债的流动资产，所以这个数字比流动比率更能够表明公司的短期负债偿付能力。

流动资产构成比率＝（每一项流动资产额）÷（流动资产总额）。

流动资产由多种部分组成，只有变现能力强的流动资产占有较大比例时企业的偿债能力才更强，否则即使流动比率较高也未必有较强的偿债能力。

B．长期债务清偿能力比率：长期债务是指一年期以上的债务。长期偿债能力不仅关系到投资者的安全，还反映公司扩展经营能力的强弱。即：

股东权益对负债比率＝（股东权益总额÷负债总额）×100％。

股东权益对负债比率表明每百元负债中，有多少自有资本作为偿付保证。数值越大，表明公有足够的资本以保证偿还债务。即：

负债比率＝（负债总额÷总资产净额）×100％。

负债比率又叫作举债经营比率，显示债权人的权益占总资产的比例，数值较大，说明公司扩展经营的能力较强，股东权益的运用越充分，但债务太多，会影响债务的偿还能力。

（3）效率比率指标分析

效率比例是用来考察公司运用其资产的有效性及经营效率的指标。即：

存货周转率＝（营业成本）÷（平均存货额）。

存货周转率越高，说明存货周转快，公司控制存货的能力强，存货成本低，经营效率高。即：

应收账款周转率＝（营业收入）÷（应收账款平均余额）。

应收账款周转率表明公司收账款效率。数值大，说明资金运用和管理效率高。

3．财务报表简要阅读法

按规定，上市公司必须把中期上半年财务报表和年度财务报表公开发表，投资者可从有关报刊上获得上市公司的中期和年度财务报表。

阅读和分析财务报表虽然是了解上市公司业绩和前景最可靠的手段，但对于一般投资者来说，又是一件非常枯燥繁杂的工作。比较实用的分析法，是查阅和比较下列几项指标。

（1）查看主要财务数据

A．主营业务同比指标：主营业务是公司的支柱，是一项重要指标。上升幅度超过％的，表明成长性良好，下降幅度超过20％的，说明主营业务滑坡。

B.净利润同比指标：这项指标也是重点查看对象。此项指标超过20%，一般是成长性好的公司，可作为重点观察对象。

C.查看合并利润及利润分配表：凡是净利润与主盈利润同步增长的，可视为好公司。如果净利润同比增长20%，而主营业务收入出现滑坡，说明利润增长主要依靠主营业务以外的收入，应查明收入来源，确认其是否形成了新的利润增长点，以判断公司未来的发展前景。

D.主营业务利润率：主营业务利润率（主营业务利润÷主营业务收入）×100%主要反映了公司在该主营业务领域的获利能力，必要时可用这项指标作同行业中不同公司间获利能力的比较。

以上指标可以在同行业、同类型企业间进行对比，选择实力更强的作为投资对象。

（2）查看"重大事件说明"和"业务回顾"

这些栏目中经常有一些信息，预示公司在建项目及其利润估算的利润增长潜力，值得分析验证。

（3）查看股东分布情况

从公司公布的十大股东所持股份数，可以粗略判断股票有没有大户操作。如果股东中有不少个人大户，这只股票的炒作气氛将会较浓。

（4）查看董事会的持股数量

董事长和总经理持股较多的股票，股价直接牵扯他们的个人利益，公司的业绩一般都比较好；相反，如果董事长和总经理几乎没有持股，很可能是行政指派上任，就应慎重考虑是否投资这家公司，以免造成损失。

（5）查看投资收益和营业外收入

一般来说，投资利润来源单一的公司比较可信，多元化经营未必产生多元化的利润。

二、如何挖掘成长股

股谚云："选时要反向，选股要成长。"可见成长股在投资组合里的重要性。买股票是买公司的未来，买未来是买增长的收入。成长股就是能提供增长的收入的股票，是预期利润会持续增长的股票。

但是怎样发掘成长股呢？历史是现实最好的参照物，可以作为预测未来的出发点。真正的成长股和其他普通股票有很大差别。选择成长股应考虑以下因素。

1.显著的市场发展潜力

考虑一个公司的产品是否有足够的市场潜力以推动其销售在以后几年内的高

速增长,并且市场占有率不断提升。在衡量市场潜力的同时,有一个问题非常重要:究竟这间公司从事什么业务? 虽然这是个非常基础的问题,它有助于引导我们的思考公司从事业务是否是朝阳产业,是否有新技术。

成长股所属的行业具有成长性。有行业背景支持的成长股,可靠性程度较高。成长性行业主要有:

优先开发产业。即国家政策重点扶持的行业,包括产业发展链上的薄弱行业、经济发展中的领头行业和支柱行业等。

朝阳行业。即在开发新产品、新市场的竞争中处于兴盛状态的行业,技术高新、知识密集是其特征,如微电子及计算机、激光、新材料、生物工程、邮电通讯等。

2. 不断增长中的需求

由于我们需要寻找在未来有几倍于目前销售的公司,寻找得益于不断增长的需求的产品,有些公司的销售增长可能来自于收购或得益于暂时的供需不平衡,但是最终这类增长是不能持续的。所以在挑选股票时,一定看到收益增长来源点。

很少的产品能像可口可乐那样能获得全球的普遍接受。我们不难发现,为什么这种需求会在超过一个世纪的时期内能得到稳定的增长。人们的生活需要饮料,可口可乐以其独特的口味,及通过它规模巨大的营销活动不断加深消费者对其的独特品牌印象获得了成功。一个服务大众需要并且能给消费者带来愉快心理体验及联想的消费型业务有可能在许多年内得到不断的需求增长。

3. 拥有持续竞争力

资本市场是一个残酷的战场,高速的增长肯定会引来竞争。因此,只投资于那种有持续而且强烈的竞争力的公司显得尤其重要。

其中一个独特的理念是,我们注重公司是否具有新兴的可持续竞争壁垒。作为投资者,我们知道公司的价值决定于其将来的经营情况而非其过去,优异的回报来自于在早期发现具有潜力于竞争中不断增强其可持续竞争力的公司。

例如,食品类股票中,酒类股票一些品牌就具有很好的成长性。酒是我国传统文化的载体,酒是我国历史悠久的传统酒类饮料。居民人均可支配收入快速增长,城镇化建设如火如荼,促使大规模得消费升级,酒类企业受益良多。清香型代表山西汾酒,酱香型代表贵州茅台,浓香型代表五粮液、泸州老窖,在目前的价位下白酒行业仍然具有良好的可持续发展能力。这些都是是行业中的龙头企业,有很高的行业壁垒。

2007 年 12 月 26 日在深圳市场上市的金风科技,开盘价 138 元,比申购价 36 元上涨 283.3%,因为涨幅超过 50%,深交所令其停牌 15 分钟,9 点 45 分重新开盘后一路冲高到 160 元,换手率高达 45%。作为我国第一家纯做风电机组生产的上市公司,金风科技一上市便跻身百元大股之列,说明很多人看好它。由于风电设备的开发具有高技术产业风险高收益高的特征,掌握风电设备研发和制造关键技术的企业依靠技术和经验形成较高的行业壁垒,市场格局较为稳定,保持技术领先地位是金风科技获得持续竞争优势的关键。

3.具备垄断地位优势

垄断企业必然产生垄断利润，我们现在上市公司中，很多公司已经具备了国内甚至国际的领先地位，比如集装箱企业，有色金属生产企业，金融企业。这些企业无论从规模，还是产品都在国内处于领先地位。同行业中有领先地位。

例如：中国国航（601111），中国航空业龙头，航空客运是公司的绝对主要业务，公司在国际航线上占据垄断地位，是中国唯一载国旗飞行的航空公司。中国石油（601857）、中国石化（600028），在上游领域，中国石化和中国石油处于垄断地位。虽然中国石油在2007年被恶炒，成为最套人的股票，但不能否认它是一个好股票。

5.安全边际

成长型股票好，但是如果在过高价格买入，我们也可能暂时被套，这在操作中也是很容易赔钱，通过应用安全边际可以回避风险。投资者的股票买入价将是的内在价值定价减去安全边际，从而避免了过高买入成长型股票及股票定价的潜在误差。

安全边际就是价值与价格相比被低估的程度或幅度。根据定义只有当价值被低估的时候才存在安全边际或安全边际，为正值，当价值与价格相当的时候安全边际为零。

三、投资成长股的策略

1.把握三个原则

要在众多的股票中准确地选择出适合投资的成长股。成长股的选择，一是要注意选择属于成长型的行业。二是要选择资本额较小的股票，资本额较小的公司，其成长的期望也就较大。因为较大的公司要维持一个迅速扩张的速度将是越来越困难的，一个资本额由5000万元变为1亿元的企业就要比一个由5亿元变为10亿元的企业容易得多。三是要注意选择过去一两年成长率较高的股票，成长股的盈利增长速度要大大快于大多数其他股票，一般为其它股票的1.5倍以上。

2.恰当地确定好买卖时机

由于成长股的价格往往会因公司的经营状况变化发生涨落，其涨幅度较之其它股票更大。在熊市阶段，成长股的价格跌幅较大，因此，可采取在经济衰退、股价跌幅较大时购进成长股，而在经济繁荣、股价预示快达到顶点时予以卖出。

在牛市阶段，投资成长股的策略应是：在牛市的第一阶段投资于热门股票，在中期阶段购买较小的成长股，而当股市狂热蔓延时，则应不失时机地卖掉持有的股票，由于成长股在熊市时跌幅较大，而在牛市时股价较高，相对成长股的投资，一般较适合积极的投资人。

股票投资是一门艺术,成熟的投资者才能成为赢家而新股民大多是看到股票有赚钱效应才入场的,这个时刻,股市往往在上涨过程中,所以借着牛市的东风,很多新股民往往可以初期赚钱。逐步操作思路为买入买入再买入,而且不断加大资金,一旦行情出现调整,则损失惨重,受伤的大多是他们。这里给新股民一些忠告,希望改变新股民买股票的误区。

一、大市下跌维持观望

大市一直下跌,有个别股票会反弹,虽然反弹力度不大,但是有时也有 10% - 20% ,很多投资者喜欢抢反弹,操作这样的股票。但事实证明行不通,覆巢之下安有完卵?在股票出现系统性风险的时刻,专业操作的股票基金无论从资金还是操作水平都应该强于股民,我们看看近期大市调整,股票型基金净值也是不断缩水,可想,大市出现系统性风险,任何逆市场的行为,必将被市场淹没。

二、不买企业未来收益不确定的股票

一个企业的行业发展周期决定这个行业的未来收益,如果这个行业本身发展就出现不确定因素,甚至在倒退,对于这些企业来说,还是最好不碰,对于有未来的企业而言,它的发展一年更比一年强。即使市场暴跌,暴跌之后的上涨这样的企业依然涨的更快。

对于未来收益不确定的企业,随着时间的延伸,业绩会越来越差,经营越来越困难,逐步走向衰落,直到退市,或者被兼并。

三、作自己熟悉的股票

在作交易中，经常有朋友给推荐股票，但是很多股票虽然很好，我也不碰，因为我不熟悉。这个股票我没有认真研究过，我只是作自己熟悉的板块和股票。经过深入研究的股票，自己心中有数，心中有数操作就踏实，不会因为股票的短期波动就被振荡出来。如果仅仅靠听来的消息，只要股价一跌，马上就慌神儿；再一跌，就怀疑消息的真实性；继续跌，最后割肉出局，卖了个地板价。

四、远离垃圾股和 ST 股

人们遇到垃圾都尽量避开，因为知道是垃圾。但是在股市，有的公司业绩烂得一塌糊涂，是垃圾股。偏偏很多股民喜欢买，没有业绩支持的股票是没有未来的。所以买股票不要买垃圾股和 ST 股票。就是这类公司出现重组等利好，股价也是不能长久，投资风险太大。

五、短期暴涨过的个股少追

连续暴涨的个股多半已经不便宜，而且买入之后多半会下跌或盘整，没有必要在里边跟它耗。寻找同类题材的股票往往可以把握机会。

六、情绪不好不下单

几次操作失误，情绪肯定不好，这个时刻想个赌徒，想把损失弥补。孤注一掷的结果往往是赔的更多。情绪不好的时候尽量不做交易，下单之前要问自己，操作的决定是来自理性的判断还是来自情绪的波动，如果是因为情绪不稳，就先离开大盘平静一会儿。

七、未设止损不下单

我观察过很多股民,买入股票知道价格,如果问他止损位放在哪里? 很多人都不知道,这样的交易很危险。未思进,先思退。巴菲特说过:股票交易,第一是资金安全,第二是资金安全,第三才是获利。在决定自己赚多少钱之前,先确定自己肯赔多少钱。

九、向上空间小于 30% 不下单

经常有人去博几毛钱或者 10% 的反弹而"火中取栗"。仔细想想,实在不值。若火中有金子,不妨冒冒险,那叫"真金不怕火炼";若火里有颗栗子,即使是"糖炒的",也不值得伸手。再说深些,如果一个人一辈子在博反弹,他这辈子能得到的最多就是反弹,成不了气候。

十、新股民最好投资蓝筹股

蓝筹股投资报酬率相当优厚稳定,股价波幅变动不大,牛市中,蓝筹股上涨平稳;熊市中,垃圾股率先崩溃,其他股票大幅滑落时,蓝筹股往往仍能坚守阵地,不至于在原先的价位上下跌太多。

所以,一旦在较适合的价位上购进蓝筹股后,不宜再频繁出入股市,而应将其作为中长期投资的较好对象。虽然持有蓝筹股在短期内可能在股票差价上获利不丰,但以这类股票作为投资目标,不论市况如何,都无需为股市涨落提心吊胆。而且一旦面遇来临,却也能收益甚丰。

长期投资这类股票,即使不考虑股价变化,单就分红配股,往往也能获得可观的收益。对于缺乏股票投资手段且愿作长线投资的投资者来讲,投资蓝筹股不失为一种理想的选择。

十一、长线投资秘诀

对于新股民来说,持有一只好股票,何时卖出?这需要我们作出正确判断,一旦卖出时机不好,不仅没有盈利,还会亏损本金。一旦短线炒作,只是赚了小钱丢失大钱。

我的一位朋友,由于工作和学习牵扯了大量的精力和时间,他选择了长线投资的策略。虽然 2001 年到 2005 年持续五年的大熊市使股票投资者整体亏损严重,但我的朋友在始终保持重仓的情况下,通过运作为数不多的个股,在熊市中仍保持了接近 15% 的年收益率。

如果投资者没有多余时间看盘,选择长线投资是好方法。这里要注意长线选择股票的一些原则。

1. 一定要重视大市

对于机构研究报告,我一向主张看大市轻各股,对机构对于大市的判断要重视,而对于各股的推荐则一定要谨慎。

在大市中,如果大盘持续下跌,很多质地优良的股票也存在下跌风险,这个时刻,持有股票的风险很大,有系统性风险。几乎没有长线投资的机会,长线投资风险大。所以要尽量避免。

如果行情出现了调整之后的大牛市,我们需要把握质地优良的股票长期持有,势必获利颇丰。

2. 公司主营业务突出

一个处于高速发展的公司对于资金的需求十分强烈,而且主营业务应该是朝阳产业。公司会全力保护主营业务发展,无论是资金还是人员。

如果一个上市公司业务多元化,肯定主营业务不突出,其他业务也不强。无法在专业分工越来越细的现代社会保持领先地位。这样的公司股票不能选择。

3. 受到国家政策扶植

国家对一个产业和一个地区的经济政策扶植,必然是处于国家战略高度提出的,是对国际经济政策的调整和完善,必然会影响时间长,覆盖面广。这样的企业势必有一系列政策优势的扶植。

4. 行业龙头

行业龙头企业代表这个行业的最高水平,有的龙头企业甚至可以垄断这个行业。在当今经济中,只有达到一定规模的企业才有实力进行国际竞争。同行业企业在和它竞争中必然处于下风。整体不景气行业的公司不选,行业整体不景气,上市公司的经营就会受影响。

5. 公司信用好

目前,在我国的证券市场上,上市公司包装上市、制造虚假的会计报表等现象层出不穷。社会普遍认为,上市公司没有信用,我国证券市场存在着信用危机。所以,我们长线投资,要选择信用好的公司的股票,才能降低风险。有信用污点的公司不选,包括:大股东掏空上市公司,虚假陈述,隐瞒应当披露的信息,内幕交易,提供虚假会计信息等等。

6. 母公司经营良好

上市公司的母公司常被称为集团公司,如果集团公司经营不善,那么上市公司的经营能力往往也好不到哪里去,而且掏空上市公司的危险性也会上升。所以,母公司经营不善的公司不选。

7. 企业规模显著

规模大、股价低、垄断性强的特点,是长线投资的首选。企业规模过小的公司不选。规模过小的上市公司没有形成规模效应,经营成本高、抗风险能力弱。

8. 公司经营稳定

公司经营稳定发展,成长性良好,这样的股票适合长线投资。绩差绩平公司不选,五年内业绩大幅波动的公司不选。这一条同时排除了许多上市时间短的公司,公司业绩大幅波动说明公司经营不稳定,风险较高。要考察公司的稳定性,五年时间是必须的。

9. 有稳定的现金分配

稳定的现金分配证明了公司经营的稳定性和业绩的真实性。造假的公司只能造出账面利润而不能造出现金,只能通过送转股分配而不能通过现金分配。所以,无稳定现金分配的公司不选。

10. 考虑区域经济的影响

区域经济发展对区域内企业影响很大。一个区域经济发展往往带动区域中很多企业的发展。要注意分散投资 不能只是购买一个公司股票,应该买3－4只股票足可以分散非系统性质风险。

11. 选择自己熟悉的股票

好股票很多,但是新股民不一定可以把握,市场有1400多只股票,十几个行业板块,很多专业人士也不能全部熟悉,所以选择自己熟悉的股票。经常操作对某只股票的价格,运行特点已经能够运用自如,必然比操作一只第一次操作的股票好得多。

12. 投资不超过6只股票

中小投资者由于资金量小,因此集中投资不超过3只股票才是明智的选择。即使资金量很大,建议手中股票不要太多品种,不超过6个最好。

13. 手中有股心中无股

好股票不会天天涨，只有长线投资才能使利润最大化。捂股就是短期不看股票，忘记股票。世界上著名的成功投资者是可以数出来的，巴菲特、李嘉诚、李兆基、林园他们哪一个不是持有股票数年甚至数十年？

14. 忍受股价震荡的折磨

长线投资要忍受投资期间股价大幅震荡的折磨，要忍受原本已经取得的账面赢利后又被阶段性缩减的痛苦。

在一个波段上升区间，当别的投资者享受着赢利的快乐时，长线投资者可能要经受阶段性亏损的打击，这种折磨会让更多的人前功尽弃。

15. 保持清醒的头脑

在行情运行过程中，长线投资要放弃很多其他有把握的投资机会，并且要忍受其他个股轮番上涨的诱惑与刺激。长线投资必须长时间按捺不动，同时还要经受住市场上各种噪音的干扰。

在市场行情极度低迷或疯狂时，长线投资者需要保持清醒的头脑，并且要时刻遵守长线投资的策略。

16. 坚持就是胜利

长线投资的成功是所有人向往的，但在此期间的艰辛又是很少人能够做到的。正因为如此，股市中存在着很多为券商卖力的"打工者"。

每次在一轮大的行情结束之后，短线投机者都羡慕长线投资者取得的丰厚利润。面对在底部曾经自己买卖过，如今已经上涨了几倍的股票往往后悔不已。然而，短线投资者又怎能理解长线投资者在此期间的付出与艰辛。

十二、短线投资秘诀

炒股是一种风险很大但收益也可能很高的投资，但它不像瑜伽一样人人一学即会，特别是短线操作，被喻为刀口舔血，要制定铁的纪律，才有可能出奇制胜。

1. 善于抓住消息

股民投资心态良好的人少。对市场有的时刻过于敏感，如果想作短线，消息必须灵通，得到消息也要细细的思考，作出自己的判断。一旦发现消息对市场有反映，一定要入场可以用这个时刻入场，但是要顺着市场作，不能追高和杀跌。

2. 敢于抓住一天的低点

股票市场，每天都有波动，有时刻一天波动很大，如果当天买的点位好，也许第二天开盘就可以卖出获利。抓住低点可以参照均线支撑，下跌的目标价位，每天仔细做好盘前分析,判断当天的波动区间。这样才把握大。

3. 出手迅速,不能犹豫

做事犹豫的人不适合做短线。太贪婪的人也不适合作短线。看准确了,就要果断买入,出场的时刻,不能计较几毛钱。要果断卖出。

4. 在密集成交区快卖出

以前在这个区域大量的成交,是多空双方反复角落的地带。如果买入股票已经获利,遇到密集成交区,不少被套的投资者可能卖出,对上涨形成阻力,所以行情上涨困难,一旦到了这样的成交区,可以迅速卖出。

5. 快进快出

这多少有点像我们用微波炉热菜,放进去加热后立即端出,倘时间长了,不仅要热糊菜,弄不好还要烧坏盛菜的器皿。原本想快进短炒结果长期被套是败招,因此,即使被套也要遵循铁律而快出。

6. 抓领头羊

这跟放羊密切相关了,领头羊往西跑,你不能向东。领头羊上山,你不能跳崖。抓不住领头羊,逮二头羊也不错。地产领头羊万科涨停了,买进绿景地产收益可能也不菲。不要去追尾羊,不仅跑得慢,还可能掉队。

7. 上涨时加码,下跌时减磅

这与我们骑自行车的道理一样,上坡时,用尽全力猛踩,一松劲就可能倒地;下坡时,紧握刹车,安全第一。一旦刹车失灵,要弃车保人,否则撞上汽车就险象环生了。

8. 巧抢反弹

一般情况下,即使不是太好的股票如果连续下跌了50%都可抢反弹。这好比我们坐过山车,从山顶落到山谷,由于惯性总会上冲一段距离。遭遇重大利空被腰斩的股票,不管基本面多差,都有20%的反弹。不能热恋,反弹到阻力平台或填补了两个跳空缺口后要果断下车。

9. 牛市中不要小觑冷门股

这就像体育竞技中的足球赛,强队不一定能胜弱队,爆冷时常发生。牛市中的大黑马哪一只不是从冷门股里跑出来的?不要相中"红牌冷门股",这样有可能被罚下场。

10. 买进股票下跌8%应坚决止损

这是从中国象棋中得到的启示。下棋看7步,在被动局面时,一定要丢"卒"保"车",保住了资金才有翻盘的可能。止损时主要针对规避系统性风险,不适应技术性回调,因为小"卒"过河,胜过十"车"。

11. 高位三连阴时卖出,低位红三兵时买进

这如同每天必看的天气预报,阴线乌云弥漫,暴雨将至;阳线三阳开泰,艳阳高照。庄家将用此骗钱洗盘或下跌中继,应结合个股基本信息甄别。

12. 买进大盘暴跌时逆势上行的股票

这无疑像海边游泳,只有退潮时,才能看清谁在裸泳。裸者有两种可能:一是穿了昂贵的"隐身衣",一是真没钱买泳裤。逆市飘红有可能是大资金扛顶,后市大涨;也有可能是庄家诱多拉高出货,关键看是否补跌。

13. 敢于买涨停板股票

追涨停之所以被称为敢死队,是需要胆略和冒险精神的。这如同徒手攀岩,很危险,一脚踩空便成自由落体。当登上了山峰,便会一览众山小,财富增值极快。因为只要涨停被封死,随后还有涨停。在连续涨停被打开前,一定不要松手,松手就前功尽弃。

14. 买入跌停板被巨量打开的股票

巨量跌停,被大单快速掀开,应毫不犹豫杀进。这如同我们在夜空中看焰火,先是由绿变红,再一飞冲天。巨量下一般都能从跌停到涨停,当日有 20% 的斩获。美丽的焰火很快成过眼烟云,翌日集合竞价时立马抛空。

以上短线操作秘诀是用最通俗的生活常知,诠释了复杂的短线技巧,广大投资者切忌生搬硬套,应根据自己的实战经验,灵活操作。

股市是没有硝烟的战场,若想在激烈的竞争中立于不败之地,知己知彼是必要的条件。知己就是要知道自己掌握了什么投资理念、技术指标、投资技巧、方法、自己拥有什么投资工具。自己的长处在哪里,如何更好地发挥;自己的短处在哪里,如何学习研究。知彼就是要知道直接影响股价的主力庄家基本的炒作方式、欺骗手段、操作思路,据此制定跟庄的策略与技巧。

一、股票买入原则

许多炒股的朋友买入股票非常随便,买股票比买菜还随意,买菜还要挑三拣四呢。随意的结果可想而知,买入后大多被套牢,然后抱回家睡觉,等待解套。

如果买入股票时能掌握一些有效的原则并严格遵照执行,就可以大大减少失误而提高获利的机会。下面介绍几个有效的买入原则。

1. 趋势原则

在准备买入股票之前,首先应对大盘的运行趋势有个明确的判断。一般来说,绝大多数股票都随大盘趋势运行。大盘处于上升趋势时买入股票较易获利,而在顶部买入则好比虎口拔牙,下跌趋势中买入难有生还,盘局中买入机会不多。还要根据自己的资金实力制定投资策略,是准备中长线投资还是短线投机,以明确自己的操作行为,做到有的放矢。所选股票也应是处于上升趋势的强势股。

2. 分批原则

在没有十足把握的情况下,投资者可采取分批买入和分散买入的方法,这样可以大大降低买入的风险。但分散买入的股票种类不要太多,一般以在 5 只以内为宜。另外,分批买入应根据自己的投资策略和资金情况有计划地实施。

3. 底部原则

中长线买入股票的最佳时机应在底部区域或股价刚突破底部上涨的初期,应该说这是风险最小的时候。而短线操作虽然天天都有机会,也要尽量考虑到短期底部和短期趋势的变化,并要快进快出,同时投入的资金量不要太大。

4. 风险原则

股市是高风险高收益的投资场所。可以说,股市中风险无处不在、无时不在,而且也没有任何方法可以完全回避。作为投资者,应随时具有风险意识,并尽可能地将风险降至最低程度,而买入股票时机的把握是控制风险的第一步,也是重要的一步。在买入股票时,除考虑大盘的趋势外,还应重点分析所要买入的股票是上升空间大还是下跌空间大、上档的阻力位与下档的支撑位在哪里、买进的理由是什么? 买入后假如不涨反跌怎么办? 等等,这些因素在买入股票时都应有个清醒的认识,就可以尽可能地将风险降低。

5. 强势原则

"强者恒强,弱者恒弱",这是股票投资市场的一条重要规律。这一规律在买入股票时会对我们有所指导。遵照这一原则,我们应多参与强势市场而少投入或不投入弱势市场,在同板块或同价位或已选择买入的股票之间,应买入强势股和领涨股,而非弱势股或认为将补涨而价位低的股票。

6. 题材原则

要想在股市中特别是较短时间内获得更多的收益,关注市场题材的炒作和题材的转换是非常重要的。虽然各种题材层出不穷、转换较快,但仍具有相对的稳定性和一定的规律性,只要能把握得当定会有丰厚的回报。我们买入股票时,在选定的股票之间应买入有题材的股票而放弃无题材的股票,并且要分清是主流题材还是短线题材。另外,有些题材是常炒常新,而有的题材则是过眼烟云,炒一次就完了,其炒作时间短,以后再难有吸引力。

7. 止损原则

投资者在买入股票时,都是认为股价会上涨才买入。但若买入后并非像预期的那样上涨而是下跌该怎么办呢? 如果只是持股等待解套是相当被动的,不仅占用资金错失别的获利机会,更重要的是背上套牢的包袱后还会影响以后的操作心态,而且也不知何时才能解套。

二、少犯致命错误

现在的新股民真的是太多了,有些人甚至不懂什么是股票就急着入市,好像这里遍地是黄金。这就好像赤膊上阵的士兵一样,勇气可嘉,可是别忘了你的对手可是全副武装的正规军呢。理论知识必不可少,自己去看书,学习,交流。这里讲的是新股民如何不犯致命的错误。

1. 忌投资分散

有一种理论说:不要将鸡蛋放到一个篮子里面。这样说有分散风险的意思,这本来没有错,可是我们看到许多散户没有正确地理解这个意思。我曾经在散户大厅里看到有一个人拿个小本子在看股票行情,探过头去看,呵,足足有 10 多支,再一打听这为仁兄的资金不过 6 万元,以 6 万元买这许多只股票,难怪要用本子来记。

这样做有很大的弊病:第一,这么多只股票肯定使持仓的成本要上升,因为买100 股肯定要比买 1000 股付出的手续费要贵。第二,你不可能有精力对这许多支股票进行跟踪。第三,最糟糕的是这样买股票你就算是买到了黑马也不可能赚到钱,说不定还要赔,因为一匹黑马再大的力气也拉不动装着 10 头瘸驴的车,这是很自然的事情!

2. 忌没有合理安排持股结构

我还举上边哪个例子。我仔细一看,那 10 多支股票还就真的像是一个娘生的,居然都是同一个属性的,要么就都是大盘股,要不就都属于同一行业,要么就都是科技。可以看出,这个仁兄的持股结构是扁平的而不是立体的,他不懂持仓要讲究立体性,投资和投机结合,短线和中长线结合等等。我实在看不出他这和把鸡蛋放进同一个篮子有什么区别,更糟糕的是,很可能这些个装蛋的篮子底还是漏的。

3. 不要有地主心理

地主心理就是不劳而获的心理,不是认真的研究政策信息,行业信息,也不想认真的学习股票投资的技术理论,总是想抄近道,一天到晚的跑到市场上打听小道消息,什么那支股票谁坐庄了,哪个公司要重组了,国家要公布什么政策了之类的,梦想着有一天听个大金娃娃回来,从此一朝暴富,子孙三代衣食无忧,还就真的过上了地主的日子,遂了心愿。岂不知道天底下本没有这样的好事,就是有也轮不到散户来享受,往往是打探到消息之日就是你散户被套之时。

4. 没有耐心是大忌

不会空仓,严格地说是不愿意,每天在市场里不是买就是卖,反正是不能闲着,好像是不买就会错过了黑马,5 万元的资金一年恨不能做出 500 万元的交易额,这个行为券商最欢迎,我估计你要是把交割单往券商的桌上这么一拍说"以后每天给沏一壶高茉如何?"哪个券商肯定说"你来,我每天龙井伺候",这也罢了,给券上打点工也算是为国家做了贡献,可是就怕这种急切的心态你黑马没有骑到,到是回回牵头瘸驴回家,不是赔了夫人又折兵。

看不得别人赚钱,别人的股票涨了而你的股票没动,着急,就是自己的股票比别人的股票涨的慢了还是着急,凭什么呀,你赚钱我看着,你赚大钱我赚小钱,不行,于是乎一咬牙一跺脚,我豁出去了,我买了追你哪个涨得快的,结果是刚追进来的第二天就回调,而自己刚卖的却开始飞奔而去,不再回头,想想心里哪个气呀哪个悔呀,恨不得抽自己两儿大嘴巴子,可是一想疼呀,结果就是巴掌落在了儿子闺女的屁股上,反正自己没有疼,就接着追涨杀跌,永不停息!

总想一朝暴富,所以就天天想骑黑马,连夜里也嚷嚷着我的马我的马,如同神经了一般等等。

5.忌太贪心不懂放弃

如果你有100个女子可以娶，而她们也都可以嫁你，你其实选择一个最好的就行了，如果你每一个都想要，怕就不是享受齐人之福了，累也累死你，就算你身体好，怕也要烦死你了。其实这个毛病和第四个表现是一样的，之所以还要说，是为了换一个角度，问题说得更清楚些，你的印象也更深！

坐电梯，直到座晕了，开始大骂庄家混蛋王八蛋，痛快了一番又去做，全然不知道反思自己，下次接着犯！这是不知道放弃一些利润。追涨杀跌，全无目的，好像是看着总像是别人的"老婆"好看着别人的股票涨了，而自己手中的股票还躺在那里不动，于是乎休了它，集中了全部身家去扑到那个涨了的股票中去，没有想到刚刚杀入哪个本来涨得很好的股票忽然在那里打起了秋千，忽悠得你头晕目眩，这个时候回头去看，那个刚刚被休的股票却黑马奋蹄绝尘而去。于是扼腕，于是叹息，于是恨自己，然后再割，然后再追，钱没有赚到，倒是练就了一身"长跑"的功夫。这是不知道放弃一些机会所致。

6.忌太小心不敢赢利

这个问题和上边的问题一样，是一个问题的两面，有人说了，谁和钱有仇呀，还就真有，你看没看见过这样的情形，有个人好不容易骑上个黑马，开始那个美呀，可是没有美两天开始心里嘀咕了，不对呀，该有回调了，它怎么不调呀，越想越有问题，别是庄家下的套吧，我到底卖不卖呀，于是口也干了，舌也燥了，手心也冒汗了，脚也发软了，逢人就问，见人就讲，哎，我说哥们，知道什么什么股票吗？有什么消息没有，这是怎么了呀一直涨，赶到这天股票回调了，心里想我赶紧跑吧，跑出来了，第二天股票接着调整，心里又开始美，又是逢人就说，见人就讲，怎么样哥们我说它有问题吧，我前天就跑了，话还没有说完，第三天股票涨了，可是黑马奔腾，绝尘而去，再想追，追不上啦，回头一看，自己挣的那个不过是一把毛，肉全让庄家吃去了。于是呜呼，然后哎哉，最后大骂庄家真他妈狡猾，其实不是庄家狡猾，是你太笨。

7.不要太磨叽

这个毛病我没有统计过是不是常见，但是肯定有，而且会误大事！本来在家里研究得好好的，对一个股票很有信心，可是到了要买了，心里又开始嘀咕，酝酿了半天还是决定买，要不低点报价吧，谁知道就因为1毛钱股票没有买到，结果第二天股票就封上了涨停板，肠子都悔青了，见人就讲，我本来研究好了的，谁知道就少报了1毛钱，1毛呀，我要多报1毛多好，成了祥林嫂，那为也好不了那里去，明明看着股票不妙，可是心里却想着怎么盘中也有反弹吧，结果多报了1毛没有卖出去，结果第二天杀跌，好不容易等跑了出去，利润已经没有了大半，也是逢人就说，整个的一个祥林嫂。

8.不会割肉吃大亏

这个错误有两个方面：第一不愿割，第二不会割。都说会割肉的是爷爷，此话信然。

先说不愿意割的，我曾经看到有散户的朋友手里的股票被套了二三毛钱，分析这个股票后知道它还要调整很长的时间，我就劝他说割了吧，你猜他怎么说，"割肉，我不割，那不是赔了，我就不信它涨不起来"，看看吧，后来真的涨起来了，而且还赚了几毛钱，可是一直拿了半年，虽然最后是赚了钱，但是他付出了极大的时间成本和机会成本，严格意义上说这样的操作在股票市场上是赚不到钱。再说不会割肉，这种人一般喜欢心存幻想，总是按照自己的设想而不是市场的信号做事情，说白了就是不尊重市场，有点像是我知道我错了，但是我就不该，明明分析技术指标一只股票已经破位，可是总是幻想着它能涨回来，我不赔了我再卖，结果呢?! 到了不割也得割的时候也割了，像我知道一个人亿安80的时候不割，到了50也割了，损失了很多。割肉一方面是为了保存资金实力，一方面就是提高资金的使用效率，归根结底还是综合考虑了时间和机会成本的。

9. 忌不能正确处理和庄家的关系

先申明一点的是我不评论庄家的好坏，其实在我的头脑里没有庄家的概念，我喜欢用主力资金量来说这件事情。我们知道，一只股票上涨，内因可能是这样那样的利好，可是外因确实是主力资金的介入，我们应该承认的是庄家比散户有信息、研究、资金、人员等各方面的优势，明白了这个道理，你就知道教你擒庄杀庄的学问纯粹是害你，因为那是找死，庄家是这个市场的赢家（虽然它可能不光彩）。我们就要向赢家学习，不但要学习，而且要站对位置，什么是正确的位置——就是加入到庄家的队伍里，跟着它，顺着它指引的方向前进，如果你怕其他的散户骂你，你可以自己解释成你是打入庄家内部的"尖刀"。总之你想要在这个市场生存发展，赚钱是硬道理。

三、了解庄家手法

一只股票要成为大黑马，必须满足二个条件：一是有实力资金介入；二是有可以让庄家以后可以顺利脱身的题材。证券市场，正是因为有庄家的炒作，才会有蓬勃的生机。

众所周知，庄家与散户是相对立的。庄家操作大量的资金控制整个股票的价格与涨跌，散户资金小，只能寻求机会赚取差价。一般而言庄家是稳操胜券，而散户盈利的几率很小，往往是赔钱的，挣钱的少。散户处处都处于劣势，怎么跟庄家斗啊？怎么能从股市上分一杯羹啊？散户要想毫发无伤地优先分到一杯羹，就要进可能多地了解庄家，熟悉庄家。

1. 庄家炒股的四个阶段

我们首先了解到庄家的操作思路。主力庄家炒作一个股票无非是"进、拉、洗、出"四个字，也就是进场、拉升、洗盘、出货四个阶段。不管主力怎么运作，战术上怎么变，盘面上怎么振荡，唯一不变的是这个操作过程，这四个阶段不能少。

你得明确是处于哪个阶段，主力想在这里干什么，你得用能用的一切手段去系统地分析，全面地思考，形成自己的一个认识，这样就心中有数了，从而有自己的应对措施，如果错了，你将以变应变。

进场吸筹是庄家坐庄采取的第一步。通常在这样的情况下进行：选择跌幅已至地板价，跌无可跌，被市场暂时抛弃的个股。与上市公司勾结，发布利空消息，迫使持筹者离场，趁机吸筹。散布不实传言，顺势打压，造成恐慌抛盘，在低档笑纳。趁大势回调，在谷底接盘吸筹。趁其他庄家弃庄时，趁机换庄进场。

主力建仓不外乎两的种方式：主动建仓，被动建仓。主动性建仓主力有较大的周旋余地，周期可能也较长。

被动建仓又分被套建仓（如发行、配股失败或前坐庄失败）和拉高建仓（在突发性特大利好，主力踏空条件下）。主动性建仓主力会有其完备的操作计划，个股的操作周期也相应较长；而被动建仓的个股可能就是暴风骤雨式，其长也速，其亡也快。新股民尽量少参与庄家被动建仓的股票。

主力建仓时不管怎么隐蔽，总会显示出某些蛛丝马迹，如成交量不规则放大，股性逐步活跃，股价有时会脱离大盘走势等等，此时散户与庄家处于相对相持阶段。这个时刻是新股民跟随建仓的好机会。

拉升是庄家走出的第二步。当主力建仓接近完成时，会有其惊心动魄的震仓，让胆小者出局，然后就进入股票的第一波拉升。筹码锁住，股价自然上升。有的庄家勾结上市公司发布利好，勾结传媒股评等吹捧利多，利用市场热点造谣造势，利用大成交量突破整理区诱使散户跟进。此时成交量大幅放出，主力处于统吃筹码状态。第一波拉升幅度一般为底部上来的 0.5 倍处（龙头股会更高些），此时散户与庄家的关系是真正的人和，风借火势，火借风威，轿子轿夫一起上阵。

洗盘是庄家走出的第三步，是进一步吸筹。第一波拉升结束，主力与散户又会玩起猫捉老鼠的游戏，进入外和内斗阶段，主力又开始震仓，股价上蹿下跳，主力震仓的目的：一是清洗获利盘；二是搞抛低吸，赚些差价；三是吸引后来跟风盘（这一点对真正有水准的机构操盘手也是必要的，否则股价虽然上了天，却成为了高高在上的死股）。

庄家洗盘主要有以下手法：

震荡洗：高抛低吸，利用技术指标迫使散户高进低出，最后三震出局。这是庄家最惯用的洗盘方式，市场常见。

向下洗盘：在相对高位抛出大量筹码，大力打压，造成恐慌性逆转。迫使短线和没信心的散户离场,再于低档大量补入筹码。庄家不但赚了差价,同时达到洗盘目的。这是庄家最残酷的手法。

向上洗盘:涨停板下面的高档区域,控制不涨停,但量急速放大,造成头部迹象,将技术指标做成标准的头部,迫使散户惊慌杀出。庄家达到换手且股价向上的目的。成本较高,庄家不喜欢,但往往在多头市场时间有限,为争取时效而不得不用此法。

经此次震仓洗磐石,此股就会进入真正的磅礴主升浪,与大盘会脱离,有天马行空之势。此时如散户还在马背上,也将是最得意的时刻。

主力机构可以说是先知先觉的主力,在大盘连续大跌时,他们就默默地选择某些股票建仓,这类板块领先大盘止跌并领先大盘走出底部,这类股票现在正处于第二次洗盘阶段,很快气势磅礴的主升浪将由它们展开。这样新股民可能比较难发现。可以参照成交量。

派发是庄家走的最后一步,关系到坐庄的成败。庄家在派发过程中,为了使其撤退过程更为顺利,常常使用各种手段来吸引跟风盘,以便于自己全身而退。

一般投资者总给武装到牙齿的老奸巨猾的庄家所蒙骗,总把洗盘当派发,派发当洗盘。所以我们要学会分辨主力女坐庄的阶段,在吸货、洗盘、拉高时我们与庄共舞,而在派发阶段坚决离场,让庄家买单。

在现实中,我们可以看到有许多投资者赚了30%也不跑结果到跌了10%止损跑了,一遍遍重复着低抛高吸的亏损游戏。所以只要庄家进入派发阶段,无论是赚了还是亏了都应离场。我们必须学会从走势异常的征兆中分析庄家是否在派发。

通常的派发会有以下几种:发布或利用利好出货。关卡震荡时,顺势作调节性分批派发。往上分批酌量派发。散布传言,制造假象。做技术性骗线。

请大家记住一句股市格言:"利好出尽是利空。"在刚开始上涨时,是不会有这些好消息的,股价经过一段时间有了大幅度的增长后,消息就多了起来,传闻增多及推荐该股的股评增多。这无非是证明庄家萌生退意,想派发离场。这时散户就应该考虑提前离场了。

在良好的形态、技术面和基本面都配合良好时,综合判断该股应上涨时,该股却不涨,这就是主力出货的征兆。这种情况在股市是很多见的,主力有时甚至来个向上假突破,骗取大家跟进。然后再回抽,先套住跟风盘,然后再往下派发,让跟风盘低位补充。还有让第一次不敢跟进的人低位吸纳,形成一种温和放量的趋势,从而让主力轻松出逃,这就是庄家的反技术操作。在价格相对较高的位置出现放量不涨或涨得很少时,都可确定为主力在出货。因为价量关系的不健康证明了主力不可告人的阴谋。还有就是在周五走势良好的股票,在周一走势疲软,也可证明主力利用周末推荐效应来出货。

2. 庄家洗盘的全过程揭秘

股谚:庄家选股,散户选庄。如果散户选了一支庄股,只要拿住就保证有收益。最可惜的是,在中途被庄家洗出去。

为了洗盘,庄家经常会在开盘后不久就用对倒的手法将股价小幅打低,测试一下盘中的浮动筹码到底有多少。如果立即引来大量的抛盘,说明投资者持股心态不稳,浮动筹码较多,不利于庄家推高股价,这时庄家会稍作拉抬后进一步打低股价,以刺激短线客离场,洗清盘面。如果庄家的打压没有引出大量抛盘,股价只是稍微下跌且成交量迅速萎缩,说明投资者持股心态稳定,没有多少浮动筹码。

洗盘结束之后,庄家为了测试散户的追高意愿,会采取小幅高开后放量拉升的手法观察是否有人跟风买入,伴随着成交量的不断放大,如果股价持续上升,说明散户追高意愿强烈,股价将在庄家与散户合力买盘的推动下步步走高。与之相反,随着庄家对倒将股价小幅拉高之后,如果盘面表现为价升量缩,股价上升乏力,表明散户追涨意愿并不强烈,庄家很可能会反手作空,将股价打低。

在多方强势市场中,开盘第一个10分钟内,多方为了吃到货会迫不及待地抢进,空方为了完成派发,也会故意拉抬股价,此时因参与交易的投资者较少,无需大量资金即可导致股价高开高走。如果多头在开盘后第二个10分钟内仍然猛烈进攻,空方会予以反击,获利回吐盘的涌出将把股价打低。随着参与交易的人数越来越多,在第三个10分钟内股价走势趋于真实,多方如果顶住了空方的打压,股价回落后会再次走高,反之股价将一路下滑。所以,第三个10分钟的走势通常决定了全天的走势。

在空方弱势市场中,多方为了吃到便宜货,开盘时就会向下打压,空方也会竭尽全力抛售,导致开盘第一个10分钟内股价急速下滑;在第二个10分钟内,如果空方仍然急不可待地抛售,多方会迅速反击,抄底盘的大量介入则会阻挡空方的攻势;在第三个10分钟,多空双方相互争斗的结果基本决定了全天股价的走势。

尾盘作为一天交易的终结,历来是多空双方必争之地,大盘最后30分钟的走向极具参考意义。如果大盘当天下跌反弹后又调头向下,尾盘30分钟很可能会继续下跌,导致次日大盘低开低走。所以,当发现尾盘走弱时,应积极沽售,以避开次日的低开。如果尾盘30分钟涨势肯定,会有层出不穷的买盘入场推高股价,导致次日高开高走。因此,在久跌、横盘之后,察觉到尾市有抢筹迹象时应该及时跟进,要注意买卖单的数量以及排列情况。但有些时候的尾市拉高是庄家吸引散户追涨以利于次日出货,所以,密切注意尾盘的真实成交有着极其重要的意义。

3. 如何判断主力在洗盘

很多投资者在买进某种股票以后,由于信心不足,常致杀低求售、被主力洗盘洗掉,事后懊悔不已,看着股价一直上去。炒股的人,对于主力的洗盘技巧务必熟知,而主力的洗盘方式不外乎下面几种:

开高杀低法:此种常发生于股价高档无量,而低档接手强劲之时,投资人可以看到股价一到高档(或开盘即涨停)即有大手笔杀了,而且几乎是快杀到跌停才甘心,但是股价却是不跌停,不然就是在跌停价位,不断产生大笔买盘,此时缺乏信心者乃低价求售,主力于是统统吃进,等到没有人愿意再低价卖出,压力不大时,再一档一档向上拉升,如果拉了一二档压力不大,可能会急速接到涨停,然后再封住涨停。所以当投资人看到某股低位大量成交时,应该勇于大量承接,必有收获。

跌停挂出法:即主力一开盘就全数以跌停挂出,散户在看到跌停打不开时,深恐明天会再来个跌停,于是也以跌停杀出。待跌停杀出的股票到达一定程度而不再增加时,主力乃迅速将自己的跌停挂出单取消,一下将散户的跌停抛单吃光,往上拉抬。其拉抬的意愿视所吃的筹码多寡而定,通常主力一定要拥有大的筹码时,才会展开行动。因此若筹码不够,则第二天可能还会如法炮制,投资者亦应在此时机低价买进才是。

固定价位区洗盘法:此种情况的特征乃是股价不动,但成交量却不断扩大。其洗盘的方式为:某股涨停是 17 元,跌停是 14 元,而主力会在 15 元处限价以超大量的单子挂入。这样的结果将导致一整天股价将静止在 15 元和 14 元之间,只要股价久盘不动,大部分人将不耐烦抛出,不管再多的量全部以 15 元落入主力的手中,直到量大到主力满意为止。然后,往后的涨幅又是由主力决定,而散户只有追高或抢高的份了。

上冲下洗法:当股价忽高忽低,而成交量地不断扩大时,投资者应该设法在低价位挂进股票。此法乃是主力利用开高走低、拉高、掼低再拉高,将筹码集中在他手上的方法,故称为上冲下洗。此法乃综合开高走低法和跌停挂出法而成,将会造成特大的成交量。

分清洗盘和出货是件很考功夫的事。很多人不仅无法完全正确判断出洗盘和出货,而且往往会在两者之间造成误会。当庄家洗盘的时候误以为是出货,慌忙出逃,结果眼睁睁看着到嘴的肥肉被别人抢走。而等到庄家出货了,又误以为那只不过是庄家在洗盘而已,在最危险的时候反而死抱股票,结果煮熟的鸭子又飞了。

为什么会这样呢?让我们来从庄家的心态分析分析就明白了:庄家洗盘时定会千方百计动摇人们的信心,而出货时必将以最美好的前景给人以幻想。因此,我们可以得出洗盘的几点特征:洗盘时股价快速走低,但下方会获得支撑;下跌时成交量无法持续放大,在重要支撑位会缩量盘稳,上升途中成交缓缓放大;整个洗盘过程中无关于该股的利好消息出现,一般人持股心态不稳;当盘面浮码越来越少,最终向上突破并放出大成交量时,表明洗盘完成,新的升幅即将开始。

通常的经典理论是庄家洗盘时不破 10 日均线,且成交量呈递减之势。震仓深度一般不会很深,深度过大往往让散户趁机捡走筹码,因而一般不会下破 10 日均线,而出货时庄家会不介意下破多少条均线,而关心的是筹码能不能尽快卖出,偶尔照顾股价亦只是力求卖个好价钱或拖延出货时间。从图形上看,出货往往表现为一个高点比一个高点低,重心下移明显;而震仓最终目的是向上突破。

但是,现在市场上的庄家往往并不遵守这一规则,他们不仅砸破 10 日均线,还时时砸破 30 日均线,甚至是放量之后。我们要发现问题的关键所在:这么大的成交量,一般的散户有几个敢到相对高位去接这种火棒呢? 何况还是不祥的放量下跌!所以除了庄家对倒,我们很难再想到别的可能。所以千万别被这种洗盘给吓出局,否则我们是无法享受到最后疯狂的喜悦。

4.瞄准洗盘结束点

洗盘是坐庄过程中的必经环节,能够识别主力意图的投资者完全可在主力洗盘时趋利避害:即可在股价出现一定涨幅之后先行退出,等待洗盘结束之后再大举介入。此时短线风险已经释放,买价也较便宜,且洗盘结束之后往往意味着新一轮拉升的开始,达到买入即涨的效果。然而,洗盘结束时有什么信号呢?

下降通道扭转。有些主力洗盘时采用小幅盘跌的方式,在大盘创新高的过程中该股却不断收阴,构筑一条平缓的下降通道,股价在通道内慢慢下滑,某天出现一根阳线,股价下滑的势头被扭转,慢慢站稳脚跟,表明洗盘已近尾声。

缩量之后再放量。部分主力洗盘时将股价控制在相对狭窄的区域内反复振荡整理,主力放任股价随波逐流,成交量跟前期相比明显萎缩,某天成交量突然重新放大,表明沉睡的主力已开始苏醒,此时即可跟进。

回落后构筑小平台,均线由持续下行转向平走、再慢慢转身向上。洗盘都表现为股价向下调整,导致技术形态转坏,均线系统发出卖出信号,但股价跌至一定位置后明显受到支撑,每天收盘都在相近的位置,洗盘接近结束时均线均有抬头迹象。

上面我介绍了庄家洗盘时通常所用的各种伎俩和形态上的变化,散户可以结合自己的看盘心得,逐步提高自己的操作水平。

第五节 从成交量判断价格走势

　　俗话说：选股不如选时。可见选择买入股票的时机相当重要！那么，哪个时机才是买入股票的最佳机会呢？我们可以通过成交量和价格走势的关系来判断什么时候该买进，什么时候该卖出，什么时候该观望，从成交量也可以看到庄家的动向。很多股票大师都喜欢看量价配合，来判断买卖点。

一、价涨量增

　　股价上涨，而成交量比平时增加，主力或者机构在积极地买进，反映市场投资者买进的情况非常高。但是是否利好后市，则需要看股票价格处在什么行情阶段。价格在上涨的时候量在增加，应该是一个利好，后市上涨，可以买入。如果股价在下跌之后，反复下跌了一段时间，出现价涨而量增，就是成交量和价格都在上涨，反映底部有主力在积极的吸货，涨势已定，后市有望回升。

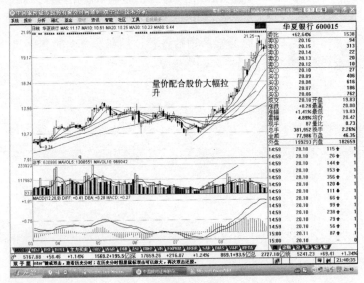

图9-3　华夏银行的走势图

　　华夏银行的股价经过了一个反复的盘整，在13.70-17元盘整，缓慢的盘整。盘整之后，再达到了11元底部的时候，成交量在逐步的放大，价格也是在上涨，从

11 元涨到 12 元再涨到 13 元。之后再逐步拉伸到更高的时候，那出现一个量涨，价也涨的时候，这些位置都买入的机会。随着成交量的上涨，华夏银行从 11 元一直上涨到 21 元。

二、价跌量增

股价下跌，成交量上涨，应该有两种启示，如果股价在跌市初段，或下跌趋势的中段，出现价跌而量增的时候，反映的卖压是非常沉重的，虽然价格在跌，但是成交量抛盘非常大，肯定后市要下跌。

如果股价已经累计下跌了一段时间，或者累计跌幅已经比较大了，成交量放大是入场的好机会。

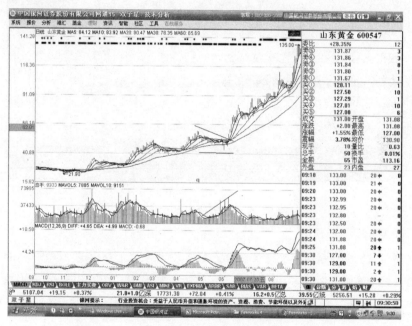

图 9-4　山东黄金的走势图

在 2007 年 5 月初到 2007 年的 6 月 8 日，山东黄金基本上在 44－62 元狭窄的区域内波动，并且股价是越来越低，一浪低过一浪，成交量却在逐步的放大，虽然股价没涨，甚至在下跌，但是成交量在逐步的上涨，主力底部吸货明显，主力完成建仓之后，成交量增加，在 6 月 9 日，成交量突然放大，山东黄金一直上涨到 135 元。

三、价平而量增

股价持平的时候,但是成交量却增加,这时如果再下跌一段时间,跌幅很大,肯定到底,庄家在吸货,该反弹了,也就是我们积极应该买入的时候。

图9－5　华帝股份的的走势图

华帝股份的行情基本上这段时间围绕着8－9元这个狭小的空间波动,但是成交量在这个区间突然放大,虽然行情逐步逐步地下跌,从13.78元,一浪一浪地下跌到6.7元,下跌时间较长,成交量在放大,说明主力在底部买入,我们可以积极入场。

四、价跌量平

股价在下跌，但是成交量却没有变化，成交量和平时一样，用以骗盘和主力洗盘。在遇到价跌量平的时候，市场没有多大变化，往往还可以继续持有，如果看到下跌而平仓，可能你需要更高的成本才能把你的筹码买回来。

图9-6 东方钽业走势图

虽然股价在不停地下跌，但底部的成交量，基本上没有什么变化，股价下跌却在趋缓。股价下跌在趋缓，前期东方钽业是一直在上涨的股票，属于有色金属板块，虽然在大跌，成交量小主力没有出货，这个位置，我们就应该入场，而不应该被庄家洗盘。果然行情从12元一直涨到19元。

五、价平量平

股价不涨不跌,成交量很平稳。股价下跌空间很小,如果在成交量和平时差不多,反映市场在观望,我们也要观望。

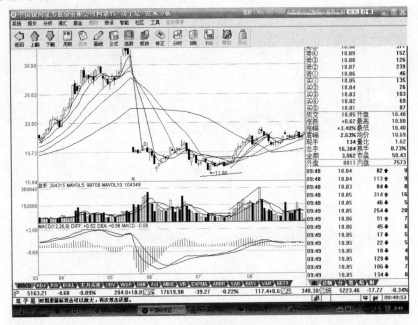

图 9 - 7

图 9 - 7,这个股票基本上价格就是围绕 15 元左右波动,成交量也非常稳定,看不到股价究竟是上涨还是下跌,观望是上策,等到行情和成交量明朗,我们在入场。经过盘整之后,股价在上涨,成交量也在上涨,行情明朗入场追买,15 - 16 元买进,涨到 28 - 29 元。

六、价涨量缩

价格在不停地上涨，但是没成交量配合，第一需要观望，主力没有入货，只有散户进去，第二可能是庄家出货。

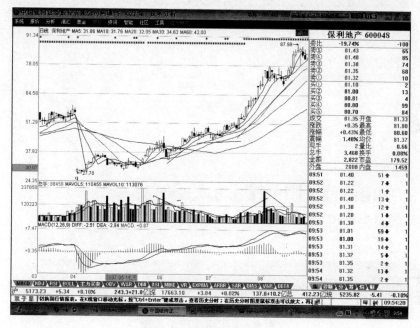

图9-8 保利地产走势图

价格在上涨，价格从30元一直上涨到50元，成交量却在萎缩，而且，这个时候我们需要观望，第二天成交量放大，可以趁势买入，到了高位的时候，股价格可以继续上涨，成交量在缩量，说明庄家在出货，我们也要及时出货。

七、价跌量缩

股价在下跌,成交量在减少,大市非常弱,,买盘少的表现,股价还要下跌。

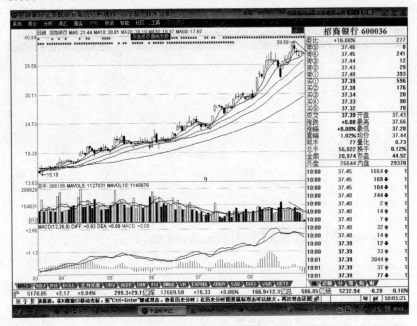

图9-9 招商银行走势图

招商银行在股价从 39.59 元,一直下跌到 36 元,股价下跌,成交量也在逐步的收窄,成交量还如果继续萎,说明成交量之后还有下跌空间,需要我们先卖出。

八、价平量缩

价格不跌，而量我们看到的成交量却在逐步缩小，肯定有问题，股价在构筑底部。可以入场。

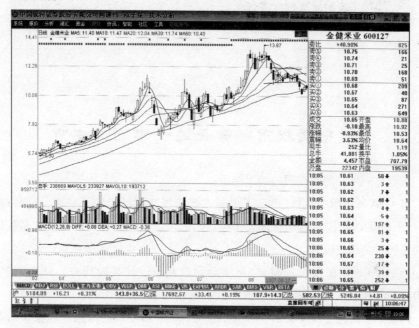

图 9 - 12 金健米业走势图

金健米业，股价一直在 10 - 12 元波动，价格是持平，成交量也是在逐步的缩小，是构筑底部可以逢低入场，行情最高涨到 13.87 元。

量价配合，不能单独的看价格，也不能单独的看量，量价配合给我们的交易带来一个好处。第一买点，第二卖点，这是量价配合的核心内容，通过它我们判断该什么时候买股票，该什么时候卖股票。

大家想到股市中去淘金,首先需要了解股市长期的运行趋势,是牛市还是熊市。牛市入场获利机会大,而熊市连保本都成问题。中国股市是政策市,需要多方面的知识来进行判断,会对我们股市投资有好处。

一、中国股市将有长达十年的大牛市

我经过一年多的研究得出如下结论:

第一,2005 年 9 月,我预测出了中国 A 股市场当时已经到了底部,由熊市变牛市,一个超级的大牛市,经历可能要十年。上海市场股指目标 1 万点。这是我们人生面临的一个超级机遇。

第二,2008 年在股市的时候,可能会出现拐点。什么叫拐点? 就是调整,在 2010 年到 2011 年,有可能出现中国 A 股市场另一个高点。

国家的经济经过改革开放的发展,出现了一个爆发式的繁荣。现在面临着最好的经济前景和政治前景。奥运会我们申办下来了,上海的世博会我们又申办下来了。把奥运会申办下来了,就相当于这个城市的经济提前了十年。

据我推算,奥运会至少应该给北京带来 450 亿人民币的收入,对中国经济拉动应该是 2 到 3 个百分点,应该是相当高的。

股市要上涨的时候,提前有征兆,就像地震,开始之前也有征兆。政策面、历史面,一些其他国外经验当中借鉴的,如果那些层面都吻合,如果技术层面再吻合,那么是不是就完全吻合? 那么这个应该是一个正确的答案。

第一,WTO 以后,中国汽车工业有一个五年的保护期,保护期之后必须要开放汽车工业,金融产业,他们进来之后,在金融上实行同等待遇。外国资本大量进入,必然导致中国的经济势繁荣。

第二,政策利导。2005 年 4 月之后出现了股改,股改之后,全流通,彻底解决额同股不同价,同股不同权的问题。这是政策的一个超级变化。

第三,股票的投资价值被严重低估。我发现美国市价最大的股票,美国通用公司和微软公司的股票,两个股票市值加起来,已经相当于中国的深市和沪市所有股票之和。换句话说这两支股票全卖了，能买下整个中国的股市。你觉得可能吗？说明中国市场的投资价值远远被低估了。

第四，大量国际超级炒家进入投资。资产被严重低估的时候，就是国际炒家纷纷购买时候。索罗斯在 2002 年就买了海航 B，连续三年每年收益 67%。国际的很多炒家是发现股票的投资价值被严重低估，他们才投资。

第五，投资机构不断壮大，这是市场走向理性的一个重要的基石。最新统计数据，占股市市值的四分之一的资金是由基金来持有。机构投资者在不断壮大，市场出现了个良性循环。这个市场由无序地发展到了有序的和理性的投资机会。

第五，很多上市企业核心资产竞争力初步形成，可以跟世界很多企业相抗衡，一个国家的经济如果能独步天下，必然有核心技术。上个世纪 70 年代日本，当时日本的制造业，尤其是家电制造业全球独步，那就是它的核心的资产竞争力，。导致上个世纪 70 年代，日本经济十年腾飞的一个重要的标志。中国很多企业也具备了这样的发展潜质。

二、保持清醒的头脑跑赢大盘

在股市大牛市中，很多人并没有赚到钱，甚至还有人在大牛中赔钱。这是怎么回事？投资者可能今天买这只股票涨两块钱就赚小钱抛了，结果过两天这个股票又涨了，又去买别的股票，在这种振荡中，反复的换股票，很多人在长牛市中往往赚不到多少钱。一旦遇到大跌，几乎把自己所有的盈利都亏损光，甚至还搭上本金。

在我的投机生涯中遇到过这种情况，"5.30"之前，很多人都赚到钱了，包括我很多的学生，也打电话跟我说，老师我一个月赚了 30%，10 万变成 13 万了，"530"以后，他打电话告诉我，止损了，13 万变成 6.5 万，亏损严重。

这就是血淋漓的事实，现在这种长牛市的时候，有人依然赚不到钱，那是为什么？我觉得第一点，就是说长牛市中，该长线的操作，他当短线来做，该短线的他当长线来做，所以他是赚不到钱。

第二，好股票长期持有，可以跑过大盘。如何跑赢大盘？方法只有一个"长期持有高成长型股票。没有高成长型、没有核心价值，价值被高估的股票，是不应该长期持有。

长牛市中一定要找到长线至金的股票，今年能涨 10%，明年再涨 10%，持续稳定增长的业绩。这只股票要有行业的一个标准，比如说行业龙头，或者它就是一个行业占领先地位，这样的股票应该长期持有。

天下没有不散的宴席，任何的好事，如果乐极也会生悲，长牛市虽然有基础，但是也有风险。因为牛市也有调整,调整时刻很多人止损,结果损失惨重。

保持我们操作中的清醒,一定要看市场的资金流动。一个国家,它的投资资产很多,这个国家的市场要是缺乏一个投资获利的标的物,资产必然向能够赚钱高的地方去流动,这个叫做资本的趋利性。

当时2006年罗杰斯等来到中国的时候,说了一句,说不投资中国才是最大的失误,带来国外资本的一个长线的流动。2007年10月罗杰斯有发表高见,说中国股市存在风险,暂时不适合投资,世界股神巴菲特已经全部抛空中国石油的股票。股市赚钱效应已经疯狂的人根本听不进去,结果从10月中旬股市一直大跌。

所以国际资金一旦溜走,则那个国家股市必然受到重创。股民投资也要根据国际资金流出而及时抛出,避免损失。因为我知道:在上涨中卖出总比在下跌中被迫卖出要好得多,而很多股民却喜欢在下跌中被迫止损卖出。

三、最后建议:多了解一些大师的投资心得

最后建议股民多看看世界投资大师的投资心得。巴菲特有几段颇富投资智慧的金句:

1. 以合适价格买入一个优秀的公司远胜于以优惠价格买入一个普通的公司。巴菲特的本意是:选择好的公司远胜于选择好的价格(或买入时机),他永远把选择好的公司摆在第一位,价格则次之。

2. 魔鬼在细节里。伟大的公司并非是那些捉摸不透的空洞概念,更不是那些把"进入500强"当口头禅的公司。伟大的公司反映在一些细节里,仔细研究这些细节,从中可以发掘出那些有可能成为伟大公司的企业。

3. 要以极大的折扣价格买入潜在的价值股,需要极大的耐心和等待;要用好的价格买到好的公司需要极大的耐心,和更长时间的等待。

4. 市场价格最终会反映股票的内在价值。巴菲特在买入一个好的公司后,简单的策略就是长期持有,这样好公司的价值才能随着时间被充分的释放。要使一个伟大公司的价值被市场认可,需要更长的时间。这也就是巴菲特长期持有的一个理由。

第 十 章

外汇投资：成为炒汇高手

近年来，我国居民手中外汇存款余额增长较快，居民参与外汇买卖的热情也日益高涨。一些大中型城市陆续开办了个人外汇实盘买卖业务和外汇保证金交易，炒汇成为居民个人投资的新热点，炒汇队伍日趋壮大。在汇市，你可以撇开一切中介，直接以钱炒钱。

很多人读过金融大鳄索罗斯炒汇的故事，看到他一夜暴富，有人为之动心。炒汇真的能赚很多钱，但是，炒汇如同炒股、期货一样，也存在赔钱的风险。对一个对外汇还不是很了解的投资者来说，首先要学习一些外汇基本知识。

一、外汇的含义

炒汇的人，首先要知道什么是外汇。外汇是国际汇兑的简称。举个例子，一方在北京，而另一方在纽约，这种支付活动超越了国界，这种支付称为国际汇兑。外汇是用外国货币表示的，用于国际结算的信用凭证和支付凭证。外汇包括银行存款、银行支票、商业汇票、外国政府债券及其长短期证券、外国钞票等。

外汇同时有动态和静态的双重含义。动态意义上的外汇，是指人们将一种货币兑换成另一种货币，清偿国际债权债务关系的行为。这个意义上的外汇概念等同于国际结算。

静态意义上的外汇又有广义和狭义之分：

广义的静态外汇是指一切用外币表示的资产。我国以及其他各国的外汇管理法令一般沿用这一概念。如我国1997年1月20日发布的修改后的《中华人民共和国外汇管理条例》中规定，外汇是指：外国货币，包括钞票、铸币等；(2)外币支付凭证，包括票据、银行存款凭证、邮政储蓄凭证等；(3)外币有价证券，包括政府债券、公司债券、股票等；(4)特别提款权；(5)其他外汇资产。从这个意义上说，外汇就是外币资产。

狭义的静态外汇是指以外币表示的可用于国际间结算的支付手段。从这个意义上讲，只有存放在国外银行的外币资金，以及将对银行存款的索取权具体化了的外币票据才构成外汇，主要包括：银行汇票、支票、银行存款等。这就是通常意义上的外汇概念。

二、汇率与标价方法

下面我们了解外汇的一个重要概念:外汇汇率。外汇汇率又叫做外汇牌价、外汇汇价、外汇行市。外汇汇率是指一国货币单位用另一国的货币单位表示的价格,就是两种不同货币的比价,表明一种货币折算成另一种货币的比率。如 1 美元 = 125.50 日元,这就是美元兑日元的价格。

国际上通行两种汇率的标价方法即直接标价法和间接标价法。

1. 直接标价法

直接标价法就是以 1 个单位或者 100 个单位的外国货币为基准,来表示一定数量的本国货币。例如:100 美元 = 745 元(人民币),就是说,在这种标价法下,外币的数量是固定的,这里用 100 来表示,汇率的涨跌以相对的本国货币的数量变化来表示。如果过了一段时间,人民币的汇价变成了 100 美元 = 746 元了,那么说明美元/人民币的汇率上升,即美元升值了,人民币贬值了。

2. 间接标价法

间接标价法与直接汇率表示法正好相反,以一定的本国货币为标准,折算成为一定的外国货币来表示汇率。汇率的涨跌以外国的货币来表示,例如英镑/美元的汇率是 1 英镑 = 2.05477 美元,几天后 1 英镑 = 2.05500 美元,这说明英镑/美元的汇率上涨了。

三、全球外汇市场

外汇市场是从事外汇交易和外汇投机的场所。随着外汇交易日益电子化、网络化,取而代之的是交易商之间都是通过计算机网络来进行外汇的报价、询价、买入、卖出、交割和清算。所以我们说,现在的外汇市场是一个无形的市场,是一个无纸化的计算机的市场。外汇市场实际上是一个包含了无数外汇经营机构的庞大计算机网络系统。

1. 外汇市场参与者

在外汇市场中,个人炒汇者是其中最小的交易者和参与者,他们只是随行就市的仆从者。在国外成熟的市场中,做外汇买卖的还包括中间商、经纪公司、中央银行、国际性的公司和一些基金机构。

中间商是指主要的商业银行,市场一般以他们的报价为货币之间的汇率。外汇市场的其他参与者通常向这些商业银行询问所能提供的汇率,充当中间商的商业银行通常愿意承担汇率风险,并经常从事投机交易。

经纪公司不能直接报出自己的汇率,他们将中间商的报价传递给其他的市场参与者,经纪公司只有在确定的商业承诺之后才会公开询价方。经纪公司完成的交易占外汇市场总交易量的40%。

中央银行是一个主权国家或多个国家的货币联盟(如欧元区)的货币当局,负责制定本国或本地区的货币政策,发行货币,调整利率,维持外汇储备。干预外汇市场也是其经常使用的货币政策。我们讲实际操作时再详细介绍各国央行对外汇市场的干预。

国际性的公司通常是一些在国际上很有名的跨国公司,其子公司遍布世界各地。它们的实力富可敌国,投资外汇市场是它们国际贸易的组成部分。有些公司还有自己的外汇交易室,专门从事外汇交易。它们参与投机和交易,也愿意承担外汇风险。

基金机构是市场上真正的投机者,它们手中的资金就是我们俗称的"热钱"。这些机构投资者在市场上呼风唤雨,经常攻击他国的货币。

2. 世界主要外汇市场

外汇市场可以叫做全球外汇市场,因为全球时差把世界各地外汇市场的营业时间相互连接,可以不间断地进行交易。这样就形成了一个统一的大市场。主要的市场有:

伦敦外汇市场:参与者是经营外汇业务的银行、外国银行的分行、外汇经纪商,其他的金融机构和英国央行——英格兰银行。其最大的交易是英镑/美元的交易,所以大家在交易英镑时对伦敦的市场要特别关注。

纽约外汇市场:参与者是在美国的大商业银行和外国银行的分行,著名的中资机构有中国银行纽约分行和一些专业的外汇经纪商。它的交易时间是北京时间22:00到次日5:00。由于纽约市场和伦敦市场的交易时间有一段重合,所以在这段时间里,市场的交易最为活跃,交易量最大,行情波动的比例也大。

东京外汇市场:其参与者是外汇银行、外汇经纪商、非银行客户和日本银行。交易时间北京时间8:00-14:30。东京外汇市场的交易品种比较单一,主要是美元/日元、欧元/日元,此时间段汇价一般平稳。大家在日后的交易中,一定要注意日本出口商的投机作用,有时由于它们的投机,日元会出现大幅波动。

欧洲大陆的外汇交易市场:它由瑞士苏黎士市场、巴黎市场、法兰克福市场和一些欧元区成员国的小规模市场组成。德国的法兰克福市场是主要的市场,现在它的交易量已经使其成为世界第三大交易市场。交易时间为北京时间14:30-23:00。它的交易比东京市场活跃,汇价的变动较大。

香港外汇市场:香港外汇市场是 20 世纪 70 年代发展起来的国际性外汇市场。其参与者主要是商业银行和财务公司。它实行港币联系汇率制,主要交易的品种有美电交易。(美电是行业术语,指美元/港币,)。

惠灵顿外汇市场和悉尼外汇市场:惠灵顿外汇市场是全球每天最早开市的市场,交易时间北京时间 4:00 - 13:00。两个小时之后,悉尼外汇市场开市,收市也晚两个小时。它主要交易本国货币和美元,澳元是美元集团的货币。

中国的外汇市场:我国的外汇市场叫做中国外汇交易中心,它是在央行的领导下的独立核算,非赢利的事业法人。交易中心实行会员制,会员包括中资银行、外资银行,其他的非银行性机构。外资银行只能代理。不能自营外汇买卖。在 1994 年我国进行了外汇体制改革,外汇市场在各个方面已经接近外国的外汇市场,但是人民币不能自由兑换。

全球外汇市场时间表(北京时间):

悉尼	东京	法兰克福	伦敦	纽约
6:00 ~ 15:00	8:00 ~ 14:00	14:00 ~ 23:00	17:00 ~ 次日 1:00	22:00 ~ 次日 5:00

四、汇率制度和汇率指数

汇率制度是指一国的货币当局对本国汇率变动的基本方式所做的一系列的安排和规定,表明各国的货币比价确定的原则和方式,包括货币比价变动的界限,调整手段以及维持货币比率所采取的措施。

1. 固定汇率制度

自 19 世纪金本位制度在西方被确认。各国在央行浮动汇率制度以前,一直实行固定汇率制度。固定汇率制度是指各国货币之间的汇率相对固定。在金本位制度下,各国以黄金来铸造货币,实行金本位制度。黄金铸币是法定的流通货币。

由于各国都使用黄金铸币,各国规定不同货币之间的含金量对比就是铸币的平价,也叫黄金平价,这就构成了金本位制度下的各国货币之间的汇率。在金本位制度下,两国之间的汇率是十分固定的,两个国家之间的汇率的波动范围被限制在这两个国家的黄金运送成本上。

平稳运行的金本位制度在 20 世纪 30 年代的大危机中被冲得支离破碎,于是从金本位过渡到纸币流通下的固定汇率。当时的各国都实行了纸币流通制度。

1947 年,在美国的布雷顿森林会议上,与会各国把本国的货币和美元挂钩,美国政府把美元和黄金挂钩。当时规定一盎司黄金可以兑换 35 美元,这一汇率被人为地固定下来。其他国家的货币和美元挂钩,美国有义务在其他各国需要黄金时做到无条件的兑换。

由于实行了这一固定的汇率制度，使得饱受二战之苦的西方各国在废墟上迅速发展经济，并迎来了西方资本主义发展的黄金时代，并确立了以美元为首的世界货币格局。

1972年，当时的美国总统尼克松宣布停止美元兑换黄金，这标志着布雷顿森林体系的崩溃。随后各国普遍实施浮动汇率制度。

2. 浮动汇率制度

浮动汇率制度也叫弹性汇率。从理论上说，浮动汇率就是本国货币和外国货币之间的汇率变动幅度不再受限制，而随着市场的供求变化而上下浮动。

按照本国货币和其他货币的联系程度来划分，浮动汇率制度可以有以下几种形式：

单独浮动：本国货币和外国货币的汇率根据市场供求变化而单独浮动。本国货币不和某一种货币或某几种货币的汇率发生固定关系。实行单独浮动汇率制度的国家有美国和加拿大、澳大利亚等国。

盯住汇率：在这种汇率下，本国货币钉住某一种货币，其对外的汇率根据钉住汇率随时调整，随其波动而波动。采用钉住汇率的国家有美洲和中东的一些国家。

共同浮动：是一种介于固定汇率和浮动汇率之间的汇率制度，特指参加共同浮动的成员国之间的货币规定有固定汇率。汇率波动不能超过一定幅度。欧元的前身就是欧洲货币联盟，欧盟的成员国之间的货币对内实行相对固定的汇率制度，在一定的范围内波动。这种货币体系被称为"蛇性体系"。

3. 汇率指数

汇率的变动反映货币的升值与贬值。为了适时地反映汇率变动的方向和程度，显示本币在外汇市场上币值的强弱，分析汇率变动所产生的经济影响，应该编制汇率指数。汇率指数或称外汇价格指数，对于某一特定的货币而言，就称为该货币的汇率指数，如人民币汇率指数、港币汇率指数。

美元指数是衡量美元对其他货币变化程度的参照数。它通过计算美元和对选定的其他货币的综合变化率，来衡量美元的强弱程度，从而间接反映出美国的出口竞争能力和进口成本的变动情况。如果美元指数下跌，那么美元对其他的主要货币可能就要贬值。

相应的，我们也可以编制欧元指数，英镑指数等一系列货币指数，来帮助我们判断一种货币对其他货币的强弱的程度。

第二节 外汇理财基本面分析

在外汇投资中,每个人都希望准确地预测汇率,以保证自己获利。掌握了基本面分析可以令我们把握外汇市场的国家的经济基本面,从而决定其汇价的长期趋势。汇率的变化很难把握,但是万变不离其宗,掌握了基本面分析则可以让我们把握走势。

一、经济增长速度

各国经济的增长速度,是影响汇价的最基本因素。一个国家的经济加速增长会形成利好,这个国家的货币就会升值。在汇市中,美元占据主导地位。美国的经济增长速度,影响着汇市,起着举足轻重的作用,一定要关心美国的经济数据。这个月美国公布的经济数据普遍不好,会造成美元大幅下挫。

例如,2002 年 11 月 6 日周四凌晨,因失业率上升、制造业萎缩以及消费者信心下降,美联储调低利率 50 个基点,使利率降至 1961 年 7 月以来的最低水平。在此之前多数经济学家预测此次美联储将降息 25 个基点。美联储此次调低利率 50 个基点,令市场吃惊。其后,美元兑主要货币跌至短期支撑位下方。

二、国际收支

国际收支也是影响汇市的基本因素之一。国际收支是指商品和劳务的进出口和资本的输出和输入。一个国家的对外贸易出口在国际的收支中,如果收入大于支出,则对外贸易有赢余,也叫顺差;相反,这个国家的对外贸易中收入小于支出,就是贸易赤字,也叫逆差。

一个国家的贸易出现顺差,说明这个国家的经济基本面好,市场对这个国家货币的需求增加,会使这个国家的货币升值。如果一个国家的贸易出现逆差,市场对这个国家货币的需求就会减少,会使这个国家的货币贬值。

例如,2007 年美国为了保持其国内的物价稳定,采取了两个政策:一是主动让美元贬值;二是保持巨额外贸逆差。美国的贸易逆差呈现下降趋势,对本国经济增长会发挥积极的作用。但是,长期大量的贸易逆差会使外国持有美元者信心受到动摇,从而加大美元贬值。这带来的后果是国际市场以美元计价的商品价格猛涨,如石油、铁矿石等。这种上涨趋势会传递到其他国家,直接造成以进口原材料生产的产品成本上升,销售价格随之水涨船高。

三、货币的供应量

货币的供应量是指一个国家的央行或发行货币的银行发行货币的数量,这对汇率的影响也很大,一个国家必须保证它的货币供给保持一定的数量。如果发行的纸币过多,就会出现像1948年的国民党政权滥发纸币,造成纸币大幅贬值,以致整个金融市场崩溃的情况。当然这是极端的例子,平时各个国家的央行也要控制货币的供应量。

如果一个国家的经济增长速度缓慢,或者经济在衰退,那么这个国家的央行就要考虑增加货币的供应量来刺激经济,它会奉行调低利率等宽松的货币政策,这个国家减息的可能性就会加大。反之,如果在采取了这种政策之后,经济好转,货币发行过多,会造成了货币增长过快。那么这个国家的央行就要采取紧缩的货币政策。它要减少货币供应量,以避免通货膨胀。

四、利率水平

利率和汇价是紧密联系的。如果一个国家的利率过低,就有可能造成货币从一个低利率的国家流出,流向一个高利率的国家,大家以此获取息差。在国际上有一种"抛补套利"的做法就是根据这个原理操作的。

2005年,国际外汇市场完全陷入利率漩涡之中,美元的走势,受利率影响最大。2004年6月份美联储开始了它的加息之旅,进入2005年后,美联储加息带来的利好效应开始呈现,而此后美联储继续一系列加息举措使美元成为市场焦点,美元的霸主地位凸现。美联储利率与美元汇率节节攀升,取得了双赢效果。然而,好景不长,在经历了利率风波后,美元疲态尽现。

2006年美元进入调整年份,而2007年,美元更是步入了空前的下跌之中。美联储连续降息后,美元的利率水平已经很低,于是它对其他的主要货币连续的贬值。

造成美元2007年下跌还有一个重要因素就是次级抵押贷款问题的爆发,以及次贷问题所遗留的后遗症。美元在受到这一重大挫折后走势犹如滑铁卢,一发而不可收。

2007年12月4日,加拿大央行出人意料地宣布自2004年4月份以来首次降息。加拿大的此次降息造成加元汇率的大幅下挫,兑美元的汇率重新上升到1:1之上。

汇市风云变化无常,三十年河东,三十年河西。2007年影响汇市变动的因素也变得更为复杂,次级抵押贷款、利率等都在不断影响着汇率的发展,但其中利率的影响仍不容小视。利率虽然不是外汇市场变动的主因,但它仍是主导全球汇市的重要因素,并左右汇率发展方向。

五、各国公布的经济数据

1. 生产者物价指数

生产者物价指数表明生产原料价格的情况,可以用来衡量各种不同的商品在不同生产阶段的价格变化。各国通过统计局向各大生产商搜集各种商品的报价,并通过自己的计算方法计算出百进位形态以便比较。

例如:现在美国公布的PPI数据以1967年的指数当作100来计算,这个指数由美国劳工部公布,每月一次。大家看到如果公布的这个指数比预期高,说明有通货膨胀的可能。有关方面会就此进行研究,考虑是否实行紧缩的货币政策。这个国家的货币因而会升值,产生利好。如果这个指数比预期的差,那么该货币会下跌。

2. 消费者物价指数

消费者物价指数反映消费者支付商品和劳务价格的变化情况,这个指数也是美国联邦储备委员会经常参考的指标。美联储主席格林斯潘就用它来衡量美国国内的通货膨胀已经到了什么程度,是否以加息或减息来控制美国的经济。

这个指数在美国由劳工部每月统计一次后公布,我们应该引起重视。这个指数上升,显示这个地区的通货膨胀率上升了,说明货币的购买力减少了,理论上对该货币不好,可能会引起这个货币的贬值。目前欧洲央行把控制通货膨胀摆在首要位置。低通货膨胀率有利于这个货币,假如通货膨胀受到控制,利率同时回落,欧元的汇率反而会上涨。

3. 失业率

失业率是由国家的劳工部门统计,每月公布一次的国家人口就业状况的数据。各国的政府通过对本国的家庭抽样调查,来判断这个月该国全部劳动人口的就业情况。如果有工作意愿，却未就业的这个数字，就是失业率。这个指标是很重要的经济指标。

以欧元区为例：当欧元启动时，欧盟各国的失业率在10%以上，高于美国，于是导致欧元一路下跌。在11月初，日本的失业率由5.5%下降为5.4%，日元因此一举突破了121的关口，直至119价位。

4.综合领先指标

综合领先指标是用来预测经济活动的指标。以美国为例，美国商务部负责收集资料，其中包括股价，消费品新定单，平均每周的失业救济金建筑，消费者的预期，制造商的未交货定单的变动，货币供应量，销售额，原材料的生产销售，厂房设备以及平均的工作周。

经济学家可以通过这个指标来判断这个国家未来的经济走向。如果领先指标上升，显示该国经济增长，有利于该国货币的升值。如果这个指标下降，则说明该国经济有衰退迹象，对这个国家的货币是不利的。

一个合格的外汇投资者,必须在基本面上下功夫,因为基本面在很大程度上影响着汇率的长期走势。汇市中基本面的因素包括很多,其中政治等各方面因素会对汇市的波动起很大作用。汇市中的游资往往借助这些因素,在其中兴风作浪。特别是政治因素,往往会在几个小时之内引起汇率的剧烈波动。

一、政治因素对汇市影响

政治因素一般很突然,很难预测。它包括政权更替、政变、战争,政府重要官员的遇刺或意外死亡、政治丑闻和下台,以及罢工和政治上的恐怖袭击等。如果我们能在第一时间内得到消息,并做出正确的判断,就会获得丰厚的利润或避免很大的损失。

1.政权更替

当一个国家或地区的政权更替时,新生的政府可能把以前政权的货币作废,发行自己的货币,以前的货币可能会一钱不值。

大家都知道美国攻打阿富汗的塔利班的巨变吧。阿富汗的货币单位是阿富汗尼。在塔利班没有取得全国政权之前,1美元可以兑换3.1万阿富汗尼。塔利班取得全国政权之后,宣布货币作废,这样阿富汗尼成了一堆废纸。美国发动阿富汗战争之后,塔利班政权溃逃。阿富汗尼重新成为法定货币,由于美国的取胜,1美元可以兑换1.5万阿富汗尼,几乎升值一倍。在不到一年时间里,阿富汗尼从3.4万兑换率到一分不值到1.5万的兑换率,经历了从地狱到天堂的轮回。就是因为国家政权的大起大落。

又例如,1990年伊拉克占领科威特,立即宣布科威特这个国家不复存在,成为自己的第19个省,科威特货币作废,导致大多数科威特人一夜之间由富人变成了穷人。

2.政变

当一个国家发生政变时,该国货币的汇率会大幅下跌。局势动荡永远是该国货币贬值的重要原因。东南亚地区的政治局势一直不稳定,像菲律宾、泰国、印尼等国,军人和不同的党派之间经常发生冲突和政变,每一次该国的货币都会遭受沉重打击。

3.政府重要官员的遇刺或意外死亡

在美国总统里根当政时，突然遇刺，生死未卜。市场上的投机客听到这个消息，买入瑞士法郎和马克(在里根时代欧元还未诞生，马克是世界主要货币)，于是令这些货币大幅盘攀升。

日本前首相小渊惠三突然死在任职上，也造成日元汇率的大幅波动。日本的经济衰退已经连续十年，小渊惠三在任职期内工作勤勤恳恳，每天工作十几个小时，日本经济有了一些复苏的迹象。由于事发突然，日元大幅贬值，进入衰退。

2007年12月28日，巴基斯坦反对派领导人贝·布托遇刺身亡。此消息令汇市出现了典型了避险式资金流动。贝·布托遇刺身亡的消息传出，令欧元兑瑞郎下跌0.16%；美元兑瑞郎也下挫0.6%。

4.政治丑闻和领导人下台

政治丑闻和领导人下台等对该国的货币会造成剧烈的波动，打压该国的货币。例如：今年美国财长的辞职，引发许多的投资者对在美国投资有疑虑，大量的资金流出美国，令美元汇价大跌，到现在对欧元一直处于弱势。日本的许多高层官员曾经多次涉及股票的交易内幕，令股市大跌，日元回落。

二、经济因素对汇市影响

作为两国间货币价格的体现，外汇汇率的波动纵然千变万化，但归根到底它是受货币供求的价值规律左右，并以本国经济实力作为后盾的。因此，准确地分析、把握各国经济发展状况和前景，就能预测到外汇市场汇率的波动趋势。下面我介绍对影响汇市的各种经济因素，并用★来表示其重要程度。

1.国家的货币政策

如果一国政府实行扩张性的货币政策，增加货币供应量，降低利率，则该国货币的汇率将下跌；反之，如果政府因通胀压力而采取紧缩货币政策，提升利率，则该国货币的汇率将上升。中央银行的汇率政策取向也会对本币汇率产生影响。

2.国家的财政经济状况

一国的财政收支或经济状况较以前改善，该货币代表的价值量就提高，该货币对外币就升值；如一国经济状况恶化或财政赤字增大，该货币代表的价值量就减少，该货币对外币就贬值。一般来说，财政经济状况对本国货币价值的影响相对较慢。

3. 国内生产总值(★★★★★)

当国内生产总值大幅增长时,表明该国经济发展蓬勃,国民收入增加,消费力也随之增强,该国政府将有可能提高利率,紧缩货币供应,那么其货币的汇率将上升;反之,如果国内生产总值出现负增长,即表示该国的生产转弱,经济处于衰退状态,消费能力下降,政府在这种情况下可能会降低利率,以刺激经济增长,那么其货币的汇率也将下降。

4. 消费者物价指数(★★★★★)

当消费物价指数上升时,显示通货膨胀率上升,国家会实行紧缩货币政策,提升利率从而利好该国货币;而如果通货膨胀受到控制,利率也可能会趋于回落,则利淡该国货币。

5. 生产者物价指数(★★★★)

通常情况下,生产物价指数较预期的高,表明会有通货膨胀的可能,有关部门会实行紧缩的货币政策,这种情况下该国货币的汇率可能会上升;但如果有关部门出于其他原因的考虑,没有紧缩银根,则该国货币的汇率就可能下跌。

6. 零售物价指数(★★★★★)

零售物价指数上升,就带来通货膨胀的压力,使政府收紧货币供应,该国货币汇率上升;反之,零售数据下降,表明消费减弱,经济发展出现停滞,利淡该国货币,汇率下跌。

7. 非农就业人数(★★★★★)

非农就业人数是对汇市影响最大、最重要的经济数据,该数据主要反映除从事农业生产以外的就业人数的变化情况,通常主要反映服务行业及制造业方面的就业情况,是就业报告中的一个重要项目。若非农数据表现强劲,表明该国经济发展状况良好,有利于该国货币升值;反之,若非农就业人数下降,表明该国经济处于收缩状况,利淡该国货币。

8. 失业率(★★★)

失业率是很好的衡量一个国家经济发展状况的指标,若失业率下降,表明该国经济发展状况良好,预示着利率的提升,利好该国货币;反之若失率上升,则表明该国经济处于收缩状态,利淡该国货币。

9. 领先指标(★★★★)

领先指数是预测未来经济发展状况的最重要的经济指标之一。通常来讲,若领先指标连续上升将推动该国货币走强,若领先指标连续下降将促使该国货币走软。

10. 消费者信心指数(★★★★★)

消费者信心指数反映消费者对经济的看法及消费的意向,通过该数据可以了解消费者对当前国家经济环境的信心强弱程度。通常情况若该数据上升,表明消费者消费意愿增长,有利于该国经济,也就利好该国货币;相反则利淡该国货币。

11. 密歇根消费者信心指数(★★★★★)

密歇根消费者信心指数是美国密歇根大学研究人员通过对消费者关于个人财务状况和国家经济状况看法的定期调查,做出相应评估,最终得出来的信心指数。通常情况下若数据上升,则意味着消费增长,经济走强,利好该国货币;相反,若信心指数下降,则意味着消费收缩,利淡该国货币。

12. 贸易赤字(★★★★★)

一个国家出现贸易赤字,国家经济表现转弱,政府为改善这种状况,就会使本国的货币贬值,从而降低出口商品的价格,提高出口产品的竞争能力。因此,当该国外贸赤字扩大时,就会利淡该国货币;相反,当出现外贸盈余时,利好该国货币,该货币将升值。

13. 经常账(★★★★★)

贸易经常账为一国收支表上的主要项目,内容记载一个国家与外国包括因为商品、劳务进出口、投资所得、其他商品与劳务所得以及其他因素所产生的资金流出与流入的状况。通常来讲,一国经常账逆差扩大,该国货币将贬值;相反,顺差扩大,该国货币将升值。外汇市场上美国经常账数据对市场影响较大。

14. 净资本流入(★★★★★)

净资本流入主要是指境外投资者购买某个国家国债、股票和其他证券而流入的净额。通常情况下净资本流入越多,该国货币升值的可能性越大;相反,如果资本流入数据下降,表明该国经济缺乏吸引力,将利空该国货币。外汇市场上美国净资本流入数据对市场影响较大。

15. 工业订单(★★★★)

工业订单反映了一国工业生产和销售情况,包括耐用品订单和非耐用品订单。当工业订单大幅度减少时,反映制造业疲弱,下一期产量减少,可能导致失业率上升,经济发展放缓,因此对该国货币不利;反之,当工业订单增加时,反映该国经济发展良好,有利于该国货币。

16. 零售销售(★★★★★)

零售销售直接反映出消费者支出的增减变化,对于判定一国的经济现状和前景具有重要指导作用。如果零售销售数据上升,表明该国消费支出增加,经济情况好转,利率有调高的可能,对该国货币有利;反之,如果零售销售数据下降,则代表经济趋缓,利率有下调的可能,利淡该国货币。

三、其他因素对汇市影响

外汇市场价格波动除了本身内在的经济周期率之外，还有其他的因素。

1. 战争

2002 年末，当初美国和伊拉克的战争越来越近，美元一直都受到压力，因为市场认为美国一旦开战，美国和其盟国都要受到恐怖攻击，这使避险货币瑞士法郎的汇率节节上升。

2. 罢工

2002 年 6 月，美国西海岸的罢工导致了美国经济的疲软，至年底，美元汇率一直处于弱势。哪个国家的罢工都会使该国的经济受到冲击，引起该国汇率的下跌。

3. 恐怖袭击

这个大家再熟悉不过了，2001 年 9 月 11 日，美国的世贸大厦受到恐怖袭击，整个大厦都坍塌了，造成了数千人死亡，这些人都是美国经济的精英，这对美国金融业的损失是不可估量的，当时引发了汇率的大幅波动，人们纷纷抛售美元，买入瑞士法郎，欧元等避险货币来逃避风险，半个小时瑞士法郎从 1.6845 附近大幅飙升到 1.6363，涨幅近 5%。

4. 新闻

新闻因素有时也可以在短时间内左右市场，引起汇价大幅波动。如果汇价在较稳定的区间波动，一个重要的新闻因素往往就是"导火索"，会迅速打破稳定，使外汇市场发生波动。短时间汇率大幅波动的情况也屡见不鲜。

我们国内的投资者参与国际外汇交易，就处于相对弱小的不平等的竞争地位。如果忽视了新闻和市场人们的心理因素，往往在消息面突然来临时，蒙受巨大的损失。

我们建议大家首先要在第一时间内获得消息。如果我们比别人抢先一步获得消息，我们的反映时间会比别人多一些，就会抢占先机。可以多通过新闻媒体和报纸、电台、电视台获得消息。平常多听新闻，对一些即将公布的数据，最好在公布后的一两分钟内得到。我们才有一定的时间进行分析。

我们听到消息后，要仔细、全面系统地分析消息。针对有关的新闻、消息做出判断，选择恰当的时机买入或者卖出货币，以获得利润或者减少损失。有的新闻对汇价起的作用很长，而有的新闻对汇价只在短期内起作用。消息被消化后，有时反而推动汇价向相反的方向运转。如果我们没有考虑到这些因素，有可能在汇价大跌时急急忙忙斩仓。在极短的时间里，市场由于消化了这个消息，汇价在急速的下跌后又迅速反弹，并且超过了刚才斩仓的价格，如果再买回，会使自己遭受双重损失。

　　大家要把一些已经出现过的消息面记录下来，在下次出现同样的消息或类似的消息时，我们就有所参照。至少我们有了上次的经验，就不会不知所措，以至追涨杀跌。我们要不断地总结，哪些消息应时时刻刻关注，哪些消息可不予理会，哪些消息只作参考。

第四节 如何应对外汇干预

1973年以后，国际外汇市场中实行的浮动汇率制并不彻底，并不是完全由市场来决定汇率的价格，西方各国在汇价对他们不利的时候要进场干预。国家中央银行对外汇市场不但会透过制定货币政策和财政政策进行间接性的干预，还经常在外汇市场异常剧烈的波动时，直接干预外汇市场。这种政府对外汇市场的直接干预也是影响外汇市场短期走势的重要因素。

一、国家为何要干预外汇市场

浮动汇率制下，外汇干预仍是各国政府确保汇率稳定的重要工具。国家为何要干预外汇市场呢？这主要有以下两个主要因素：

1. 为了国内外贸易政策的需要

一个国家的货币在外汇市场的价格较低，必然有利于这个国家的出口，而出口过多或者汇率过低，会引起其他出口国家的反对。同样，在国内如处理不好汇率问题，可能变成一个政治问题，影响政权的稳定。从这两方面考虑，这个国家要调整或干预汇率。

各国为了保护出口，会在本国货币持续坚挺时直接干预外汇市场。通过抛售本国货币，买入它国货币的方法来干预汇率，使汇率达到自己满意的程度，或者使汇率对自己有利。

2007年美元走软，一方面引起一些出口国的外汇干预，买进美元以抑制本币升值；另一方面，持有大量没有资产的国家不会视资产贬值于不顾，会控制美元资产调整的步调，稳定美元汇率。

在一个国家通过货币贬值扩大出口，影响了他国的利益时，可能会招致其他国家的反对。有时会被迫让本国货币升值。

以日本为例，我们知道现在的中国是日本的第一大贸易国，日本的出口和中国息息相关。2002年年初，日元持续贬值，严重损害了中国的出口，这招致了中国的不满。当我们听到中国的财政部长项怀诚声称，虽然日元疲软而人民币坚决不贬值时，日本政府对这个第一大贸易伙伴的话也要掂量一下的。日本央行为了缓和中国对日本令日元贬值来刺激出口的不满，只好让日元走强。各国政府干预汇率是从经济、政治等角度考虑来使本国的货币按照自己的利益走强或走软。

2. 出于抑制国内通货膨胀的考虑

在浮动汇率下,如果一个国家的货币长期低于均衡价格,在一定的时期内肯定会刺激出口。贸易顺差最终会导致本国的物价上涨,工资上涨。久而久之,就会通货膨胀。如果出现通货膨胀,这个国家的经济增长可能会被抵消,形成经济很繁荣,货币却贬值,工资虽然上涨,可是相对购买力可能却缩小,生活水平没有上涨这种现象。这往往会被认为是政府对宏观经济管理不当,它往往遭到指责,甚至在大选中失利。

二、外汇干预的手段

看一个国家的央行(欧洲央行是几个国家的共同央行,但是作用是一样的)干预汇市的实质和效果还要弄清这种干预对该国或该地区货币的供应和政策的影响。中央银行干预外汇市场,可分成不改变货币政策和改变现有政策两种。

1. 不改变货币政策的干预

不改变货币政策的干预是指中央银行认为汇价的剧烈波动或偏离长期均衡是一种短期现象,希望在不改变现有货币供应量的条件下改变现有的汇价。换句话说,就是通常认为利率变化是汇率变化的关键,而中央银行试图不改变本国货币的利率而改变本国货币的汇率。现在日本央行要干预就是采用这种方法。

在这种情况下,这个国家的央行可以采取双管齐下的手段:它在国际外汇市场上买入或卖出外汇,同时在国内的债券市场卖出或买入债券,从而使汇率变化而利率不变化。

中央银行通过在外汇市场发表声明,来进行口头干预,以影响汇率的变化,达到干预的效果,这已成为干预汇市的信号。央行这样做是要警告人们,其货币政策可能要发生变化。

在外汇市场中,初期遇到这些信号时,会有一些反映,令汇率朝着央行想要的方向发展。一旦这个国家的央行屡次在一定时间内重复同样的话,而实质性的干预又没有发生,市场的反映可能就会慢慢迟钝,甚至不予理睬,反而使汇率朝反方向发展。

2. 改变货币政策的干预

改变货币政策的汇市干预是中央银行货币政策的改变,它是指央行直接在汇市上买卖外汇,使本国货币的供应量和汇价朝有利于自己能达到的干预方向发展。这是央行看到本国的货币汇率长期的偏离均衡价格时采取的政策。

三、外汇干预时我们如何应对

我们在判断市场上一个国家的央行的干预是否有效,并不是看央行干预的次数多少和花费的大小。我观察有下面的几种情况:一个国家的汇率是长期的偏高或偏低。如果这个原因是由于该国的宏观经济水平、利率和政府的货币政策决定的,那么央行的干预从一定时期来看,是无效的。

央行要进行干预,是要达到两个目的。首先,该国央行可能要缓和本国货币在汇市中的跌势或升势,避免外汇市场汇价波动对国内经济的影响。

其次,如果一个央行在汇市上进行了干预,在短期内会造成一定的影响。市场需要一定的时间来消化干预。这使央行有一定的时间来调整自己的货币政策。

一个国家干预汇率的成功与否,有时要看到其他国家央行的态度。在世界经济的发展中,一个国家的经济不可能游离于世界经济之外。相反,一个国家的经济,甚至一个地区的经济和世界经济的联系越来越紧密,往往一个国家汇率的剧烈的波动会引起与它有密切经济往来的国家的不满甚至警告。因为它的汇率波动损害了别国的利益。

在1998年6月,日元有一次贬到了1美元兑147日元,当时是第一次,美国政府在一天之内出资20亿美金帮助日本政府干预日元汇率。因此,日本政府干预汇市成功与否,取决于美国,如果美国政府容忍和允许日元贬值,日本政府干预日元的成功率比较大。但是在2001年日本政府七次干预不是太成功,是因为美国人提出日元强势。

所以,大家一定要记住,一国政府要干预汇市,其影响有时取决于其贸易伙伴的态度。

第五节

心态决定输赢

外汇市场上的操作，非赢即输，操作判断的正确率和失败率各占50%，而再加上人的各种心理因素影响，方向判断的成功率更低，这是一个客观的现实。许多投资者在"想赢怕输"的心理影响下，赢时赢得少，输时输得多。

一、最难把握的交易心理

外汇市场中起决定作用是人的因素，是人在指挥每一次交易。每一次交易或每一次汇价的剧烈波动，都在一定程度上反映了交易者的心态。

汇市中，最难把握的就是心理因素。它包括市场交易者的心理素质、道德水准、教育水平、对市场的判断、盲目跟风等等。例如，当市场人人都看好美元时，美元总是升到不合理的价位.其他的货币无论基本面和技术面如何如何好，都逃脱不了下跌的命运。但是在美元被市场普遍看淡时，我们看技术指标，美元都严重超卖了，基本面上美元的利好数据对美元汇率带来利好，却只是减缓美元下跌的步伐，美元还是连创新低。

我仔细研究过市场投资者的交易心理。现在科技很发达，参与者都可以获得很好的交易分析工具，甚至都用同一个外汇分析系统。这样大家都在同一起跑线上，都可以通过互联网得到相同的消息。这时我们分析过的交易者心理素质就体现出来了。对同一个图，同一条消息，每个人都有不同的看法。一部分人认为汇价要升而买入，一部分人认为要跌而抛出。剩下的人的心理素质不高，有人跟他说要买入，也有人跟他说要卖出，他们没有主见就在观望。他们要等市场方向明确再决定加入哪一方。而我在一个相对合理的价位买入一种货币，我就可以"坐轿子"等待汇价上升。

在汇价上升到一定的高度，趋势已经很明朗了，大家都可以看清楚了，于是观望的投机者纷纷入场，再次推高汇价。在大家都明白时，我就可以从容地获利离场，再寻找下一个可以攻击的货币。这是聪明的投机者的交易心理。

我在多年的炒汇生涯中，总结出自己胜利和失败的两个关键的心理因素，那就是贪婪和恐惧经常发生对换。换句话说，就是该贪婪时不贪婪，却格外恐惧，结果失利,或者少赚钱。到了汇价反转,迅速下跌,我应谨慎、要恐惧的时候,我却格外大胆,一点也没有恐惧的感觉,贪婪占据了我的大脑。失败是这次贪婪的结果。所以,朋友,你如果要进入投资市场,一定要记住"贪婪""恐惧"这四个字。

二、交易心理障碍与完善

依照我的经验来看,汇市交易 80% 的失败是由于心理不稳定造成的。只有心态正常才能产生理想的结果。心想事成,成功因你自己而为。

成功的投资主要取决于以下几个因素:跨越你的心理障碍,调节自己的心态,自信、自尊、自立,这样自然会产生良好的判断,综合利用行之有效的投资方法,你就能获得满意的战绩。

汇市交易失败的关键在于错误操作心理和方式,概括起来有以下因素:

1. 赢时惶然,输时放任

有些投资者在方向判断正确,赢利的时候,反而心里惶然,担心市场方向会逆转,结果往往在大势展开之前,急急忙忙地获利离场,事后才惋惜:原来自己才赚了个"零头"。在方向判断错误,亏损的时候则心慌意乱,不知所措,在"等等看"心理的影响下,任由市场发展,结果越陷越深,无法自拔。

成功的投资者是如何做的呢? 他们往往是把握市场大的趋势,并在关键性位置上留下止损,在赢的时候顺势而上,在输的时候及时离场,尽量地延长赢利的幅度,而把损失控制在自己计划的范围内。

2. 最高价买入,最低价卖出

有些投资者想买入某个币种,但在某个趋势未结束以前,却左思右想、犹豫不决,等到趋势大幅反转,汇价被大幅抬升或者大幅打压,便急急忙忙赶着追市,往往买入的是当时的最高价,卖出的是当时的最低价。而有另外的一些投资者,经过分析和计划,想等到某个价位进行操作,但好不容易等到价位到达,却不敢按原计划买入(卖出),担心方向错误。结果价格短暂徘徊之后大幅上升(下降),反而急忙修改计划入市,不但错过了一个良好的入市时机,而且由于匆忙入市,往往导致亏损。

3. 人云亦云,盲目跟风

有关机构曾经调查过银行炒汇的投资者入市的依据是什么? 结果令人惊讶,超过 50% 以上的投资者回答是"因为大家都这么说"。

投资者未进行具体分析,思想上既无法把握,操作上也未作出任何准备工作,看见许多人在买入或卖出,便跟随入市,结果往往是钱没有赚到,陪着亏钱倒是常事,然后再安慰自己——"不止我一个,很多人也亏了"。

外汇市场中，盲目跟风也是一种消极的心理因素。有人对汇价有上升的倾向或者已经到达一个相对低点没有那么敏感，他在汇价上升到一定的高度后盲目追涨，这样的获利和风险几乎各占50%。

如果汇价持续上升，他还可以有一定的获利空间。如果这次上升只是一个反弹或者调整，随后汇价又持续下跌，那么遭受损失的风险就很大了。这是跟风型投资者的交易心理。

在汇市中，还有一种交易心理。在汇价开始转势，展开上升时，他看不到或者犹豫着不敢入场。汇价上升到一定价位，还有上升空间的时候，他认为汇价只是一个小反弹，还会回到开始上升时的价位。于是他选择了观望的交易策略，想着等回调就买入。

可是市场不以他的思路为转移。当汇价不跌反升时，他开始急躁。当他看到汇价再次上升或创了新高后，就再也忍不住了。他的头脑开始发热，就什么也不顾了，一下子就大笔买入。

这时汇价往往达到一个临时的高点或者上升的空间有限，聪明的交易者此时已开始获利出场，正好逢高出货给这些人。他们操作获利的概率几乎没有或者很少，而遭受损失的概率几乎为100%。这就是"解放军"型的投资者心理，这在汇市中也大有人在。

外汇也是商品。一种商品被人看好，价格就节节升高，有时都超过了它的真实价值。人气决定了它的价格。人气旺盛，就是指标显示不好或在下跌，都会出人意料地继续上升。

大家不要忘了，每次交易都是人在交易。人们的心理因素决定这个市场。炒汇买的是"势力"，哪个币种买的势力大，哪个币种就不停创新高，再创新高。反之，哪个币种卖的势力大，哪个币种就下跌，甚至屡创新低。

如果太斤斤计较价格，从交易的角度就会走入"逆市而为"的可怕的处境。看到一个币种有小跌，但上涨的大趋势不变，就追涨杀跌。实质上小跌只是一个小的回调，是买入的好机会。看到汇价小跌，可是我们一直在想拣到更好的价位，结果是踏空，只能望市兴叹。

如果追入，可能在小反弹时被套，看到价格已经很高了，又杀跌。你要想拣到便宜的价格，往往是这个币种转势的时候，或者是技术性大回调的时候。

汇市中的一些交易者在升势中往往不敢买，在大回调的初期就贸然抢进，结果损失惨重，这就造成了很多人在"大牛市"中赚不到钱的现实。

总而言之，这些不好的心理障碍，必须在长期的市场操作中不断加以克服，形成良好的操作心理和习惯，才可能做到赢多输少。

三、要善于学习和总结

正准备入市的和入市不久的汇民朋友，在交易之前，一定要对这个市场有详细透彻的了解。看一些入门的书，熟悉一些简单的技术指标。不要求大家掌握全部，但是一定要熟练使用必要的指标。

汇市高手除了需要对于各个币种的经济形势、货币政策、汇率政策、国家的经济状况出口导向等有所了解之外，还需要耐心和信心。

多次外出讲课，我发现很多人炒汇已有几年，可每年计算起自己的收益，发现几乎没有获利，总是在盈亏平衡点之间晃动。而且这是一个普遍现象。这是怎么回事呢？

原来，这些人总是小赚而大赔。在一波行情来临的时候，总是赚几个小钱就急急忙忙平仓离场。其实这个价位只是一个中间价，汇价还有上涨空间。但是他心里发慌，认为自己买的货币不塌实，总想赚一点就离场。当汇价刚刚有几十个点的获利空间时，他看不到汇价还有一段上涨行情，就看到这点小钱，就获利离场了。汇价上涨，他又一次故伎重演。行情再次上涨，他又一次以更高的价位买入，而这时恰恰是汇价要转势的时刻。

汇价在这个时刻最大的表现一般为冲高回落，并展开了大跌的行情。大多数汇民朋友，在这种大跌时，不愿面对这样的事实，或者认为汇价是一次小的回调行情，这样就错过了止损的最佳时机。于是以前几次赚到的利润被一次大跌全都消化光了。这就只赚了小钱，而错过了大行情。在大的行情中却没有赚到可观的利润，甚至赔钱。

许多人就这样一次次地重复这样的错误。中国有句古话："吃一堑，长一智。事实上，如果很多人能总结经验吸取教训，就不会几年都在保本之间晃动。

我的经验是：在每个月的交易之后，我总是把自己的交易记录打印出来，认真总结，把自己每笔交易都仔细看过，回忆当时的情况。如果做对了，就在这笔交易下写上交易漂亮的评语，然后把当时的情况写下来。如果是错误的交易，就要写得更详细一些，把自己当时的想法，为什么要进场交易写下来。既然自己知道交易错了，为什么没有及时止损，而偏偏在亏损几百点后止损。当时是什么心态，为什么在汇价继续下跌后反弹时没有买入？

这样就保留了一个别人无法给你的资料。每当遇到类似的情况时，脑海里马上可以回忆到上次自己犯的错误，以后的交易就会尽量避免犯这样的错误。我时时拿出来经常回忆，温故而知新。这样，你慢慢对各币种的汇价熟记在心，对这个币种的各种变化形态也做到了心里有数。不断纠正自己的错误，使自己的交易日益正确，利润也越来越丰厚了。

第六节 外汇交易的获利技巧

一个优秀的外汇投资者，除了具备良好的心理素质之外，掌握必要的交易技巧也是必不可少的。投资者不用学习繁琐复杂的外汇投资的各种流派理论，只需要掌握一些技巧，即可以享受到炒汇获利的乐趣。

一、尽量在汇市最活跃时参与交易

汇价在交易清淡的时刻，行情波动会很小，这个在汇市中叫做"横盘"。从交易的角度来看，在趋势明朗后追击入市，风险最小。

在汇价横盘时买入，趋势不明朗，这次交易上升和下跌的概率各50%，那么你可能遭受损失。买卖之后汇价不升不跌，必然会增加心理负担。如果是短线投机，则失败的机会更大。

如果交易活跃，那时市场的买卖双方的力量不是势均力敌，而是有一方支持不住，汇价发生大幅波动。如果你买入的点位不好，一定会被深度套牢。

汇评中分析师经常会说到上档阻力位，下方支撑位，可见这2个点位对交易的重要。阻力的意思就是把汇价上升的阻力找出来，汇价上探到了这个阻力位，肯定受压制。如果这回上升的力量很强，突破了这个阻力位，后市肯定是继续往上走。如果不能突破阻力位，后市肯定是见底回落。找出阻力位和支撑位，后市的操作方法就有了。

前期未能突破的高点或低点。前期没有突破的高点肯定是阻力，前期没有突破的低点肯定是支持。这样我们可以在没有突破高点做空，在低点受到支撑做多。

二、熟练使用均线

炒汇要经常使用蜡烛图进行分析。和蜡烛图配套使用的就是均线,就凑成了蜡烛图和均线一起使用的图。很多炒汇都采用这个图来进行最基本的分析,这个指标的准确性还是很高的。均线是必须掌握的基本技术指标之一。

在交易中,经常使用简单移动平均线,因为它对行情的了解最快速,最容易看到,并采取相应的对策。

简单移动平均线:就是数天之内的收盘价相加,再被这个天数整除,就得到了一个平均值。依此类推,把随后的数值继续按照这个方法来做,就得到了很多平均值。把这些值连在一起,就形成了一条直线,这就是一条简单的平均线。

一般的交易中,5日、10日、20日、30日是短线操作的重要判断依据。60日均线、100日均线和150日均线可以作为中期的一个判断依据,而200日均线、250日均线可以作为长线的操作依据。

美国投资专家葛兰碧先生对均线的研究很有造诣,他创造了葛兰碧八大法则。你掌握了这些法则,均线就会成为手中的利器。

法则原理:汇价要始终围绕平均移动线上下波动,不能偏离太远。如果汇价距离均线太远,就应该向均线回归,汇价回抽,朝平均线靠近。

1. 买入的四个法则

(1)当移动平均线从下跌转到盘整或者上升,汇价已经从均线的下方向上突破;穿过均线并继续向上,这是个最重要的买入信号。

(2)汇价连续上升并持续在均线之上,或者远离平均线又突然下跌,但是并没有跌破移动均线又继续上升。

(3)汇价在短时间跌破均线,但又快速回升到均线之上,这时均线呈向上趋势。

(4)汇价突然下跌,跌幅可观,已经远离移动平均线,这时汇价开始回升再次触及移动平均线。

出现以上这四种情况,基本上是买入的信号,尤其以第一种为追买的信号,入场获利的可能性比较大。

2. 卖出的四个法则

(1)当汇价由上升转势开始走平、盘整或者逐渐下跌,汇价从均线上方跌破均线时,这是个重要的卖出信号。

(2)汇价在均线以下移动,然后向均线反弹,但是未能突破均线而继续下跌。

(3)汇价向上突破移动平均线后没有站稳,立刻下跌到均线以下,这时均线继续下跌。

（4）汇价快速上升突破均线并远离均线，上升幅度很可观，随时可能发生回调而下跌。

在这四个法则中，尤其以第5种下跌的幅度最大。遇到这样的情况，应立刻止损。（图 10 - 1，10 - 2 ，10 - 3）

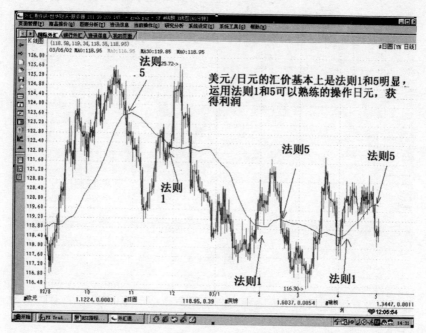

图 10 - 1

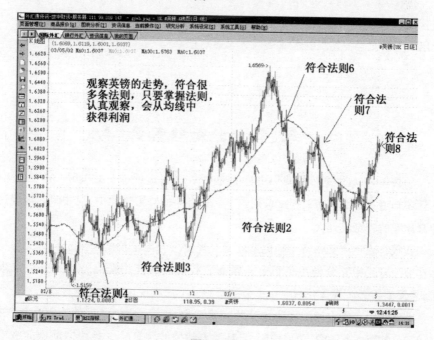

图 10 - 2

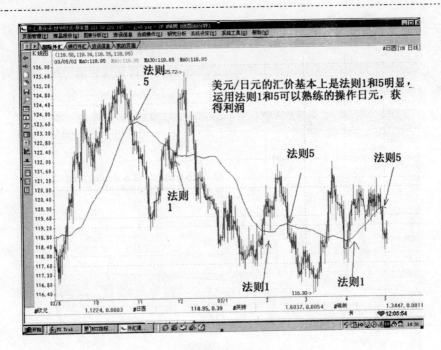

图 10 - 3

如汇价没有突破长期均线,或突破后又迅速拉到均线以下,或盘整后依然没有突破,就是买入日元的好机会。

我在 2002 年到 2003 年 4 月对日元的操作中,观察了 200 日均线的作用,发现很管用。如上图,在美元/日元受到 200 日均线的压力而回软时,基本上是买入日元卖出美元的机会。这点经验希望对大家有启迪。

三、黄金分割找黄金

学数学时,数学老师给我们讲过优选法,主要是运用了 1 比 0.618 的一个比率,并且还知道了 0.5,0.382 等一系列数字。在多年的炒汇生涯中,我才深刻理解这个神奇比率的神奇之处。

我很喜欢运用艾略特大师创造的波浪理论去判断汇价的未来走势。艾略特大师在波浪理论中充分使用了黄金分割率。我研究和使用艾略特大师的波浪理论后,才深刻体会在黄金分割中找黄金的精妙。下面就说说黄金分割计算方法。

艾略特大师常在波浪理论中运用黄金分割比率,比较常见的比率有 0.809、0.618、0.5、0.382、0.191。艾略特大师的波浪理论,是根据前面的波浪来预测以后的波浪以及点位运行的情况。黄金分割率以及时间之窗的结合,才创造了伟大的波浪理论，我们只摘取了一些东西，把波幅找出来，找到构成阻力位和支撑位。这使得我们在炒汇中找到了一个捷径。

以2002年2月1日最高点135.15到7月16日最低点115.37为例，计算四个位置。先弄清楚什么是波幅，最高点减去最低点，就是波幅。知道了波幅，就可以求出0.809的位置，也就是波幅×0.809＋最低点。这样，我们就得出了日元的7个点位。如下表：

最高价	最低价	波幅	0.809	0.618	0.5	0.382
135.15	115.37	19.78	131.37	127.59	125.26	112.93

图 10 - 4

我想系统地讲讲这几个点位如何运用。请看图10-4，现在日元汇价运行到了115.37的位置，就是这个图中的最低点。不知道以后的汇率会是怎样的情况，用黄金分割率可以把今后的汇价到达的目标位找出来。

这个波段最高点在135.15，最低到115.37附近开始反弹了。我们用黄金分割率，可以测算出美元兑日元反弹的位置。首先是0.191的反弹位置在119.20附近。但是美元/日元的波幅太大了，超过了1978点，日元要走到0.5的位置，也就是125.30附近的位置。

　　果然在 125.30,美元兑日元开始下跌。用黄金分割率也可以预测到美元兑日元下跌的位置。如果 0.382 的位置没有挡住,则看 0.191 的位置。果然在上图中,美元兑日元就走到了 119.80 的位置再次调头向上。

外汇市场是一个适者生存的市场,很多人进来,又出去,为什么呢?因为他赔了钱,无法在这个市场中生存下去,只好离场。资本市场是残酷的,能真正长期保持盈利的投资者永远只是少数人。

一、从小额买卖开始操作

如果是初次入市,不论自己的资本是否雄厚,我给大家的交易建议是:第一次买卖以不超过全部资本的 10% 为好。这是买卖初期用来试验自己交易能力的最佳方法。

如果是较有经验的投资者,但苦于汇市瞬息万变,自己第一时间把握市场的能力较弱,或是没有较大把握时,也可采用这种小交易量的买卖方式来尝试一下。千万不可把交易当儿戏。这样会使自己在汇市投资中遭受巨大损失,甚至几年都没有获利。

用小额资金在汇市中学习,不断总结自己的失误,找出适合自己的交易方法,可以少交学费。因为你投入的毕竟很少,等你在连续几个月的交易中都能获利,并且每次都能稳定获利,再投入大笔资金也不迟。

对于初学者来说,小交易量的买卖方式可以减少损失。就像刚刚拿到驾驶执照的新司机,都喜欢找一个最破的车去练习,如果发生轻微的事故,修理费也是最小的。你应该知道,拿自己的钱开玩笑是不明智的。

二、不要怕赔小钱

炒汇不是赚就是赔,只要赚多赔少便是成功。就像抛硬币一样,正面和反面的概率是各 50% ,如果我们的交易高于 50% ,就可以赚多赔少。而要稳赚不赔,恐怕天下根本没有这样的人。如果有人对你说他从来没有赔过，那么他肯定是事后说的。炒汇不要一味地害怕赔，来到这个市场，没有不交学费的。

有些新手一赔小钱就恐慌，这种心理要不得。赔小钱就像长征是红军胜利前要走的路，随后就会一片光明。

如果我们只赔了小钱，损失是很小的，至少没有失去让我们翻本的机会。一旦机会来到，按照我们学到的珍贵经验，一次可以把损失补回。那样所获得的利润将会比多次小赔的钱多得多。只要你按照这样的模式去做，那么你可能就找到了稳定获利的方法。能够稳定获利的交易者就在于他有正确的交易方法。

三、不要赚小钱丢大钱

我外出讲课时，发现很多人在 2002 年美元暴跌而其他货币几乎直线上涨时，不仅没有赚到钱，反而亏损了很多。这是为什么呢？

这些人都犯了一个共同的错误：买入一种货币，在汇价上涨几十个点后，就高兴坏了，感觉沾沾自喜，赶紧平仓出场。认为这就赚了钱了。其实每一次交易的入场和出场可能都是错的。即使现在是对的，可能为下一笔交易埋下了失败的伏笔。

我看过一个汇民的交易记录。一次他经过仔细分析，在东京刚刚开盘时在 119.90 买入了日元，当天美元兑日元的最高价在 120.19，根据银行的点差，这个买价是当天的最好的成交价。

一个小时以后，日元迅速上涨了几十个点，他迅速获利离场了。可是在他刚刚卖出后，日元一路上扬，在几个小时之后，迅速上涨了一百多个点，到达 118.00 价位。这么快速的暴涨，他实在忍不住了，就用刚才赚的钱，在 117.80（扣除银行的 20 个点差）又全仓买入。他那天的交易记录就是在 119.90 买入，119.00 卖出，又在 117.80 追入。

作为一个职业的交易者，掐头去尾赚中间的利润是最安全的。在当天和随后几天的汇价（见图 10－5）。117.80 就是这几天的最低价。这样，他就买入了一个最低价，使自己陷入了极为被动的境地。无论如何，这次交易都是最失败的交易，而他每次都是这样失败的。

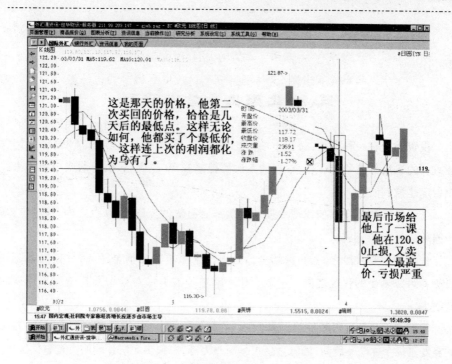

图 10 - 5

此时最好的对策就是止损，而且是尽量以小的代价来止损。可是他偏偏主观地认为汇价能回到 117.00。我一直告诫他：一定要尽快止损，118.50 是个好价位，这样你可以保本，只是输了上次赚的几十个点。可他已不能冷静地判断市场，而是武断地要等汇价到 117 再离场，可以再赚 80 个点。

我知道劝也无济于事，只好让市场给他来上课。果然，他在 2003 年 4 月 7 日以 120.88 砍仓离场，亏损 200 多点。不仅把上次赚进的几十个点全赔进去，累计还亏损 100 多点。如此几次，这样的失败几乎占了他交易的一大部分，全部是追涨杀跌的大亏损。这是个错误交易典型的例子。

正确的操盘手法是将损失控制在 50 - 100 点之间。2003 年 3 月 31 日，我观察日元的 200 日均线在 120.25 附近，日元的交易很有规律。200 日均线是日元交易的一个重要的参考指标。几次日元都在该均线受到压力，快速下滑至少 200 点以上，而且汇价变化很快，几乎都在一个交易日之内。把止损放在 200 日均线之上 20 - 30 个点，交易获胜的可能性很大。

果然，我的判断没有错，日元在当天展开了快速的上涨行情。入场位很重要，出场位更重要，如果出场早了，只赚到一点小利，下面还有 100 多点的利润丢失了。如果不甘心，再追进，可能就会出现刚才我举例的那种情况。

你可以观察这个市场，如果日元涨得很猛，可能大的行情来了。你买了一个好的入场位，可以用股市的一个词来形容即"做轿子"，等着来市场慢半拍的人给你抬轿子。你在轿子里舒服的坐着，等看到离场的信号时，迅速平仓离场。这样可以赚到更多的利润。

三、会止损止赢才能获利

投资学上有一种说法：每次下单时面临的亏、盈概率是一样的。为5∶5。当保证盈利的5次都盈利100点，亏损的5次都控制在50点内，那么长期或一年下来账户肯定是盈利的。

今天我谈的集中在如何使亏损的5次都能有效的控制在50点之内，答案是：靠止损单的设立来完成。

止损是重要手段之一，止损的全称是止住这手单的亏损金额，将亏损额限制在投资者可以承受的程度之内。不至于让一笔单子的失误对整个账户造成不可挽回的损失。

我对止损单紧紧跟随是深有体会的。在汇市中，每一次交易都是一次博弈，每天的突发事件令你防不胜防，国际金融市场瞬息万变，有很多无法预测的突发事件发生。

清淡的市场中，往往孕育着大行情。市场投资者在看不清趋势的情况下，总是在一定的位置放止损单，有时这个区域就成了止损单积聚区。

如果外汇市场受到了一个突发消息的影响，汇价产生剧烈波动，到达了止损单密集区域，就会引发了大量的止损单。这样，在与刚才行情相隔不远的时间里，可能还有一轮新的大幅暴升或暴跌。

如果你做的单子和市场的行情正好相反，汇价突然变动，需要马上止损。你可能还有些舍不得，还在犹豫。或者你还来不及考虑是否止损，就触发了大量止损单，令汇价近一步的暴升或者暴跌，波幅往往超过前一轮的升跌幅。如果你做反了，没有挂止损单，就会一下子被套住。

图10-6中，美元/日元汇率已经接近了115整数关口，这个位置十分重要，是颈线的位置。如果这个价位跌破，美元兑日元的大幅下跌将立刻展开。日本政府就在市场清淡的时候发动了一轮干预。在瞬间推动美元兑日元反弹到116.00以上，令许多买入日元的人严重套牢。日本央行狠狠惩罚了投机者，在大多数投资者还没有清醒过来的时候，触发了在116.50的止损单，令汇价迅速地反弹到117上方。如果这个时候不设立止损单，损失就十分巨大。

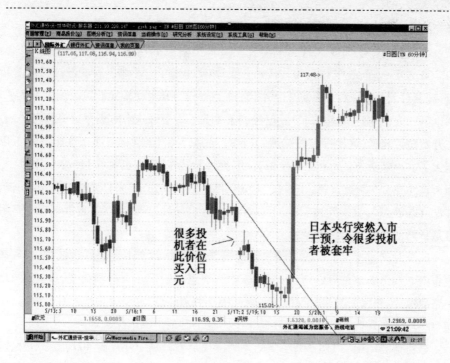

图 10 - 6

其实止损单可以让自己的损失减少到最低。不设止损就像开车不系安全带一样，如果在高速行驶中遇到车祸，就有生命危险了。如果设立了止损位，很多人在115.80 买的日元最多亏损 30 点，等汇价回到 117 上方还可以买回来弥补损失。由此可见止损的重要性。

下面是我所教的一个学生的真实故事，从专业学习到自己实际操作，这个学生经历了每一个炒汇的朋友所经历的一切快乐和痛苦，最后获得了成功。

这个学生的网名叫"小赚一把"，昵称小赚。他手上有父母给他的 2 万美元，约定要靠他自己的本事赚取澳大利亚留学的学费。小赚在参与对外经济贸易大学举办的外汇交易员培训之后，就进入了外汇市场，开始了炒汇生涯。

有一天，小赚打开电脑看了下昨晚的挂单，果然小赚一把。前期培训时和我对日元的交流果然应验了。120.20 的挂单 121.40 止赢——2400 美金入账，这还是小赚第一次靠自己的知识赚了这么多钱。今天欧洲市场持续盘整价格基本在 10 点附近徘徊，小赚迷糊了。看来要考验小赚今晚的定力。

看不懂就不做，这个是我在外汇交易员中期培训时刻给学员反复讲述的，但是这个时刻，看着行情的波动很大，小赚心里像猫抓的一样，以前急切交易恨不得每天都要交易的心态有占据了心房，这个时候小赚又要犯以前自己交易的错误，匆匆忙忙入场了。结果行情正好相反波动，小赚损失惨重。

这时，小赚想到我讲课说过：每年 3 月日元的资金流动。他准备把资金调集起来关注日元。自从小赚准备在 3 月日本结账时候关注日元，小赚就每天仔细的观察日元的日线图,周线图,甚至月线图,准备用所学的知识在日元上有所建树。

小赚看到多条均线对日元汇率在121水位附近的压制,这是入场的好机会。121.00入场,止损放在121.60。日元上涨,他又小赚了。小赚一直看盘订到夜里12点,看着日元井喷一样的冲向119水位,过了,到了118了,又过了118,到了117了。

第二天,小赚一觉醒来,日元已经到了115了。小赚这个时刻开始得意忘形,心态开始骄傲起来,这样容易的赚钱,几次交易都打得干净利落,那么这次日元可以赚大了。小赚认为日元在大幅上涨,又临近日元结账,怎么也要看114水位附近了。当天日元在115附近反弹,小赚在115.40再次做多日元,当天日元从115.18反弹,并没有跌破115,直接到达114。行情陷入了盘整并且出现了反弹,愈发显得115附近是日元的底部,怎么办?

这个时刻他也犯了一般人经常犯的错误。他想:我121还是好赚钱的,115.40也希望赚钱出场才是最好,于是小赚选择了观望。但是几天行情突变,日元从115一路溃退,本来账面的700点的获利瞬间缩小到400点,这个时刻小赚有些着急,能赚700点现在只有400点,平仓还是不平?这个时刻小赚选择了等待。

当行情波动到了118.60,小赚的盈利出现负数。从700点到400点到不赚钱,小赚心里很不是滋味。他陷入了沉思,这个时刻需要指路明灯。小赚打开外汇交易员培训的书籍,看到了止损和止盈的重要,从浮动盈利700点到不仅不赚钱反而亏损,就是没有合理止损和止盈。

后来,小赚采取了止损和止盈的手段。小赚开始也没有做到,但是后来的交易中严格遵守,终于获得成功。2个月的交易获利近3万美元,他留学澳大利亚最终梦想成真。

在汇市交易中,趋势投资者才是最后的赢家。但是一旦趋势结束或者调整,往往会出现从浮动盈利到亏损出局的事情。所以投资一定要严守纪律,学会止损和止盈。并且对汇市基本面和技术面熟练掌握。这就是亏损者和盈利者最大区别。